집으로 가는 길

집으로 가는 길

이명인 장편소설

문이당

작가의 말

인간과 신(神)이 어울려 살았던 때가 있었다. 하지만 이제 신들은 인간과 함께 숨쉬기가 어렵다. 신들은 대부분 문명 혹은 과학에 절여져 생기를 잃었거나 박제되어 이름만 있을 뿐이다. 살아남은 신은 거대한 신전에 유폐되어 있다.

그 많은 신들은 어디로 갔을까. 제주에는 '당(神堂)오백 절오백'이란 옛 영화의 이름만 남겨져 있다. 그 허울 아래서 인간은 신이 되려고 한다. 인간은 생명의 영역에 도전한다. 똑같은 인간을 수없이 만들어낼 수도 있고, 뿌리도 없는 정자와 난자를 상품으로 판다. 신들을 모두 박제품으로 만들어놓은 그 자리에서.

당찬 농사의 여신 자청비와, 이 땅에서 후(後)보름을 살고 서천꽃밭 사라대왕 막내딸과 선(先)보름을 살던 문국성 문도령, 이승과 저승을 오가며 저승길 길라잡이를 하던 차사 강림, 서홍동 당가름에 눌러살던 고상국, 그 외에 서귀포 본향당(本鄉堂) 주인인 바람웃도, 거구인 설문대 할망 등이 내가 만든 인간의 옷을 입고 세상에 나들이를 왔다. 좀 엉뚱한 옷을 입었지만 그들 속에 흐르는 생명의 온기는 정당하다고 믿고 싶다.

난 우리와 함께 우리 이웃에서 숨쉬던 신들의 부활을 꿈꾼다. 예전처럼 그들이 우리 곁, 허름한 집에서 함께 숨쉬고 살았으면 좋겠다. 그들은 온 도시를 내려다보는 엄청난 신전을 요구하지도 않고, 그 발 아래 납작 엎드릴 것을 요구하지도 않는다. 예전처럼 우리와 함께 편안한 모습으로 살 수 있기를 바란다. 소박한 인간의 곁에서. 인간은 인간답게 신은 신답게. 그 본성을 잃지 않고.

언제나 그렇지만 늘 보이지 않게 혹은 앞에서 많은 도움을 주신 이웃들이 있다. 그분들과 정구철 교수님께 감사드린다.

2000년 2월
서귀포 흙담솔에서 이명인

1

이여싸나　　이여싸나
산에 오르니　살장구 소리
물에 드니　　솜비질 소리
집에 드니　　맷돌 소리
임이 오려고　혈심(血心)이더냐
내가 가려고　발심(發心)이더냐
명주 바지　　설명자 소리
귀에 쟁쟁　　들리어온다.

홍로는 가슴이 섬뜩하게 내려앉았다. 가게문을 밀치고 들어오는 큰아들 강림의 어깨 위로 신문지만한 하늘이 무겁게 얹혀 있었다. 붉은 노을이 밴, 단칼에 썩 베어진 듯한 남청빛 하늘이었다. 출입문 맞은편 쪽마루에 무심한 얼굴로 앉아 있던 홍로는 순간적으로 욱, 배를 웅크렸다. 구부린 등뼈를 훑으며 식은땀 한 줄기가 흘러내렸다.

「생각보다 무척 무겁네요.」

땀범벅인 강림은 하우스 감귤 세 상자를 내밀어 놓고, 다른 물건은 가게 한쪽 마루에 세워 놓았다. 홍로는 강림이 한쪽에 세워둔 물건을 눈으로 짚어보고 액자이리라 짐작했다.

올해로 서른이 꽉 찬 강림은 연애할 생각은커녕 방학만 되면 그림 그립네 하며 화구를 챙겨들고는 싸돌아다니기 일쑤였다. 그렇다고 여자들한테 인기가 없는 모양도 아닌데 터무니없이 '때가 되면' 타령만 하고 있었다. 심지어 한때 가르쳤던 제자가 어엿한 숙녀가 되어서 사흘돌이로 드나드는 꼴이 심상찮은데도, 강림은 무심한 얼굴이었다.

홍로가 물린 손님상에서 숯화로를 빼내오는데 말끔하게 샤워를 하고 난 강림이 내려왔다. 반바지에 소매 없는 푸른 셔츠를 입은 팔다리는 벌겋게 익어 있었다.

강림은 홍로에게 숯화로를 달라 했지만, 홍로는 손을 내저었다.

「겨우 땀 들였는데 또 땀 낼 일 없다. 너무 더워서 그런지 며칠째 손님 드는 게 영 시원찮았어.」

요즘같이 더울 땐 낮에 드는 냉면 손님으로 겨우 명맥을 유지하고 있는 터였다. 그나마 손맛 좋고 젊은 사람답지 않게 수굿한 주방장 양씨가 있어서 다행이었다. 솜씨 좀 있다 하는 주방장을 데리고 있으려면, 월급 줄 때마다 사람 구하라는 소리 할까 봐 전전긍긍하는 게 이 바닥 일이지 않은가. 그래서 한때는 아내 사라가 직접 주방일을 했었지만, 이젠 나이도 만만찮고, 무엇보다 그 일에 질색을 해서 카운터로 물러앉은 지 오래였다.

「아버지, 이 그림 좀 보세요. 이걸 여기 카운터 위에 걸까 하고요.

이걸 구하려고 글쎄 하루를 더 있었잖아요.」

「그래? 얼마나 좋은 그림이길래 니가 하루씩 더 기다려가며 사왔냐?」

「사긴요, 팔지 않는 그림이라고 우기는 걸 이틀이나 버티고 앉았다가 얻어온 거예요. 자긴 그림을 팔아본 적도 없고, 취미삼아 그리는 거라는데, 난 이상하게 이 그림에 끌리더라니까요.」

강림은 노끈을 풀어내고 포장지를 뜯어냈다. 이틀이나 사정해서 얻어온 그림이라니까 사라도 호기심이 당기는지 다가섰고, 미스 리도 부평댁도 둘러섰다. 「개봉박두, 짠!」 하고 강림이 펼친 그림을 보는 순간 홍로의 눈이 커다랗게 떠졌다. 그러고는 얼굴로 확 솟구치는 열기에 당황해서 두 손으로 얼굴을 감쌌다.

「에이, 난 또.」

미스 리도 부평댁도 강림의 호들갑에 속았다는 듯이 물러나 버리고, 사라도 이런 그림을 구하려고 이틀씩이나 구걸했느냐며 쯧, 혀를 차곤 카운터로 돌아가 버렸다.

신문지 반쪽보다 조금 더 클 성싶은 캔버스에 바다가 섬뜩할 정도로 푸르렀고, 그 바다로 들어가려는지 혹은 나오려는지 상반신의 옆모습만 드러낸 해녀가 먼데를 바라보고 있었다.

그림이라곤 문외한인 홍로가 보기에도 색감이 너무 강렬했다. 아까 강림의 어깨 위에 걸렸던 잉크빛 하늘보다 더 짙은 바다였다. 어쩌면 강림이 애써 구해온 이유도 그 강렬한 색깔 때문이겠거니 하는 생각이 들 정도였다.

「아버지 어때요, 좋죠?」

아직 화끈거리는 얼굴에 당황해 하며 서 있는 홍로를 보고 강림이 들뜬 표정으로 물었다.

「이건 좋다고 표현하는 것보단 어떤 강렬한 끌림이 있는 그림이에요. 사실 전문적인 눈으로 보면 허점이 많아요. 구도라든가 붓 터치라든가. 하지만 그런 걸 다 무시할 만한 무언가가 있어요. 더구나 이 그림이 걸려 있던 그 카페에서 다른 그림들과 함께 보았더라면 그 느낌은 더했을 거예요. 처음 딱 보는 순간 가슴이 서늘해지더라니까요.」

「미스 리, 에어컨 온도 좀 더 낮춰라. 어째 밤이 되는데 더 더워지나, 그래.」

홍로는 강림의 대답을 강요하는 듯한 눈빛에서 물러나며 손바닥으로 얼굴을 활랑활랑 부쳐댔다.

아까부터 고기보다는 술만 홀짝이던 사십대 남자 손님들을 끝으로 손님도 더이상 들지 않았다. 홍로는 아무래도 며칠 휴가를 내야겠다고 생각하며 뒤뜰 숯불통을 점검하러 나갔다.

에어컨도 없는 데다 숯불 기운까지 있는 밖에 나갔다 오자 갑자기 비 오듯 쏟아지는 땀을 닦으며 가게로 막 들어서는데 둘째 유림의 소리가 들렸다.

「정말 이상한 아줌마네. 분명 형 이름을 물어봤다니까. 난 학부형인 줄 알고 아주 공손하게 이리로 오시라고 했거든.」

「뭐가?」

「아니에요. 애가 뭘 잘못 본 모양이에요.」

「정말이라니까. 버스에서 내려서 막 나오는데 아주 꾀죄죄한 아줌마가 문강림 선생님을 찾는다며 '홍로 갈비' 집을 아느냐고 물었단 말야. 난 그게 바로 우리집이니까 따라오라고 하는데 이 아줌마 걸음이 얼마나 느려야지. 그래서 내가 조금 앞서 걸었는데, 분명 저쪽 약국 앞까지도 내 뒤를 쫄래쫄래 따라왔었단 말야.」

「근데 느닷없이 사라졌다? 귀신이냐? 너 더위 먹은 거야.」
「정말 귀신이 곡할 노릇이네.」
「분명히 우리집을 기준으로 찾았을 거야. 홍로 갈비집 바로 뒷집이라든가, 그 옆의 옆집이라든가.」
「꿈보다 해몽이야. 어 참, 기분이 영 떨떠름하네.」
유림은 투덜투덜 중얼거리면서 이층으로 올라갔다.
다음날, 아침부터 강림은 망치를 들고 그림을 걸겠다며 설쳐댔다. 홍로는 가게에 어울릴 것 같지 않은 그림이라며 도리질했다. 하지만 사라도 미스 리도 마침 바다 그림이니 이 여름에 딱 맞겠다고 했다. 그림은 카운터 쪽 사라가 늘 앉는 머리 위에 걸렸다. 사라는 바다를 머리 위에 얹고 앉으니 등골이 오싹할 정도로 시원하다며 웃었다. 홍로는 사라 머리 위에 걸린 그림을 다시 한번 바라보았다. 그러고는 미스 리에게서 행주를 빼앗아 식탁들을 닦기 시작했다.
손님이 들기 전이라 에어컨을 가동하지 않은 실내는 아침부터 더웠다. 사라는 행주질 하는 홍로의 등짝이 궁상스러워 보인다며 언짢은 얼굴이었다.
사라는 남편 홍로가 걸레질을 하거나 비질 하는 것을 썩 탐탁해하지 않았다. 옛날 찢어지게 가난할 때 두 부부가 남의 집 식당에서 머슴처럼 일하던 일이 떠오른다고 했다. 한때 홍로는 설렁탕집에서 장작을 패주며 먹고 자고 했었다. 사라를 만난 것도 그 설렁탕집이었으니, 허구한 날 뒤뜰에서 장작을 패거나 마장동 도살장을 돌며 장을 봐 오던, 눈만 퀭하니 번쩍였던 홍로를 기억하고 있기 때문이다. 그래도 그땐 누구나 가난했던 시절이었으니 범상한 일로 잊으면 될 것을, 사라는 가끔 언짢은 기억으로 게워올리곤 했다. 그건 어쩌면 혹독한 주인의 말본새 때문일지도 몰랐다. 장안에서 유명짜한 그

설렁탕집 할머니의 닦달은 대단했다. 특히 제일 험한 일을 하는 홍로에게 하던 혹독함은 한술 더 떴다. 그래도 그 집에서 가장 오래 남아 일을 돌보던 사람은 홍로와 사라였다. 다른 가게보다 월급이 이백 원 더 많았던 탓이었다. 쌀 한두 되 값이면 목을 내놓고 덤벼도 어림없던 시절이었다.

「미스 리, 뭐하니? 사장님이 이래야 되겠니?」

사라는 홍로를 꼬박꼬박 사장님이라고 불렀다. 하긴 이만한 규모의 갈비집이라면 사장님이란 호칭이 가히 배꼽 빠지는 짓도 아니다. 이미 사라는 갈비집 사모님으로서의 체통과 거드름이 몸에 배어 있었다. 적당히 넉넉해진 몸피와 생래적으로 뽀오얀 피부에 웃는 이가 가지런한 사라의 모습엔 고생의 흔적 따윈 없었다.

그러나 그에 비하면 홍로는 그 장대한 몸집에도 불구하고 늘 추워 보이는 몰골이었다. 늘 굽신거려서 앞으로 오므라진 가슴과 꾸부정한 어깨, 반만 벌려 웃는 수줍어뵈는 웃음, 그리고 오래 바라보고 있으면 허방으로 무작정 떨어질 것 같은 깊은 눈빛. 그런 그가 먼데로 눈빛을 던져두고 침묵에 빠져들면, 누구도 말을 붙이기가 어려웠다. 하지만 애들이 크고, 자리도 잡아가면서 홍로에게서 그 눈빛은 점차 사라졌지만 몸통 어딘가에 흐르는 빈 듯한 기운은 서늘하게 남아 있었다.

점심 손님이 들이닥칠 무렵, 강림이 이층에서 내려왔다. 홍로는 사람이 많지 않을 거라며 도로 올라가라고 했는데도 강림은 한사코 괜찮다고 했다. 그러면서 강림은 카운터 위에 걸린 그림 앞에서 흡족한 웃음을 보였다.

생각한 것보다 손님이 적었다. 모두들 바캉스다 피서다 해서 서울을 빠져나간 탓이었지만, 그래도 평소보다 적게 뽑아놓은 면이 많이 남았다. 그래서 식당 식구들은 냉면을 새참으로 먹었다.

「먹기야 우리가 잘 먹지만, 손님이 너무 없으니까 좀 안 좋네요.」

벌써 이 년째 함께 일해온 부평댁도 예상치 못하게 손님이 너무 적다고 걱정을 했다.

「어차피 여름엔 장사가 안되는데 뭘 그래요. 한 일주일 푹 쉬고 나면 사람들도 정신차리고 일할 거고, 그러면 먹기도 해야 할 거니까 걱정 말아요.」

사라는 얼음이 둥둥 뜬 냉면 국물을 마시며 태평한 얼굴로 부평댁의 걱정을 일축했다. 그러면서 금은방집이 휴가를 가서 수영 파트너가 없으니 오늘은 수영장에 가기 싫다고 했다. 사라는 자꾸 살이 쪄서 걱정이라며 두 달째 수영을 배우고 있는 중이었다.

「그렇다고 빠지면 수영은 언제 잘할 거야. 맨날 물개처럼 헤엄치고 싶은 게 소원이라면서.」

「그래도 자유형은 제법 해요. 이이는 꼭 내가 조금만 쉰다면 눈에 쌍심지를 켜고 그러더라.」

「실컷 돈 내고 안 다니려면 뭐하러 한 달치 수강료를 내. 그럴 바에는 가고 싶은 날만 돈 내고 가면 되지. 사람이 진득하게 뭘 해야지 늘지.」

「아이구, 알았어요. 가면 되잖아요, 하여튼. 괜히 냉면 국물만 많이 들이켰네.」

사라는 끙, 하고 일어서서 이층으로 올라갔다. 매번 수영가방을 카운터 밑에 두고 금은방집 여자가 고갤 내밀면 후다닥 들고 나가더니, 오늘은 애초부터 갈 마음이 없었던 모양이었다. 그러더니 셔틀버스도 휴가라 안 온다고 기어이 강림을 불러내 자동차 키를 쥐어주었다. 강림이 제일 싫어하는 일이었다. 제 엄마가 수영장에 태워 달라고 하는 말은 수영을 끝내고 나올 때까지 한 시간 반을 기다렸다가 집으로 같이 오자는 소리였기 때문이다. 그게 싫으면 집으로 왔다가 다시 나가야 되지만 그도 귀찮기는 마찬가지여서 자동차 키를 넘겨받는 강림의 표정은 우거지상이었다.

「오늘은 택시 타고 돌아오시면 안돼요?」

「니 에미 살아 있을 때 봉양해라. 죽어서 제상 다리 휘어지게 차리면 뭐하냐. 육신도 없이 흠향이 고작일 터인데. 그러느니 난 제상 안 받아도 살아서 효도받고 싶더라.」

툭하면 '살아 있을 때 잘하라'는 게 자식들을 윽박지르는 사라의 주무기였다.

「엄마아!」

「좋아, 오늘은 내 봐줬다. 너도 여행에서 돌아와서 피곤이 덜 풀렸을 테니. 하지만 살아 있을 때 잘해.」

강림은 뒤에서 지켜보던 홍로에게 손가락으로 동그라미를 그려 보이며 사라 뒤를 따라갔다. 강림과 사라가 나가고 홍로는 한숨 자야겠다며 이층으로 올라갔다.

어차피 저녁 손님 들 때까지 한가한 시간이었다. 그래서 홍로는 자주 이 시간을 이층에서 보내곤 했다. 종업원들도 편히 쉬어가며 일을 하라는 의미도 있고, 또 두 정거장 떨어져 사는 어머니를 보러 가는 시간이기도 했다. 팔순이 넘은 어머니 설씨는 한사코 홍로와 같이 살기를 마다했다. 설씨는 굴린 달걀은 병아리 되고, 굴린 사람은 쓸모가 있다는 속담을 신조인지 위안인지로 입에 달고 살았다. 그래서 홍로가 조금이라도 꾀병을 부릴라치면 작대기 들어서 문밖으로 내몰았다. 그러더니 홍로가 결혼을 하자 딴살림 나라고 냉정하게 말하고는, 팔순이 넘도록 혼자 끼니 해먹으며 노인정에서 인형 눈을 붙였다.

「자고로 옛말 그른 거 없다. 나들이 하는 개가 뼈 물어들이고, 가을건이 못해 들인 놈은 겨울 넘길 생각 말아야 하는 법이다. 그리고 또하나 명심할 것은 남의 보증 서지 마라. 남의 보증 서려면 애기 낳지 말고 일해야 하느니.」

사실 홍로가 입 험하고 독한 설렁탕집 할머니 밑에서 오래도록 일을 할 수 있었던 것도 어머니 설씨의 고집 때문이기도 했다.

「세상에 큰 소, 큰 소 하면서도 꼴 안 주는 놈이 쌔고 쌨다만, 니 사장님처럼 입은 험해도 계산 바른 사람이 좋은 사람이다. 아직 니 일성은 아이 일이니 어른 손 될 때까지 참거라. 그저 우리같이 없는 사람들이야 눈썹에 불 붙어도 끌 겨를 없이 돌아쳐야 사는 법이다.」

어머니 설씨는 그런 사람이었다. 그래서 며칠 걸러 집에 들러보면 언제나 문은 굳게 잠겨 있고, 노인정에 가면 인형 눈 달던 손을 멈추지도 않은 채 뭐하러 왔느냐며 어서 가서 손님 한 사람이라도 더 받으라고 성화였다.

맞춰놓은 자명종 소리에 눈을 떴을 때, 홍로는 땀범벅이었다. 드리운 커튼에 비친 햇볕이 아직 창창했다. 홍로는 낮잠 끝에 꾼 뒤숭숭한 꿈 때문에 선뜻 자리를 털지 못하고 앉았으면서도 그 꿈을 벌써 기억할 수 없었다. 자신이 빨려들어갔던 너른 것이 바다였는지 사막이었는지조차 분명치 않았다. 다만 음침하고 두려웠다는 것밖엔.

샤워를 하고 아래층으로 내려가자 부평댁과 미스 리가 수저에 종이집을 씌우고 있었다. 홍로는 꺼두었던 에어컨을 켜며 눈으로 대충 손님 받을 준비가 되었는지 훑었다. 특히 고기를 굽는 집이라 바닥이 기름으로 번들거리거나 끈적거리는 것을 싫어했던 홍로는 맨발로 방바닥을 점검하는 것을 제일 중요한 일로 쳤다. 그래서 늘 락스가 묻은 걸레로 닦아내도록 하곤 했다. 홍로는 주방에 얼굴을 내밀었다. 일일이 말로 간섭하지 않는 홍로는 그것이 주방장에게 묻는 '준비 완료'였다.

사라는 아직 수영장에서 돌아오지 않았는지 카운터가 비어 있었다. 홍로는 카운터 자리에 가 앉았다. 사라 말마따나 바다를 머리에 이고 앉으니 서늘했다. 유리문 밖으로 보이는 거리는 한적했다. 축 늘어진 가로수 잎이 오늘도 얼마나 혹독한 더위였는지 말해주었다. 퇴근시간이 다 돼가는데도 사람들은 많지 않았으며, 헐렁한 거리를 지나는 사람들도 지친 어깨로 느릿느릿 걸었다. 주인보다 한 자쯤 더 긴 그림자들은 지친 말이 끄는 수레처럼 제 주인의 발치에 마지못해 끌려갔다. 홍로는 그런 거리를 바라보며 오늘도 손님이 많지 않을 거라고 생각했다. 식욕이든 성욕이든 의욕이 있어야 솟는 법이다. 먹는 놈이 힘 쓰고, 힘 쓴 놈이 먹는 법인데, 하루 종일 더위에 시달린 사람들은 먹는 일도 힘 쓰는 일도 다 귀찮은 표정들이었다.

따르릉.

넋 빠진 표정으로 밖을 내다보던 홍로는 화들짝 놀라며 수화기를 들었다.

「여기 병원인데요…….」

어쩐지 사라가 돌아올 시간인데도 오지 않고 있었다. 홍로는 후들거리는 걸음으로 단박에 이층으로 올라가서 강림을 불렀다. 벗은 웃통에 앞치마만 두르고 작업을 하던 강림이 붓을 던져두고 달려나왔다.

의자 위에 걸쳐둔 티셔츠를 손에 들고 강림이 홍로보다 더 빨리 아래층으로 뛰어내려갔다. 홍로는 종업원들에게 잠시 병원에 갔다 온다는 말을 내던지고 주차장으로 뛰어갔다. 강림이 벌써 시동을 걸어놓고 티셔츠를 입고 있었다.

「어떻게 된 거예요?」

「모르겠다. 병원인데 엄마가 이제야 정신이 들어서 전화했다는데 더 물어보지 못했다.」

「에이 참, 좀 기다렸다가 모시고 오는 건데…….」

「별일은 없을 거다.」

홍로는 별일은 없을 거라고 말하면서도 손에 밴 땀을 자꾸 바지에 닦아냈다. 그러면서 이리저리 차선을 바꿔대는 강림에게 아무말도 하지 않았다.

사라는 응급실에서 하얗게 웃으며 누워 있었다.

「거봐, 살아 있을 때 잘하라고 했지.」

「어떻게 된 일이야?」

「쥐가 났던 모양인데 제가 늦게야 발견을 하는 바람에…… 사람이 많다 보니까. 죄송합니다. 저희 수영장에서도 안전은 최우선으로 생각하는데…….」

수영 코치라는 젊은 남자는 몸둘 바를 모르겠다는 태도였다.

「선생님이야 어쩌겠어요. 제가 잘못이지요. 강림아, 선생님이 나 때문에 고생하셨는데 시원한 음료수라도 대접해라.」

사라는 주삿바늘이 꽂혀 있는 팔뚝으로 강림에게 어서 갔다 오라고 손짓했다. 그러나 젊은 코치는 괜찮다며 가보겠노라고 했다.

「이그, 이 여편네가 사람 간 떨어뜨릴 일 있나. 왜 이렇게 사람을 놀래켜?」

「가고 싶지 않았는데 당신이 돈타령 하며 억지로 가라고 하니까 이런 일이 생기죠. 아주 꼴까닥 죽을래다가 장사 치를 돈이 아까워서 살아났수. 잘했죠?」

아직 핼쑥한 사라는 손님 들 시간이니 가보라며 홍로를 밀어냈다. 그러나 후들거리는 다리가 간신히 진정된 홍로는 혼자 집으로 돌아가고 싶지 않았다.

강림과 교대해서 잡은 운전대에서 땀이 배어나왔다. 동해안 가는 길은 느렸다.

모두들 이렇게 동해안 가느라고 홍로 갈비집이 비었던 것이다. 그래서 떠나온 길이었는데 빈 가게 지키는 일이 백번 나을 듯싶었다. 뒷자리에 앉은 사라도 지쳤는지 머리를 뒤로 젖힌 채 조용했다. 홍로는 차창을 올리고 다시 에어컨을 틀었다. 닫혀진 차창 밖 풍경은 햇빛에 하얗게 바래보였다. 소리가 들리지 않는 풍경은 지치고 적요했다. 어딘가로 끌려가는, 혹은 긴 장례 행렬처럼 무겁고 장엄하기조차 했다.

「다음 톨게이트 나오면 거기서 차를 돌리자.」

「무슨 소리예요. 여기까지 왔는데.」

「이 더위에 바다 보면 뭐하나. 계곡이 백번 낫다니까.」

「아버진 왜 그렇게 바다를 싫어해요? 맨날 계곡에서 발만 담그고. 난 바다를 실컷 보는 게 소원이에요. 친구들은 죄다 바다로 가는데. 나도 대학에 들어가면 나 혼자 다녀야지. 우리 아버지랑 취미가 안 맞아서 안되겠어.」

유림은 늦게 본 자식이었다. 제 형이랑 무려 십 년씩 차이가 졌다. 게다가 강림이야 홍로를 닮아 체구가 우람하고 단단해 보였지만, 유림은 사라를 닮아 희고 해사한 얼굴에다 체구마저 빈약해 늘 품고 키운 자식이었다. 그래서 그런지 강림에겐 칭찬도 인색하고 뭐든지 잘하길 바랐다. 하지만 유림에게는 그렇게 하지 못했다. 남들 다 하는 일을 해도 잘한 일같이 보이고, 남들보다 조금만 더 나아도 혼자 잘나 보였다. 반면 알 수 없는 불안 때문에 혼자 멀리 여행 가는 일도 못하게 했고, 어려운 일에 선뜻 내몰지도 못했다. 그래서 설씨는 누운 나무에 열매 안 여는 법이라며 나무랐지만, 품에 둬야 안심이 되는 심사를 부부가 모두 어쩌지 못했다.

「야, 너 고삼 맞아?」

「난 놀 땐 확실하게 놀아.」

「너 대학 떨어지면 두고 보자.」

「형은 맨날 대학 이야기야. 빨리 결혼이나 해서 형수 데리고 올 생각이나 하시라구. 재수생보다 더 초라한 게 노총각이니까.」

「우리 막내가 맞는 말 했다. 너 언제 여자 구경시켜 줄래? 엄마 살아 있을 때 손주 좀 보자.」

「유림이 대학 들어가거든요. 솔직히 수험생 뒷바라지가 얼마나 힘든데, 내 색시 데리고 와서 그 일을 시켜요?」

「얘, 우리 돌아가자. 이렇게 해서 언제 바다에 가냐? 여름엔 계곡이 최고야.」

「에이, 아버진 또.」

「어머니가 현명했지. 나도 어머니랑 그냥 남아 있는 건데. 이게 도로야? 주차장이지.」

홍로는 계속 클러치를 밟았다 떼면서 거울로 유림을 바라보았다. 시들한 표정으로 차창을 바라보고 있지만, 바다에 가고 싶은 열망이 가득한 눈이었다. 몇 년째 바다에 가자고 약속만 해놓고 번번이 계곡이나 강에서 보냈었는데, 작년에는 기어코 유림이 짜증을 냈었다.

그래서 꼭, 꼭 내년에는 가마고 약속했는데, 막상 '내년 여름'이 닥친 지금 홍로는 여전히 바다로 가기 싫었다.

「저쪽 진부에서 빠지면 그 유명한 오대산 월정사로 갈 수 있거든.」

유림이 뒤에서 손을 뻗쳐 음악을 틀었다. 무슨 고생을 하더라도 꼭 바다는 가고 싶다는 몸짓이었다. 홍로는 허허 웃었다. 그러면서 너무 높이 올린 볼륨을 낮추었다. 그리고 입을 다물었다. 차는 느리게 달렸다. 홍로는 차를 갓길로 뺐다. 강림이 다시 운전석에 앉고 홍로는 몸을 뒤로 젖힌 채 눈을 감았다. 대관령에서 오줌발 약한 소변을 보고, 시원한 물 한 사발 마시고, 다시 눈을 감고 유림이 틀어놓은 음악을 들었다. 휴게소를 지나면서 아내 사라가 유림과 다투었다. 서로 자기가 듣고 싶은 음악이 여름과 맞는다며 티격태격하다가 사라가 이긴 모양인지 음악이 바뀌었다. 듣지 않아도 그 일 돌아간 본새야 훤했다. 또 살았을 때 운운하며 유림의 예민한 옆구리에 간지럼밥을 먹였을 것이다.

시퍼런 경포 앞바다가 몸을 뒤척이며 누워 있는 것을 본 것은 태양도 걸음이 빨라지는 저녁 무렵이었다. 와! 저절로 터지는 함성 사이로 바닷내음이 물씬 들어왔다. 어렵사리 예약해 둔 콘도에 차를 세우고 방을 배정받자마자 유림은 바다로 달려갔다.

「얼른 뒤따라가 봐. 저녁이라 바닷물도 차가운 데다 여긴 물도 깊잖니. 어서.」

사라가 가방을 들고 나서던 강림의 등을 밀었다. 강림은 어린애도 아닌데, 하면서도 걸음을 빨리 해서 유림의 뒤를 따라갔다. 허약한 유림에 대한 불안은 오래 전에 이미 온 가족에 전염된 병균이었다.

「안 나갈래요?」

「피곤해서. 내일 나가보지.」

사라도 가방을 내려놓자마자 나갈 태세였지만, 홍로는 소파에 털썩 주저앉았다. 너무 오랫동안 차를 타고 와서 지쳤다. 홍로는 사라보고 나가라고 해놓고 담배를 빼 물었다.

「어차피 저녁은 사 먹어야 하는데 같이 나갑시다. 벌써 노인네 티 내슈?」

「운전을 해봐. 이따 저녁 먹을 때 이리 전화해. 그때 나가지.」

홍로는 소파에 더욱 깊숙이 몸을 묻었다. 열려진 창문으로 들어오는 바람이 제법 시원했다. 홍로는 담배연기 사이로 소금기 있는 바람을 느낄 수 있었다. 육십 되려면 한참 남았는데 어쩌고 저쩌고 하는 아내의 소리를 귓등으로 들으며 홍로는 침대에 벌렁 누웠다. 너무 지쳐서인지 샤워조차 하고 싶지 않았다.

그사이 잠깐 잠이 들었나 보다. 전화벨 소리에 눈을 떴을 때 방엔 희끄무레한 가로등 불빛이 밀려와 있었다. 홍로는 멍한 머리를 흔들며 전화를 받았다.

한참을 걸어도 사라가 말한 음식점 간판은 보이지 않았다. 바닷가 쪽으로도 음식점과 여관 들이 즐비해서 바다도 보이지 않는 그 좁은 거리는 네온사인과 젊은이 들로 출렁거렸다. 여기저기 비명소리와 기타 소리와 왁자하게 떠드는 소리에 수족관 속에서 느리게 헤엄치는 고기가 낯설어보였다. 젊은이들의 소리는 터무니없이 들떠서 붕붕 날아다녔다. 그들은 취해 있었다. 젊음에, 바다에, 술에, 여름밤에. 홍로는 젊은 열기 속에 숨어 있는 간판을 겨우 찾았다. 이층에 이미 자리잡고 앉아 있던 사라가 부스스한 홍로 얼굴을 보며 쯧, 혀를 찼다. 홍로는 입 안이 깔깔해서 밥보다 술을 더 마셨다.

홍로는 파도소리에 뒤척였다. 유림과 강림은 뒤척이는 홍로의 불면을 밟고 밤늦게 돌아왔다. 두 아들에게서 열은 바다 냄새가 풍겼다. 강림의 푸념을 귓등으로 들으며 홍로는 슬며시 잠이 들었다. 잠깐 눈을 붙였는가 싶었는데 홍로의 머리맡으로 강림의 짜증이 날아들었다.

결국 일출을 보겠다는 유림은 사라와 함께 나갔다. 둘이 나가는 걸 보고 다시 잠속으로 빠져들었는데, 유림의 소리에 다시 눈을 떴다. 이미 방안은 두터운 햇살로 더워지고 있었다.

「난 여기 와서 내 체질을 알았어요. 난 바닷사람 체질이에요. 난 늙으면 다 정리하고 배 하나 사서 선장 할 거예요.」

「얘 또 소설 쓰네. 제 2의 빌 게이츠는 어디 갔니?」

「그러니까 늙어서 선장하겠다는 거죠. 번 돈 다 사회에 기증하고 배 한 척 사서 여기로 올 거예요. 처음 바다를 딱 보는 순간, 바다가 여태까지 날 기다리고 있었다는 걸 알았다니까요. 젊어서 바다에 온다면 난 바다와 싸울 것 같아요. 생업의 전선이니까. 하지만 늙은 다음엔 바다하고 친구가 될 것 같아요.」

강림도 사라도 그리고 홍로도 다들 유림의 말에 입을 벌리고 바라보았다. 유림이 그토록 흥분하고 들떠 있는 것을 처음 보았다. 그토록 원하던 컴퓨터를 사줬을 때도 좋아하긴 했지만, 지금처럼 마구잡이로 들떠 있진 않았다.

늦은 아침을 먹고 넷은 바다로 나갔다. 수영복 위에 헐렁한 티셔츠만 걸치고 샌들을 직직 끌고 걸으면서 정말로 바닷가에 놀러왔다는 것이 실감났다. 바다는 만원이었다. 비명을 지르는 사람을 태운 보트가 물살을 가르며 달리는 풍경이 눈부셨다. 홍로네는 빌린 파라솔 밑에 타월을 깔고 앉았다. 몇 달 전부터 배운 수영 실력을 뽐내고 싶은 사라와 바다에 홀딱 반한 유림이 바다로 먼저 퐁당 뛰어들었다. 홍로는 많은 사람 중에 사라와 유림을 더듬다가 먼바다로 눈을 돌렸다. 햇빛에 반사된 바다는 은빛으로 고왔다. 홍로는 눈을 가늘게 뜨고 실낱 같은 한숨을 뱉었다. 둥근 수평선 위로 뭉게구름이 피어올랐다. 화폭에 가두면 금방 죽어버리고 말 팔닥거리는 그림이었다. 홍로는 담배를 가져오지 않은 것을 알고 후회했다.

쩍 입맛을 다시는데 강림이 허리 색에서 담배를 꺼내 주었다.

「넌 수영 안하니?」

「이렇게 보고 있는 게 더 좋아요. 이따가 한바탕 헤엄쳐야죠.」

「야, 너 아버지 젊었을 때보다 더 근육이 좋은데? 수영복 차림으로 여기서 저기까지 한번 걸어갔다 와봐라. 지남철에 쇠붙이 붙듯이 아가씨들이 줄줄이 붙을 것 같다.」

「아버진, 아버지도 그런 말을 할 줄 아세요?」

「내 아들이지만 정말 멋져보여서 그런다. 그런데 왜 넌 여자가 없니?」

강림은 그러는 홍로의 얼굴을 보고 웃었다.

「정말 고민이에요. 왜 맘에 드는 여자가 없죠?」

「야, 어디 한번 만져보자. 너 고자는 아니지?」

「에이, 아버진.」

「그렇지 않고야 이상하잖냐.」

「화장실에 같이 가서 시합할래요?」

「그럴래, 정말?」

「그래요, 정말요.」

「정말이지? 아직 나도 짱짱하다. 정말 한단 말이지…….」

홍로와 강림이 클클 웃었다. 그러면서도 환하게 펴진 얼굴이 아닌 홍로는 꽁지까지 타들어간 담배를 모래에 비벼 껐다. 모래는 달궈질

대로 달궈져 있었다.

갑자기 바닷물에서 첨벙거리던 사람들이 이상해졌다. 도미노처럼 그 술렁거림은 점점 번져가기 시작했다. 순간 홍로는 솜털이 바싹 일어서는 전율로 벌떡 일어서서 바다를 바라보았다. 탐조등처럼 이리저리 굴리던 눈알이 갑자기 멈춰지면서 내리 바다로 달리기 시작했다. 강림도 반사적으로 따라 달리긴 했지만 무슨 일인지는 알 수 없었다. 그러고는 물가에 서서 먼저 도착한 홍로가 바다로 힘차게 헤엄쳐 들어가는 것을 넋 빠진 표정으로 지켜보았다. 아, 그러다 그도 함께 따라 들어갔다. 유림이었다. 아니 사라였던가. 사라는 울부짖고 있었다. 사라는 유림이, 유림이를 부르며 몸부림을 쳤다. 술렁거리는 사람들 너머로 홍로의 푸른 셔츠 등짝이 점점 멀리 헤엄쳐 나가는 게 보였다. 강림은 사라를 모래사장에 앉혀놓고 다시 물 속으로 뛰어들어갔다. 한참을 정신없이 달려가다 보니 홍로가 유림의 목을 끌어안고 헤엄쳐 오는 것이 보였다. 어디선가 구조대가 나타났지만 홍로의 기세에 눌려 지켜보는 꼴이었다. 그러다가 홍로가 유림을 모래사장에 눕히자 그들은 유림에게 붙어서 인공 호흡을 하기 시작했다.

간신히 정신이 든 유림은 한사코 병원에도 콘도에도 가지 않겠다고 했다. 그는 파라솔 그늘에 누워 있으면 괜찮을 거라고 했다. 홍로도 더이상 뭐라 말하지 않았다.

「바다가 날 불렀어요. 정말이에요.」

유림은 핼쑥하게 웃으며 아직도 울먹이는 사라의 손을 잡았다.

「그래, 넌 천상 바닷사람인가 보다. 나중에 아버지가 더 늙어서 갈비집 그만두게 되면 니 아버지 보고 선장하라고 하마. 그러면 넌 가끔 놀러와라.」

「바닷사람은 무슨.」

지쳐 누워 있던 홍로가 작게 코웃음을 쳤다. 홍로는 콘도로 돌아가 쉬라는 말에 선뜻 일어나지 못할 만큼 기진해 있었지만, 죽었다가 살아난 유림과 반쯤 정신이 나갔다가 돌아온 사라의 이야기를 귓바퀴 안에 모아두고 있었다. 그러면서 유림이 바닷사람이라고 하는 말에서 뜽금없이 불안을 느끼고 있었다.

「내일 돌아가자.」

유림이 아쉬운 얼굴로 돌아보았지만, 지쳐 누워 있는 홍로의 말을 거역할 수 없었다.

콘도로 돌아와 늦은 점심을 먹었지만, 누구도 입맛 다시게 먹진 못했다. 그런 와중에도 유림은 한 번만 더 바닷가에 가고 싶다고 우겨서 강림과 묶어서 내보냈지만 썩 안심이 되지 않았다. 힘든 하루였으므로 한숨 자고 싶었는데 자꾸 가라앉는 몸과 달리 정신은 말똥말똥 살아나서 자꾸 담배만 피웠다. 한차례 소동을 치른 게 힘들었던지 사라는 곤하게 잠들었다. 홍로는 낮게 코까지 고는 사라의 얼굴을 한참 바라보았다.

서울 장안에서 몇 대째 이어오던 갑부였다는 장인은 정치에 빠져서 있는 가산 다 날리고 외딸을 삶의 전쟁터로 몰아넣고는 급기야 화병이 나서 부부가 연이어 죽었다고 했다. 그래서 그런지 사라는 모진 스무 살 적 고난에도 불구하고 살림이 펴지면서 뽀시락뽀시락 귀티를 내며 살아났다. 그런 사라를 보면서 사람이란 그 근본은 어쩌지 못하는가 보다는 생각에 가끔 빠져들곤 했다. 지나가던 얼치기 점쟁이가 한, 사라가 복이 있는 상이라는 말을 구태여 빌리지 않고도, 홍로는 결혼하면서 조금씩 살림이 펴기 시작했다. 그래서 어머니 설씨도 '사라 복'이라며 사라가 들고 들어온 복을 어여삐 여겼었다. 그러면서도 은근히 홍로의 복도 같이 추켜세웠다.

「자고로, 거지 떡 쩌 먹으려 하면 시루가 깨지는 법이고, 빈복한 놈 달걀 속에는 뼈 들어서 못 먹는 법인데, 그래도 홍로 니가 여복은 있는 거다.」

어머니 설씨 말이든 지나가던 점쟁이 말이든 귀티 내며 살아나는 사라를 보노라면 홍로는 감사하고 어여쁜 마음보다 가슴 저 밑바닥에서 부는 찬바람이 느껴져 수긋해지곤 했다. 태 사른 땅 버리고 시작한 서울 생활 삼십 년이 훨씬 넘었건만 설씨도 홍로도 한 번도 입 밖에 내지 않은 슬픔은 버려질 일도 잊혀질 일도 아니었다.

「한숨 자지 여태 안 잤수?」

홍로가 묽은 어둠 속에서 담배를 피우고 있는데 사라가 일어났다.

「더 자지. 근데 애네들은 아예 바다에다 삶은 정까지 들일 양인가 여태 안 들어오는구만, 그래.」

「내버려둬요. 실컷 놀다 가야지 원이 풀리지요. 녀석이 얼마나 바다가 보고 싶었으면 자기가 고삼인 것도 모른체하고 따라왔겠수. 무조건 하라고 머리 박는다고 공부할 애도 아니고, 저렇게 원없이 하고 나야 더 힘내서 공부도 할 거 아녜요. 그나저나 이제서야 말이지만 언제부터 그렇게 수영은 잘했수? 난 깜짝 놀랐어요. 당신 통 그런 이야기 안했잖아요. 하긴 당신이야 나하고 결혼하기 전 이야기는 한 번도 한 적 없었지만.」

「어려서 조금 배운 건데, 내 자식놈이 빠졌다니까 앞뒤 안 가리고 한 거지 뭐. 그나저나 애들 나갔다 오면 배고플 텐데.」

「난 아직도 유림이 생각하면 다리에 힘이 쪽 빠져요. 사실 밥 해먹을려구 이것저것 싸오긴 했지만 하고 싶은 맘도 없네요.」

강림과 유림이 돌아온 건 저녁도 한참 지난 시간이었다. 정작 죽었다가 살아난 유림은 쌩쌩해서 신이 올라 있는데, 홍로와 사라는 여전히 지쳐 있었다. 그래서 콘도 맨 꼭대기층에 있는 식당에 무거운 걸음으로 들어가서도 홍로와 사라는 먹는 둥 마는 둥했지만, 유림은 연신 바다에 대한 이야기를 하면서 이것저것을 주문해서 먹어댔다. 홍로는 그러는 유림을 근심 어린 눈으로 물끄러미 바라보았다.

사람일이란 게 참으로 알 수 없었다. 그토록 사라가 입에 침이 마르도록 칭찬을 아끼지 않았던 주방장이 휴가가 끝나도 전화 한 통 없이 나타나지 않았다. 그가 자취하는 집에 전화를 해보았지만 휴가 간다고 나가서 여태 돌아오지 않았다는 말뿐이었다. 사라는 툴툴대면서 오래 전에 그만둔 주방일을 다시 해야 했다.

일주일 만에 문을 연 날이어선지 손님이 그다지 많지 않았다. 그래도 사라는 저녁 손님이 끊어지자 이층으로 올라가 큰대자로 뻗었다.

다음날도 또 그 다음날도 주방장은 소식이 없었다. 해외여행 갔다가 금발 아가씨한테 반해서 늦나 보다고 농담을 하던 사라도 새로운 사람을 들여야 할지 심각하게 고민하기 시작했다. 그런데 휴가가 끝나고 닷새째 되는 날, 점심 손님이 썰물처럼 확 빠져나간 뒤로 한 늙은 영감이 축 늘어져서 들어왔다. 한눈에 보기에도 진이 다 빠진 노인네는 햇빛 속을 어떻게 걸어왔으랴 싶게 지치고 처져보였다. 그 영감을 보는 순간 홍로도 사라도 왠지 알 수 없는 예감에 온몸이 굳어지는 걸 느낄 수 있었다.

「찬물 한 잔 주세요.」

입이 허옇게 마른 영감이 아주 작은 소리로 말했다. 홍로는 막 내렸던 에어컨 스위치를 다시 올리며 영감에게 다가갔다.

「사장님인가요?」

「예, 그렇습니다.」

「우리 은만이가 죽었어요. 여기서 주방일을 했던 우리 은만이가요.」

홍로는 털썩 의자에 주저앉았다. 조금 전 영감이 문을 밀고 들어올 때 느꼈던 전율로 입술이 파르르 떨렸다. 이층으로 올라가려다 계단에 서서 죽 영감을 지켜보던 사라도 달려와 앉았다. 미스 리도 부평댁도 모두들 멈추었다. 아주 짧은 시간이었지만 식당 안의 모든 것, 심지어 시계조차 정지된 듯한 적요가 차갑게 짓눌렀다.

「여기서 한 일 년 더 일한 다음 자기 가게 내겠다고 했는데, 그때 결혼도 하고 가족도 함께 살자고 하더니…….」

영감은 물을 한 컵 더 비우며 말끝을 흐렸다.

「돈 아낀다고 휴가 받아도 어디 놀러가는 애가 아니었어요. 그러더니 무슨 액이 끼었는지 친구들이랑 동해안에 가서는 시신이 되어 돌아오고 말았어요.」

위아래로 크게 들썩이던 홍로의 어깨가 오랫동안 멈추어진 채 고통스러운 눈을 영감에게서 떼지 못했다. 그러다가 그대로 고개를 탁자에 박고는 으허헝 울기 시작했다. 느닷없는 울음에 앞에 앉은 영감도 사라도 놀라서 홍로를 바라보았다. 한참을 울고 난 홍로가 고개를 들었다.

「그래, 다른 자제분들은…….」

「그 아래로 아직 대학 다니는 아들놈이 하나 있지요. 우리 두 늙은이들이야 시골에서 텃밭 하나 일구며 살았지만, 은만이가 희망이었지요. 위로 누이들이 있지만 다 남의 식구 되구요.」

한동안 쓰지 않은 놋그릇처럼 여기저기 검버섯이 돋기 시작한 영감은 갈색으로 찌든 몸뚱이를 작게 오므리며 한숨을 내쉬었다. 몇십 년 동안 갈지 않은 초가의 지붕처럼 처지고 늘어진 눈자위엔 눅진눅진한 눈꼽과 눈물이 들러붙어 있어, 자식놈을 앞세운 늙은이의 서러움을 더해주었다. 홍로는 그런 영감을 하염없이 바라보았다. 사라는 그런 홍로가 어쩐지 낯설기도 하고 걱정도 되어서 얼음이 동동 뜬 미숫가루를 홍로 앞에도 영감 앞에도 한 대접씩 놓았다.

상황이 편치 않게 돌아가던 터라 일찌감치 문을 닫은 그날 밤, 사라는 언성을 높였다. 홍로는 사라가 놀랄 정도로 넘치는 액수가 담긴 봉투를 영감의 손에 들려주었던 것이다.

함석지붕에 우박 떨어지듯 자글자글 대들어대는 사라의 소리를 못 들은 척하던 홍로가 느닷없이 고개를 쳐들었다.

「우리 유림이 대신 죽은 것 같아서 그랬어, 왜?」

자못 목소리는 컸지만 홍로의 눈빛엔 전의라곤 하나도 없는 데다 깊은 수심이 차 있어 사라는 움찔했다. 그래도 내처 하던 대로 몇 마디 더 내뱉으려다 웅크린 채 앉은 홍로의 몰골만 쳐다보았다. 그러고는 땀으로 젖은 티셔츠 앞자락으로 활랑활랑 바람을 일으키며 일어서고 말았다.

2

저 산천에　　불난 것은
비나 오면　　꺼지지만
청청과수　　속타는 건
물을 준들　　끌 수가 있느냐
이여싸나　　이여싸나

채운이 달랑 홀몸으로 제주로 돌아온 것은 만팔천 신들이 모두 하늘로 올라간 날이었다. 신들이 비운 섬을 바람이 미친 듯이 몰려다녔고, 그 바람에 머리채를 잡힌 나무는 이리저리 쏠리며 몸부림을 쳐댔다. 미친 바람에 시달린 마당의 야자수는 바람이 잠시 숨을 돌릴 적마다 그 넓은 잎을 축 늘어뜨린 채 지친 표정이었다. 채운은 그 늘어진 야자수를 손으로 슬쩍 만지며, 마실 나갔다 돌아오는 딸처럼 집으로 들어섰다. 그러나 그 얼굴엔 예사롭지 않은 기운이 서려 있어, 아침부터 울상으로 가라앉은 하늘을 손으로 푹 찌르면 하늘은 기어이 후드득후드득 몸을 떨며 울어댈 것 같았다. 전날 전화를 받아둔 터이지만, 그래도 그렇게 썩 들어서는 채운을 보고 상국은 심장이 쿵 떨어지며 멎는 것 같았다. 그리고 이틀 뒤 커다란 상자 두 개가 배달되었다. 그것으로 채운의 서울 생활은 끝이었다. 이미 이러리라 짐작한 지도 벌써 일 년이 넘었다. 그 세월 버티고 살아온 채운의 몸부림이 안쓰러울 뿐이었다.

상국은 그 동안 비워두었던 다락방을 청소했다. 어차피 노인네 혼자 살던 집이니 빈방이 있었지만, 채운은 오자마자 한숨 자고는 다락방부터 찾았다. 그러더니 이틀 뒤에 배달된 상자 하나를 가지고 올라갔다. 기름 냄새와 함께 그림 도구들이 쏟아져나왔다. 그리고 채운의 무심한 손끝에 딸려나온 몇 점 그림들! 상국은 애써 모른체 했지만 터지는 신음소리는 어쩔 수 없었다.

집 뒤란 감귤밭에 방풍림으로 심어둔 삼나무가 우우 울어댔다. 상자에서 꺼낸 물건을 방 여기저기에 늘어놓던 채운은 의자에 털썩 앉으며, 「저 바람소리가 날 불렀어요」 했다. 상국은 쯧, 하며 돌아섰지만, 경사가 급한 계단을 내려가는 걸음이 위태해서 뒤로 돌아 기어서 내려갔다. 보이지 않는 아래 계단을 향해 다리를 조심스럽게 내디딜 때마다 곧바로 다음 계단이 짚히는 게 그렇게 이상하고 안심스럽기도 처음이었다.

「어이구, 저놈의 바람소리.」

다음 계단이 허방이 아닌 것을 확인하려는 듯 혼자소리로 중얼거렸지만, 정말이지 채운이 온 뒤로 바람소리가 그렇게 싫을 수가 없었다. 평생 들어오던 바람소리였다. 바닷가에 나가 파도소리를 들으면, 저것이 집 뒤란 삼나무 우는 소리려니 하고, 삼나무 우는 소릴 들으면, 저것이 어느 바닷가에서 치는 파도소린가 했다. 왜 바람소리는 파도소리와 그리도 닮았는지. 상국은 공연히 쯧, 하고는 더 소리를 내보았다. 채운이 대학에 들어간 뒤로 죽 혼자 살면서 아무리 외로워도 혼자소리를 하지 않던 상국이었다. 그러나 요 이틀 상국은 계속 혼자 중얼거리는 자신을 발견하곤 했다. 비 맞은 중 귀신이 내 몸에 빙의했나, 또 그 오죽잖은 혼자소리.

채운은 한 달 동안 다락방에 처박혀서 내려오질 않았다. 밥 먹으라고 성화를 부려야 하루에 한두 번 내려오는 게 고작이었다. 얼마 전에는 아예 그곳에 침대까지 들여놓고 잠도 거기서 잤다. 거기서 그림만 그렸다. 그리고 또 그렸다. 지난 일 년 반 동안 그리고 또 그리고 그래서 정신 나간 사람처럼 되어서 이혼을 하고 내려오더니 여전히 그리고 또 그렸다.

「우진이는 뭘 할까.」

밥 먹으러 내려와도 통 말이 없는 채운이 어쩌다 내뱉는 말이라곤 혼자말처럼 중얼거리는 딸 걱정이 고작이었다. 상국은 그런 채운에게 일거리를 찾아보라고 했다. 사람이 혼자 처박혀서 하는 짓이 그러니 온전한 사람도 미칠 거라고 다그쳤다. 그러나 핼쑥한 얼굴에 초점 없는 눈으로 듣는 둥 마는 둥했다.

채운이 집에 돌아온 뒤로 상국에게 생긴 또다른 버릇은 종일 집안을 서성이는 거였다. 도통 집에 처박혀 있는 성미가 못 되었던 상국이었음에도 집을 선뜻 비울 마음도 없었는 데다 그렇다고 진득하니 구들에 앉아 있지도 못했다. 하다못해 스물댓 평 되는 마당과 마당에서 골목으로 나가는 통로인 올레를 알뜰살뜰 다듬는 취미도 집어치웠다. 집안을 서성이다가 마당가에 심겨진 털 많은 종려나무 둥치에 대고 온몸을 비비대고 싶은 충동을 누르는 것만으로도 인내심을 요구했다. 서성이던 걸음을 멈추고 상국은 다락방으로 올라갔다. 채운은 의자에 앉아 초점 없는 눈으로 이젤 앞에 앉아 있었다. 상국은 그녀가 그새 그려놓은 몇 점의 그림들 앞에 주저앉고 말았다. 청비! 분명 청비였다. 처음 채운이 상자 속에서 꺼낸 그림을 보고 가슴이 서늘했었는데, 설마 했었다. 그러나 이제 더이상 부인할 수 없었다. 상국은 주전자에서 물을 따라 마셨다. 이마에 땀이 맺혀 손으로 닦아보았지만 축축한 손길이 가르고 간 이마는 여전히 더웠다. 상국은 창가에 섰다. 멀리 바다인 듯 하늘인 듯 엉켜 있는 희미한 바다가 보였다. 여름밤이면 한치잡이 배들이 불 밝히고 떠 있는 것이 장관인 바다였다. 그러나 이렇게 한낮이면 바다와 하늘은 경계가 없고 그것이 바다인 줄 알고 봐야 바다가 보이는 정도였다. 상국은 바다를 보았다.

「채운아.」

여전히 바다를 바라본 채 채운을 불렀다. 옆얼굴로 힘없이 돌아오는 채운의 눈길이 느껴졌지만 소리는 들을 수 없었다. 상국은 엷은 한숨을 쉬었다.

「윗대 이야기야 잘 모르겠지만, 니 외할아버지 유씨는 심방(무당)이었지.」

「…….」

「4·3 때 심방들이 남아나지 못했는데, 그때 너의 조부 유씨도 그랬다더라. 그래서 오랜 단골이던 김기철이란 분이 그 딸을 맡아 키우셨느니라. 배가 두 척이나 있는 부유한 양반이었지.」

상국은 다시 한숨을 쉬었다. 뒤란 삼나무가 웅웅 울었다. 상국은 저 소리가 어느 바다 파도소린가 생각했다.

다섯 살에 시집간 청비는 열아홉 되던 해에 신방을 차렸다.

청비가 홍로를 본 것은 물론 어릴 적이었다. 청비 다섯 살, 홍로 일곱 살에 구덕혼사(어렸을 때 하는 정혼)로 가약이 맺어졌고, 양가 어른이 오랜 친구였다. 기철이 바닷가에서 배를 부리고 홍로의 아버지 제민은 중산간(中山間) 마을에서 손바닥만한 땅에 농사를 짓거나 사냥을 해서 먹고 살았다. 제민이 어린 청비를 눈에 둔 것은 청비가 기철의 집에 양녀로 온 지 두 해 만이었다. 어린것이 눈망울이 초롱초롱하고 총기가 있었다. 제민은 아들만 셋을 둔 기철에게 딸이 있으면 구덕혼사를 치르자고 농담 반 진담 반 늘상 노래를 불러오던 터였다. 하지만 기철이 선뜻 나서지 못하고 있다는 것을 알았다. 그래서 제민이 먼저 운을 떼었다. 청비가 심방의 딸이었던 데다 하필이면 구월 스무여드레 생이었다. 구월 스무여드레라면 무조(巫祖) 탄신일이라 구월에 태어나면 '팔자 그르친 심방이 태어난 달'이라 좋지 않다는 속설이 있었던 탓이었다.

주변 사람들도 말이 많았다. 대체 중산간 양반입네, 하고 재는 사람들이란 바닷가 사람들과 즐겨 혼사를 치르지 않는 일이었는 데다, 심방의 딸 그것도 구월 하고도 딱 스무여드레에 태어난 계집을 며느리로 받아들이겠다고 먼저 운을 뗐으니 망할 징조라는 거였다. 아내 설씨도, 집에 흉사가 들라면 뜬은 닭이 꼬끼오 하고 그슬린 돼지가 뜀박질 한답디다, 하면서 제민의 결정에 펄쩍 뛰었다. 그러나 물때 보며 배질한다고, 설씨가 적극 나서서 말릴 수도 없었다. 기철이로 말하면 제민의 오랜 불알친구인 것은 둘째로 치고라도 뜬땅 손바닥만한 게 전부고, 섯보리밥도 배불리 먹지 못하는 제민의 처지에 가끔 바닷고기도 대주고, 사냥질이 시원치 않은 철에 배질도 하게 해주는 기철이 아니었던가. 그래서 친정에 가도 못 얻는 저녁거리 바다에 가면 얻는다고, 남편 제민의 얼굴 백 번 봐도 풀죽 한 그릇 안

나오다가 기철이 한 번 다녀가면 보말국이라도 한 이삼 일 넉넉히 먹을 수 있었다. 그러니 노루가 내려갈 때 할아바님 할아바님 하다가 올라갈 때 내 아들놈 내 아들놈 하더란 짓은 하지 말아야 했다.

구덕혼사를 치른 뒤로 기철은 더욱 자주 사돈 운운하며 바닷고기도 날라오고, 주정공장에서 얻어온 말린 고구마도 가끔 들여주곤 했다. 설씨는 노루고기 한 점 먹으려다가 제 고기 열 점 잃는 꼴 되고 말지 하는 불안이 아주 없는 것은 아니었지만, 어쩌다 한 번 볼 때마다 점점 더 총기가 반짝이는 청비도 고왔고 기철의 사돈 소리도 귀에 달아서 차츰 방정맞은 생각도 하지 않게 되었다.

그러다 홍로가 열아홉으로 들어서던 해, 백중날 솜반내로 마을 사람들과 몰려가 물맞고 온 뒤로 제민이 시름시름 앓기 시작했다. 홍로가 아홉수를 넘기면 혼사를 치러야겠다고 양쪽 집에서 은근히 결심을 세우던 무렵이었다. 워낙 구척 장신에 산으로 들로 바람처럼 싸돌아다니는 제민인지라 여태 고뿔치레 한 번 하지 않은 몸이었다. 그렇다고 마을에 역질이 돈 것도 아니었고 집 문짝 하나 고친 것도 없어 동티날 일도 없었다. 덜컥, 설씨는 오랫동안 잊고 지내온 불길한 청비 핏줄이며 구월 스무여드레 드센 날이 명치끝에 얹혔다. 그렇게 물질을 하고도 뽀얗게 피어나는 청비의 자태도 공연히 예사롭지 않았다. 딸은 어멍 피 물어난다는데, 본향당 마당에 살랐을 청비의 태(胎) 기운이지 싶었다. 청비의 생부 유씨가 삼동네 떠르르하게 영험하다던 수심방 중의 수심방이었다는 사실도 목엣가시처럼 되살아났다.

그러나 코밑이 거뭇거뭇해지면서 홍로에게선 자주 갯내가 나기 시작했다. 보리 굽고 삼가지 벌어져 장인 보고도 궁둥이로 절한다는 그 바쁜 철에도 늦도록 동산에 올라 대낭피리 흐드러지게 불다 수심에 찬 눈으로 정낭에 들어서기 일쑤였다.

「섯보리밥 한 그릇에 말처럼 일하고는 또 그놈의 대낭피리 불어대면 어지럼증이나 생기는데 무슨 청승으로 그러고 다녀?」

설씨의 지청구에도 홍로는 제 아비 닮아 떡대 같은 몸을 구들에 누이고는 휙 돌아눕기 일쑤였다. 바가지 가득 좁쌀밥을 푸면 설씨가 몇 수저 들기 전에 휭하니 비우고 짜디짠 자리젓 한 종재기도 홀쩍 비우던 것이, 홍로가 수저를 놓고 일어서도 밥이 절반이나 남아 있는 날이 많았다. 그러잖아도 누워 있는 제민을 생각하면 작년 추석에 먹은 송편도 얹힐 판인데 홍로마저 병든 닭처럼 시들거리니 설씨는 청비 생각만 자꾸 불길하게 피어났다.

이약 저약 백약이 무효하고, 큰맘 먹고 기철이 가져다 준 문어며 전복을 달이고 죽을 쑤어 먹여도 제민의 병세는 깊어갔다. 오래된 초가를 들쑤셔 굼벵이도 고아 먹이고, 멀고먼 데서 벌어지는 잔칫집까지 단숨에 내달아 뜨끈뜨끈한 돼지간도 구해 왔지만 설씨의 정성은 빛을 보지 못했다. 조 한 사발만 있어도 안 진다는 장리빚도 한두 번이지, 결국 설씨는 손바닥만한 뜬땅을 팔기로 했다. 홍로가 연이어 나흘을 갯내 푹푹 풍기며 소라 몇 개, 갈치 몇 마리 들고 오던 날이었다.

설씨는 은빛으로 찰랑찰랑 빛나는 살진 갈치를 마당에 내동댕이쳤다. 던져진 갈치는 날이 잘 벼려진 칼처럼 챙강챙강 달빛을 받아냈다.

어부 삼대면 조상을 바다에 누인다더니, 청비가 열여덟 되던 해 기철이 바다에 눕고 말았다. 기철의 작은 각시가 물애기(갓난아기)를 업고 열흘 밤낮을 바닷가에 나가 울어도 기철은 돌아오지 않았다. 이제 어엿한 장부가 되어 또다른 배를 부리고 있던 기철의 큰아들 말에 의하면 작은부인 들어앉히고 기철이 욕심을 냈다고 했다. 바람이 심상치 않아서 식구들이 말렸는데, 이런 날 어장이 더 좋다며 나갔다고 했다. 말하기 좋아하는 사람들은, 늙은 놈이 젊은 첩 하면 불 본 나비 날뛰듯 한다더니 꼭 그 짝이라고 했다. 그러나 설씨는 그런 사람들에게 혀를 쯧 찼다. 말이 없고 정이 많은 기철이었다. 또 작은각시를 들이기는 했지만, 말이 작은각시지, 그 여자에겐 보시나 마찬가지였다.

청비는 쉽게 울었다. 그런데도 설씨는 어쩐지 그 울음소리가 구성지다고 생각되었다. 머리 풀어헤치고 우는 청비는 우는 모습도 아름다웠다. 눈물 가득 고여 먼데를 바라보는 눈빛은 샛별보다 더 초롱초롱 아름다웠다. 설씨는 그 눈빛에서 한기를 느꼈다.

제민이 지팡이 짚고 봉두난발로 초상집에 들어선 건 설씨가 청비의 눈빛에서 한기를 느끼며 막 몸을 부르르 떨 때였다. 벌써 일 년 가까이 되도록 자리보전만 하던 제민이었는지라 설씨는 기철이 죽었다는 말만 비쳤을 뿐 가자, 오잔 말 한마디 하지 않았었다.

상방에 차려진 기철의 영전에 어렵게 향을 사르고 한바탕 꺼이꺼이 울고 난 제민은 놀라 달려온 청비의 부축을 받으며 마당으로 내려섰다. 부르르 떠는 지팡이에 몸을 의지한 제민은 청비의 등을 쓰다듬었다.

「앞으로 니가 힘들겠구나……. 벌써 열여덟인데, 열여덟…….」

헛바람이 절반쯤 들어간 열여덟 소리를 제민은 한숨처럼 내뱉었다. 하긴 열여덟이면 지금쯤 혼사를 치러야 부모가 안심할 나이였다. 비바리 스물 넘으면 망종 지난 보리 취급 받던 시절이었다. 물질도 잘해서 열 길 물 속도 드나드는 당찬 처녀였으니 홍로와 구덕혼삿일만 없었다면 여기저기서 혼담이 들어왔을 터였다.

청비는 그런 자기 신세를 생각했는지 제민 앞에서 한바탕 흐느껴 울었다. 한참을 그렇게 둘이 설운 부녀처럼 마주앉아 있는데, 한나절 내내 밖으로만 나돌던 홍로가 제민에게 돌아가자고 했다. 어차피 혼자 돌아갈 힘도 남아 있지 않은 제민이었다. 제민은 홍로 등에 업혀서 집으로 돌아갔다. 홍로와 제민 그리고 설씨를 바래다 주러 동네 어귀까지 나온 청비는 돌아가는 제민의 등에 대고 또 한 차례 눈물 바람을 보였다.

가끔 홍로는 청비를 멀리서나마 보려고 바닷가에 갔다. 언덕에서 포구를 내려다보면 잔잔한 바다는 은빛 햇살에 몸을 뒤척이고, 어쩌다 한두 채 쉬고 있는 배가 평화로웠다. 포구 옆 갈대숲이 하얗게 눈부신데, 가끔씩 푸드덕 날아오르는 오리의 날갯짓 사이로 천지연 폭포물 떨어지는 소리가 잠시 끊어지곤 했다. 조금 더 추워지면 저 갈대숲 사이로 우아한 학들이 날아오르리라.

초등학교 땐 가끔 천지연으로 청소를 하러 가면 발전소 옆댕이에 오줌을 싸다 번번이 꿀밤을 맞던 홍로였다. 숭어가 무태장어 다 잡아먹는다고 숭어잡이에 나서던 한때의 짧은 학창시절의 즐거움이 있는 천지연이었다. 그러나 요즘 들어서는 꼭 이 언덕배기까지만 와서 배가 들어오고 해녀들이 쏟아지는 것만 지켜보다 돌아가곤 했다. 그러다 한 무리 해녀들이 왁자지껄 몰려나오면 다들 물소중이 바람인 그 무리에서도 단번에 보이는 게 바로 청비였다. 그런데 물질 갔다 돌아오는 청비를 보러 바닷가에 갔다가 청비와 마주서고 말았다. 언덕배기에서 보다가 돌이켜 왔어야 했는데, 홍로는 저도 모르게 청비가 다니는 길목으로 성큼성큼 내려섰던 것이다.

「아저씬 좀 어때?」

추위에 파래진 입술을 당기며 청비가 물었다. 홍로는 옷 갈아입고 흙담목으로 나오라는 말로 대답을 대신했다. 청비는 아무렇지도 않은 얼굴로 앞서간 사람들 뒤를 따라갔다. 시월 바람이 제법 차져 갈옷을 헤집고 들어오는 바닷바람에 홍로는 부르르 떨었다. 청비의 멀어져가는 뒷모습을 바라보다 홍로는 바다로 눈을 돌렸다. 섶섬의 수북한 머리숱을 보면서 저렇게 밥도고리에 늘상 곤밥(쌀밥)을 채울 수 있다면 얼마나 좋을까 생각했다. 백중 처서 지나도 거둬들일 곡식 하나 없는 홍로네 처지였다. 그나마 있던 뜬땅마저 제민의 병치레로 날려버리고 나자 더욱 막막해진 살림이었다. 홍로는 부질없는 생각을 털어내려는 듯 획 몸을 돌려 왔던 길을 되짚어 나왔다. 바다를 등지고 천천히 올라오면서 홍로는 멀리 한라산을 바라보았다. 날씨가 맑아 한라산 등줄기로 난 깊은 골짜기도 선명하게 드러나 보였다. 언제 보아도 좋은 산이었지만, 홍로는 특히 겨울산을 좋아했다. 봉우리만 하얗게 눈을 뒤집어쓰고 있는 한라산을 보고 있노라면 가슴 저 밑바닥에서 눈부신 무언가가 꾸물꾸물 일어서곤 했다. 홍로는 큰가름 네거리에 와서 뒤를 돌아보았다. 까맣게 늘어선 돌담과 아직 푸른 빛으로 자라는 푸성귀며 누렇게 고개 숙인 조밭이 아스라했다. 그 많은 땅 중 어느것 하나 침 발라 내 찜 할 수 있는 것이 없었다. 무슨 이유인지 제민은 배가 점점 부풀며 누워 있고, 설씨의 한숨은 깊어갔다. 그러니 홍로는 청비 머리를 올려주잔 눈치도 보일 수 없었다. 넉넉한 남의 땅들 너머로 바다가 은빛으로 너울거렸다. 청비는 아직 보이지 않았다. 지난번 기철의 초상을 치르고 더 여위어보였다. 물옷을 입은 몸매가 더 홀쭉해져서 공연히 코가 찡했다. 시집갈 나이가 차도록 혼사도 치르지 못하고, 배다른 오빠들 눈치도 보일 터였다. 홍로는 천천히 걸었다. 분명 몸에 물만 훌쩍 뿌리고는 내달려올 게 분명했다. 얼마 전에 새로 지은 학교가 반듯한 모습으로

서 있는 게 보였다. 우람한 소나무 사이로 저녁해가 눈부셨다. 그 햇살을 받고 치잣빛으로 빛나는 한라산 정수리를 보며 홍로는 소나무 앞 비석 모퉁이에 앉았다. 마을에서 저녁 짓는 연기가 피어오르기 시작했다. 어머니 설씨는 조밥 한술 지어놓고 홍로를 기다릴 것이다. 요즘 들어 더욱 홍로의 늦은 귀가에 신경을 쓰는 설씨였다. 그 속내를 짐작 못하는 건 아니지만, 그것이 기우이길 바랐다. 홍로만 믿고 나이 들어가는 청비를 모른체할 순 없었다. 아직 아버지 제민도 눈이 퍼렇게 살아 있는데. 그래도 설씨는 기철의 상중(喪中)임과 제민의 병석을 핑계로 혼사문제를 덮어둘 요량으로 보였다.

「많이 기다렸지?」

「아니.」

「올케가 갑자기 뭘 좀 시키는 바람에.」

「…….」

「집으로 갈까?」

「아니.」

「이거, 아버지 갖다 드려.」

청비는 종이에 둘둘 만 것을 내밀었다.

「오늘은 재수가 좋았어. 그렇게 크진 않지만…… 그래도 전복 시늉은 하고 있으니까.」

홍로는 쭈뼛거리는 손을 내밀어 종이뭉치를 받았다.

「밀감원 밀감이 제법 영글어가던데.」

「글쎄 그때 가야 돈이 좀 생길 거라. 지금 여기저기 조금씩 얻어쓰는 걸로는 어림없고.」

「난 내년에 육지 물질 나갈려고……. 그래야 뭐라도 장만하지.」

물질 잘하는 해녀들이야 반년씩 육지 물질 나갔다 오면 목돈을 수

월찮게 만질 수 있었다. 그 동안 청비도 몇 번 나가고 싶어했는데, 기철이 말렸었다. 하지만 이제 기철도 없는 마당에 집에 더 붙어 있을 이유도 없거니와 무엇보다 혼수품은 고사하고라도 팔아버린 땅이라도 다시 사서 시집에 내밀고 싶은 마음이었다. 육지 물질 서너 번 나서고, 난바르 물질(여러 섬을 떠돌아다니며 보름 안팎 동안 배에서 먹고 자며 하는 물질)까지 같이 하면 목돈을 쥘 수 있었다. 홍로는 슬쩍 청비의 손을 잡았다. 청비가 손을 비틀어 빼냈다. 흙담에 늘어선 소나무 길을 천천히 걷는 동안 솔대왓에 땅거미가 내리기 시작했다. 홍로와 청비는 나란히 걸었다. 별 할말도, 할 수 있는 말도 없었다. 그래도 서로의 온기를 느낄 수 있는 거리 만큼에서 걸을 수 있다는 것이 좋았다.

앞병듸를 지나 케담(界墻:경계를 이루는 담 혹은 둑)에 다다랐을 때 사위는 어두워 있었다. 홍로는 다시 청비의 손을 잡았다. 촉촉한 청비의 손은 홍로의 손 안에서 얌전했다.

이듬해 삼월도 끝나갈 무렵, 열아홉 청비는 제민에게 인사를 왔다. 부산으로 육지 물질 하러 나가노라고. 제민은 그런 청비 손을 잡고 훌쩍거렸다. 이제 가면 추석무렵이나 되야 돌아오는 육지 물질이었다. 그렇게 나가는 속내를 모르는 바도 아니어서 설씨도 청비 손을 잡아주었다.

「객주가 좋은 사람이라야 한다던데.」

「아버지하고도 안면이 있는 사람이고, 계산 바르고 저울눈도 심하게 속이지 않는 사람이라니까 걱정하지 마세요. 그리고 이거…….」

청비는 선도금으로 받은 일부를 제민의 약값이라고 내놓았다. 제민도 설씨도 한사코 말렸지만 청비는 그래야 마음이 편하겠다고 우겼다. 다소곳했지만, 그새 더 다부져지고 아낙꼴이 보이는 청비를 보며 설씨도 새삼 청비 나이를 생각했다.

청비가 집으로 들어서는 걸 보고, 휙 돌아선 홍로는 골목 어귀 팽나무 둥치에 앉아 있었다. 대낭피리를 만지작거리면서도 선뜻 불 염이 없었다. 땅 한 뙈기 없고, 작년부터 붙박이 일꾼 삼아주마고 얘기했던 귤농장 주인도 별 말이 없어 속이 타는 데다 청비마저 떠난다니 신세가 더욱 처량해졌다. 그런 터에 골목길에 나선 청비를 보자 울컥 화가 났다. 홍로는 청비 손을 잡고 무작정 골목을 벗어났다.

청비는 왜 이러냐면서도 질질 끌려 따라왔다.

샛노란 유채가 흐드러진 밭이었다. 그믐 달빛 아래서도 유채꽃은 저 혼자 찬란했다. 흐릿한 달빛과 유채꽃 빛에 드러난 청비의 알몸은 달빛보다 유채꽃보다 더 아름다웠다. 달빛 받은 어느 박꽃이 이보다 더 희고 아름다우랴. 청비는 다섯 살에 가약을 맺어 열아홉에 유채꽃밭에서 신방을 차렸다. 아리도록 서글프고 아름다운 밤이었다. 달빛 사이로 청비의 신음소리와 홍로의 거친 숨결이 스며들었다. 추석 명절 앞에 둔 말방애보다 더 바쁘고, 수밀도보다 더 어여쁜 밤이었다. 청비는 홍로의 벗은 어깨 위로 항아님 눈썹 같은 달을 바라보았다.

그러나 밤마다 안타깝게 흐드러지던 유채꽃 신방은 사흘 만에 꽃등을 꺼야 했다.

청비가 다시 제주에 온 것은 추석을 열흘 앞둔 구월 하순이었다. 그러나 '난바르 물질'에, 쉬는 짬짬 육지 밭일까지 억척스레 해대고 모아온 굼튼튼한 돈은 서글펐다. 홍로가 몇 달 전에 쥐도 새도 모르게 사라졌다는 말이 먼저 뱃전에 부딪쳤던 것이다. 게다가 동네 창피하다고 쫓겨난 청비의 배는 자꾸 더 불러왔다. 청비는 상국을 찾아왔다.

상국은 혼자 살고 있었다. 남편 풍도가 동생과 눈이 맞아 한라산으로 숨어버린 지 벌써 여러 해였다. 애초에 남편은 상국에게 관심이 없었다. 그러나 역혼사는 안될 말이라는 강력한 아버지 주장 때문에 풍도는 상국과 혼인을 치렀지만 늘 마음은 동생에게 가 있었다. 그러더니 이듬해 동생과 홀연히 사라져버렸다. 어떤 사람은 한라산 깊숙이 있는 표고 초막에서 지낸다고도 하고 어떤 사람은 바로 옆 동네 동홍동에서 신접살림을 꾸렸다고도 했지만 상국은 잊기로 했다. 그 뒤로 당가름 후미진 곳에 막집 하나 지어서 이 년째 혼자 살고 있는 중이었다.

청비가 상국에게 흘러온 것도 이런 상국의 처지를 소문으로 듣고서였다. 처음 청비가 상국의 막집에 들어오던 날, 청비는 가는 팔다리에 배만 볼록 튀어나왔고 새까맣게 그으른 얼굴에 눈만 병적으로 유난히 빛나고 있었다. 윤기를 잃은 머리는 손질을 하지 않은 지 오래되어서 제멋대로였고, 불안스레 굴리는 눈은 풀지 못한 열망으로 끓어댔다.

상국은 그런 청비를 품어주었다. 남편이 상국을 떠난 것은 장대 같은 체구에 못생긴 얼굴 때문이었지만, 이렇게 청비와 한집에 살고 보니 먼데서 보면 남녀가 부부를 이루어 사는 꼴 같았다. 상국의 넉넉함 때문이었는지, 청비는 겨울에 들어서면서 차츰 안정을 찾아갔다. 그리고 해가 바뀔 것을 기다렸다는 듯이 산통이 왔다.

상국은 한 달 전부터 구해놓은 보리짚을 깔아놓았다. 그러나 보리짚이 수십 번 흐트러지도록 청비는 방안 네 귀퉁이를 돌며 뒹굴 뿐이었다. 상국은 주워들은 풍문들을 죄다 기억해 냈다. 부엌으로 들어가 솥뚜껑 열어놓고 방문도 열어놓았다. 아기가 빨리 나오라는 뜻이었다. 그러나 아기는 고집이 셌다. 상국은 횃대에 몇 년째 걸어두었던 남편 풍도의 갈중의로 청비의 배를 덮어주었다. 기억에 의하면 난산일 때는 남편 바지로 덮어주면 낳는다는 속설 때문이었다. 그러나 풍도가 청비의 남편이 아니라는 걸 아는지 아기는 진통으로 제 어미 배만 쥐어뜯을 뿐이었다.

「애기 아버지 이름을 말해봐. 그걸 써서 니 발에 붙이면 빨리 낳을 거야.」

상국은 문종이에 '문홍로'라 크게 써서 침을 발라 청비 발바닥에 척 붙여놓았다. 아기는 제 아버지 이름을 보고야 세상으로 나왔다. 고집 센 딸이었다.

해녀 애 낳고 사흘이면 바다에 든다더니, 청비는 아이를 낳고 다시 물질을 시작했다. 청비 처지를 아는 조합에서 청비에게 물질을 하도록 해주었다. 결국 해녀 아기 이레 만에 밥 먹인다는 속담대로 고집 센 딸은 상국이 끓여주는 암죽을 먹었다. 그리고 그 딸이 돌이 조금 지나서 청비는 다시 육지 물질을 나갔다. 어차피 아비 없는 자식 넉넉하게라도 키우겠다는 게 청비의 결심이었다. 그녀의 억척은 열두 길 물 속을 남들보다 더 많이 드나드는 것으로 끝나지 않았다.

「형님, 난 말이에요, 이게 딸이지만 남자 못지않게 잘 가르칠 거예요. 옛말 그른 거 없어요. 좆 짜른 건 써도 글 짜른 건 못 쓴다잖아요. 난 어느 아들 못지않게 잘 가르칠 거예요. 원한다면 서울로도 보내구요. 그 사람 무슨 사정 있어서 어디로 갔는지 모르지만은 나중에라도 큰소리칠 수 있게 길러놓을 거예요.」

육지 물질 나갔다 돌아오는 손에는 아직 보지도 못할 책이며 장난감이 푸짐했다. 그러나 그 딸이 다섯 살이 되도록 홍로는 소식이 없었다. 청비는 시들어갔다.

심한 물질로 늘 푸르딩딩한 입술은 처졌고, 눈엔 초점 없는 날이 많았다. 아이를 낳고 한동안 뽀송뽀송 일어나던 살결도 까칠하게 그을러서 파삭했다. 조금씩 늘어가는 체념이 그녀를 좀먹기 시작했다.

「형님, 이번만 육지 물질 나가고 그만둘까 봐요. 이렇게 밖으로 나도니까 재도 외롭고, 나도 외롭고. 왜 감귤농사 지으면 돈 잘 번다니까, 그것만 잘 지으면 애들 대학 보내는 것도 수월하다잖아요. 그 동안 모은 돈이랑 이번 물질 선도금 받은 걸로 감귤밭 하나 살래요. 형님, 저쪽 지장샘 근처 밭이 좋다는데…….」

막집 들창 너머로 사그락사그락 이른 봄바람이 흘러갔다. 청비는 상국과 나란히 누워 한숨을 내쉬었다. 윤기가 없어진 지 오래인 청비의 목소리가 바람소리에 잦아들었다. 그러다 몸을 상국 쪽으로 획 뒤채더니 느닷없는 소리를 했다.

「형님, 저 삼매봉에서 보면 남극 노인성이 보인다던데, 중국 천산하고 한라산에서만 보인다는 남극성 말이에요. 형님 봤어요? 난 왜 한 번도 그 별을 보지 못했을까. 요즘 들어 가끔 그 생각을 한다니까요.」

「오래 살고 싶어서?」

「꼭 그보담…….」

청비는 말끝을 흐렸다. 너무 남극 쪽에 치우쳐 있어 잘 보이지 않는 그 별을 보면 무병장수한다는 말이 있었다. 그래서 옛날에도 이곳에 발령 받고 내려온 목사며 유명짜한 관리들이 제일 먼저 한라산을 올라 그 별부터 찾았다는 이야기가 있었다.

그러나 상국은 한 번도 그 별을 염두에 두지 않았었다. 남편이 동생과 함께 떠나버렸어도 그랬다. 상국은 꺼칠한 청비의 얼굴을 차마 마주보지 못했다.

청비가 육지 물질 나가는 것은 꼭 돈이 필요해서만은 아니었다. 벗어나고 싶었다, 모든 것에서. 홍로에 대한 생각에서, 어쩐지 급하고 어쩐지 불안하고 어쩐지 아릿했던 유채꽃 신방에서, 그 씨앗인 아이 생각에서, 섬에서…….

물질 나가는 배를 타고 바다 멀리 나가면 제주도는 정말이지 섬이었다. 청비가 그곳에 몸담고 있으면서 잊었던 섬이었다. 검은 해안이 삐죽삐죽 드러났다가 그마저도 보이지 않고 망망바다에 들어서면 차라리 홀가분했다. 이여싸나 이여싸나, 장단 맞춰 노를 저으면 완도가 나타나고 신기도 넘어가고, 거제도 가덕도 돌산을 지나도 그건 제주섬이 아니었다. 부산 대포 앞바다에 방 하나 잡고 네댓 명이 한 살림 풀어놓으면 모든 것을 다 잊은 것 같았다. 거기서도 물질이고 거기서도 바다가 밭이지만 어쨌든 설운 태 사르고, 아린 신방 차린 제주도는 아니었던 것이다. 모든 기억들, 아픔들은 다 제주에 두고 이렇게 나와 있는 것이다. 그래서 한사코 청비는 아이를 물질에 데리고 오지 않았다. 물론 상국이 있었지만, 그래도 데리고 다닐 마음이 간절하면 다들 데리고 다녔다. 심지어 갓난쟁이를 배에 싣고 '난바르 물질'도 했다. 그러나 청비는 두고 왔다.

이제 모든 것은 분명해졌다. 홍로는 돌아오지 않을 것이다. 그에게서 덜렁 떨어진 핏줄 하나 끌어안고 살 일만 남은 것이다. 그래도 행여 홍로가 찾아오면 찾을 수 있는 곳에 있고 싶었다. 그가 사고 싶었던 땅덩이를 사서 눈에 잘 띄게 살고 싶었다.

월세 삼백 원 주고 들어선 루핑 지붕의 셋방엔 다른 동료 세 명이 더 있었다. 대충 꾸려온 이불 보따리와 옷 두 벌, 보리 한 자루 조 한 자루 쌀 반 자루씩을 내서 방 귀퉁이에 놓고, 담에 덧대어 이은 부엌에 냄비 숟가락 챙겨놓으면 앞으로 여섯 달 동안 살 살림 정돈은 끝이 났다. 짐을 풀고 선주가 준비해 주는 환영잔치에 다들 나가고 청비는 빈방에 혼자 앉았다. 아직 불기가 제대로 들지 않아선지 엉덩이부터 등짝으로 찬 기운이 싸아 하니 올라왔다.

아직 해가 뜨지 않았는데 선주와 사람들이 들이닥쳤다. 새벽녘에야 잠이 든 청비는 단잠을 떨치고 일어났다. 아직 새벽 날씨는 매웠다. 노를 젓는 손에 힘이 제대로 실리지 않았다.

이여싸나　　이여싸나
요 어깨를　　놓았다가
논을 살까　　밭을 살까
놀릴 대로　　놀려보자.

멀리 다도해가 부연 새벽빛에 어스름이 나타났다. 빈속으로 한차례 우뭇가사리를 건져올리고야 다들 불턱에 앉아 아침을 먹었다. 장단 치기 명수인 만기 어멈이 숟가락으로 양푼을 두들기며 '노란 샤쓰 입은 사나이'를 구성지게 불렀다.

불가에 앉아 몸을 말리는데도 다들 입술이 파랬다.

그러나 이번 출가는 썩 좋지 못했다. 비가 오는 날이 많아 작업을 많이 하지 못한 데다 어항도 좋지 못했다. 이래저래 일반초를 따내는 오월이 다 가도록 수확이 신통치 못했다. 이러다간 선도금 받은 것도 다 못 채우고 볼모로 잡혀 있기 십상이었다. 청비네 동아리는 '난바르 물질'을 서둘렀다. 과욋돈이나 더 벌자고 육지 물질 동안 한 차례 하고 말 계획들이었는데, 난바르라도 하지 않으면 볼모로 잡힌다는 말이 남의 말이 되지 않을 것 같았다. 셋집 마당에 풀어놓은 병아리는 어느새 중닭 꼴을 갖추어가는데, 청비네는 공연히 걱정이 되었다. 아직 날짜야 많이 남았고, 사정이 어떻게 변할지 모르지만, 나이든 해녀들 말로는 이토록 작황이 좋지 않은 건 드문 일이라고 했다.

유월로 접어든 지 사흘째 되던 날, 청비네는 배에 식량과 냄비 그리고 이불을 실었다. 과욋돈은 고사하고 선도금이라도 일단 채우고 봐야겠다는 게 중론이었다. 특히 추석 지나고 결혼 날짜를 잡은 배선이가 더 초조해 했다. 배에서 낳았다고 해서 배선이인 배선은 그래서 그런지 그 나이에 벌써 상군 소리를 듣는 데다 억척스럽기도 억척스러워서 일등 신부감이었다고 자랑했다. 난바르 첫날, 수확은 좋았다.

청비도 욕심이 났다. 여기저기서 들리는 숨비소리에도 힘이 실렸다. 운 좋게 큰 전복을 잡은 청비는 숨비소리 내고 테왁에 매달려 일렁이는 파도에 몸을 맡기는 기분이 좋았다. 좋은 수확을 포구에 들어가 넘기고, 오랜만에 육지 구경을 했다.

음식점과 난전과 불 밝힌 술집 들을 기분 좋게 지나쳤다. 초여름 거리는 기분 좋게 출렁거렸다. 청비는 이번 물질 끝내고 돌아갈 때, 채운에게 무엇을 사갈까 생각해 보았다.

빗소리에 잠을 깼다. 닻을 내린 배의 요동이 걱정스러웠다. 그러나 다들 각오가 단단한 터였다. 반장을 앞세워 물질을 나가기로 결정했다. 이여싸나 이여싸나, 조반도 못 먹은 목청을 더욱 돋우어 노를 저었다. 그리고 거제도를 멀리 눈 밖에 두고 닻을 내렸다. 파도가 심상치 않았지만, 겁낼 정도는 아니었다. 테왁을 물에 띄우고 첨벙 물 속에 드니 배에 있을 때보다 기분도 좋았다. 사실 청비는 이 정도의 파도를 좋아했다. 물살이 몸에 착착 감기며 달겨드는 그 기세가 좋았다. 그래서 그런지 첫번부터 운이 좋았다. 눈앞에 어른 손바닥 두 배는 족히 넘을 것 같은 전복이 눈에 딱 들어왔다. 사실 물질하면서 이런 순간은 전율을 느낄 정도로 황홀한 순간이다. 청비는 빗창을 다잡고 아래로 내려갔다. 그러나 여느 때보다 센 물살 때문인가, 바로 밑에서 얼쩡거리던 전복이 생각보다 더 아래에서 일렁였다. 청비는 좀더 아래로 내려갔다. 내려가면서 순간 청비는 물숨이 막힌다는 걸 느꼈다. 아, 늦었구나 하는데 앞이 흐렸다.

타고 다니는　　칠성판아
이어 사는　　명정포야
못할 일이　　요 일이네
모진광풍　　불질 말라
이여싸나　　이여싸나

상국은 추석명절을 손꼽아 기다렸다. 청비가 원하던 땅이 운좋게 나섰고, 그 앞에 집까지 딸린 것을 사두었던 것이다. 밤이면 지장샘 흐르는 물소리가 졸졸 속삭이듯 들려오는 곳이었다.

그러나 그해 추석을 며칠 앞두고 채운은 다섯 살 나이에 상주가 되어서 섧게 울었다. 사람들은 어린것이 넋 놓고 우는 게 예사롭지 않다고 했다. 애비 없는 자식이어서였을까.

그 바다에서 넋도 건지고 조금씩 부조해서 무덤도 해두었다는 위로말도 산산이 흩어져 들어오지 않았다.

채운이 다섯 살 되던 추석날, 상국은 어린것을 데리고 청비가 누워 있는 곳으로 달려갔다. 그곳에서 상국은 지장샘 웃땅 문서를 놓고 절을 했다. 그리고 아직 벌겋게 솟아 있는 봉분을 쓰다듬고 쓰다듬다 돌아왔다.

「그럼 내가 중학교 때 이장했던 묘가 바로?」

「그래, 유월에 드리던 제사도…… 니 생모는 그랬다. 남자 못지않게 키우겠다고. 서울로 보내 대학 공부도 시키겠다구. 니 생모 소원이었지……. 니가 누군지도 모르고 그려대는 저 그림이 바로 니 에미다.」

「어렴풋이 엄마가 친엄마가 아닐지 모른다고 생각했어요. 아주 가끔 낯선 여자와 외딴집 마당에서 놀았던 기억이 났어요. 그래도 왠지 그걸 물어볼 용기가 나지 않았어요. 이모 제삿날이라고 학기 중에도 자꾸 내려오라고 성화를 부리는 엄마를 보면서 뭔가 석연치 않다고 느끼긴 했지만……. 우진이 갖고 이상하게 자꾸 그림이 그리고 싶었어요. 학교 다닐 때 취미로 그리긴 했지만, 자꾸 누가 등을 떠민 것처럼 그림을 그리고 싶었어요. 그림을 그리면 맨날 같은 사람만 그려졌어요. 한 번도 본 얼굴이 아닌데, 그 여잔 내 속에서 자꾸 기어나왔던 거예요. 고등학교 때 친구들이랑 바닷가에 가서 본 해녀들 인상이 강해서 며칠 머릿속에 남았었는데, 그때 본 해녀들 모습인가 했지만, 붓을 놀리면 자꾸 같은 얼굴이 나오니까요. 그래서 치워야겠다고 생각했는데 보면 어느새 또 그림을 그렸어요. 우진이가 젖 달라고 우는데도 짜증을 냈어요. 그냥 그림을 그리면, 그 여자가 내 속에서 솟아나 내 붓끝에 실려 캔버스에 옮겨 앉으면 이상하게 낯설면서도 기분이 좋았어요.」

「니 에미 짓이다. 니 에미 짓이야.」

삼나무 가지도 조용해진 날, 채운은 집 뒤 감귤밭 모퉁이에 있는 무덤에 절을 올렸다. 태어나서 처음으로 엄마라고 부르며 드린 절이었다. 그러나 북받치는 감정이 이는 것도 아니고, 기쁜 마음도 없었다. 그저 바닷속처럼 착 가라앉은 고요함이 있을 뿐이었다.

「뭐라도 해야겠어요.」

다시 핏기 있는 모습으로 돌아온 채운은 다락방에서 내려왔다.

3

내 어머니도　　날 아니 낳고
내 아버지도　　날 아니 낳고
짐진 산이　　　배 빌어 낳았네

카페 '물질 나간 여자'에 강림이 다시 나타난 것은 묵은 신(神)이 하늘로 올라가고 신참 신이 제주도에 내려온 지 딱 나흘째 되던 날이었다. 지난 한여름에 와서는 막무가내로 그림을 달라고 우기던 남자라 첫눈에 보아도 알아볼 수 있었다.

지난 여름 채운은 강림의 관광 가이드였다. 제주에 살면 그렇게 뜻하지 않은 관광 안내원이 되기도 한다. 채운은 제주에 다시 내려온 뒤로 친구들과 소원하게 지냈던 데다 제주까지 찾아온 친구들도 그녀의 불편한 심기를 알기에 굳이 찾지 않았다. 그래서 친구와의 교류는 극히 미미했다. 하지만 연락이 되는 몇 안되는 친구 중에 혜옥이의 간절한 부탁이 있었다. 그 친구는 대학 후배와 찰떡같이 약속을 해놨는데, 다른 손님들과 본의 아니게 겹치게 되었다고 했다. 한여름 관광철이면 가끔 있는 일이기도 하고, 마침 일반 관광객이 아니라 그림 장소를 물색한다는 말에 마지못해 응했던 것이다.

강림은 들어오자마자 벽에 걸려 있는 그림들을 유심히 둘러보기 시작했다. 작년에 제주에 내려와 다락방에 처박혀 그렸던 그림이었다. 그리고 틈틈이 새로 그려 걸어놓은 그림이었다.

「그림이 좀 바뀌었네요. 새로운 인물도 들어갔구요.」

아주 오래된 사이처럼 스스럼없이 다가와 채운 앞에 앉는 강림이었다. 요즘 들어 채운은 딸 우진이를 그리고 있었다. 눈을 감으면 손에 잡힐 듯 다가와 있는 우진이었다.

「언제 작업실 구경 좀 시켜줄래요?」

상대방은 안중에 없이 너무 스스럼없고 너무 당돌한 강림을 채운은 무시했다. 이런 남자들이란 대개 바람둥이거나 철저한 에고이스트거나 둘 중의 하나였다. 그게 채운의 사람 보는 눈이었다.

「차, 뭘로 드실래요?」

채운은 일어서며 강림을 내려다보았다.

「그림 더 달란 말은 안할 거예요. 나도 염치가 있지 자꾸 달랠 수 있습니까?」

채운은 강림의 눈빛을 무시하고 주방으로 갔다. 미스 양이 '웃기는 남자 아니야?' 하는 표정으로 어깨를 으쓱해 보였다. 채운은 카운터에 앉았다.

연이어 사흘을 커피 한 잔, 우유 한 잔을 마셨던 강림이 다시 나타난 것은 이른 저녁 무렵이었다. 여느 때보다 피곤하고 지친 얼굴로 나타난 강림은 작은 쇼핑백에서 소보로 빵 두 개를 꺼내며 커피를 주문했다. 그새 친해진 느낌이 들었던지 웬 빵이냐고 묻는 미스 양에게 그는 여기서 맛있는 음식이 뭐냐고 물었다.

「여기 분이 아니시구나. 육지에서 왔어요?」

「여기서 계속 퇴짜만 맞아선지 음식맛도 별로예요.」

「여기는요, 돼지고기가 맛있어요. 원래 제주도 돼지가 유명하잖아요. 솥뚜껑 삼겹살이 얼마나 맛있는데요. 그리고 갈치국 잘하는 집도 있고, 물론 섬이니까 회도 좋구요. 바로 요 둘레에 다 있어요.」

부스럭거리며 비닐봉지 속의 빵과 커피를 먹던 강림은 빵 반쪽을 먹고는 일어섰다. 나가면서 커피값과 돌돌 만 도화지를 내밀었다.

「무례하다는 걸 알지만, 저기 새로 걸린 아이 눈빛이 슬퍼서요. 아무래도 빵으로 안되겠어요. 삼겹살을 먹든 갈치국을 먹든 먹어야지.」

강림이 준 도화지를 손에 쥐고 잠시 넋 나간 얼굴로 닫혀진 문을 바라보다가, 채운은 노란 고무줄을 돌돌 말아 내렸다.

우진이었다. 연필로 스케치된 아이는 도화지 속에서 환하게 웃고 있었다.

「그래, 이게 바로 우리 우진이야.」

채운은 그 그림을 보고 또 보았다. 그러다 정말이지 딸 우진이가 미치도록 보고 싶어졌다. 한 번도 알뜰살뜰 업어주고 재워주지 못했었다. 애가 유난히 힘들게 들어서서 다니던 직장을 그만두었지만, 열 달 내내 아이는 뱃속에서 채운을 기진맥진하게 만들었다. 여덟 달째가 되도록 입덧이 멎지 않았고, 마지막 달엔 임신 중독증까지 겹쳐서 하루에 삶은 달걀 흰자를 수십 개씩 먹어대야 했다. 나중엔 입에서 닭똥 냄새가 나서 다른 음식을 못 먹었다. 그러더니 아이는 내가 언제 그랬냐는 듯 태어나서는 순하디 순했다. 젖만 물려주면 하루 종일 울지 않고 잘도 놀았다. 그 핑계로 아이를 업어준 게 열 손가락 안에 꼽힐 정도였다. 어느 땐 종일 잠만 자서 아이 가슴에 귀를 갖다 대보기도 했다. 뱃속에 아이가 들어서고 시작된 '그림 그리는 미친 병' 때문에 채운이 이젤 앞에 하루 종일 앉아 있어도 우진은 보채지 않았다. 어느날은 하루 종일 새우깡 봉지 몇 개 풀어놓으면 그것만 먹고 살았다. 엉덩이가 똥범벅이 되도록 갈아주지 않은 기저귀 때문에 발진이 생겨 물렀어도 조금 칭얼거리다 혼자 잠들곤 했다. 그래서 남편은 오줌에 절은 기저귀를 차고 새우깡 봉지 옆에 더러운 입으로 누워 잠든 딸을 보는 날이 많았다.

집엔 그림물감 냄새와 아이 기저귀 썩는 냄새가 진동을 했다. 아이가 걸어다니면서부터는 자기 혼자 뒤뚱거리며 그림물감을 집안 여기저기에 발라놓았고, 처음 샀을 때의 제 색깔을 가진 옷이라곤 하나도 없게 되었다. 늘상 그림물감으로 범벅이 된 아이 얼굴은 트고 발진이 나서 울긋불긋했다. 그래도 아이는 봄비 끝에 푸성귀처럼 무럭무럭 자랐다. 한 번도 손을 잡고 걸음마를 시켜주지 않았는데, 성난 제 아빠 품에서 몇 번 들썩거리며 좋아한 게 전분데, 아이는 어느날 불끈 일어나 걸어서 이젤 앞에 왔다. 채운은 무심히 그런 모습을 보았다.

그러나 강림이 내민 도화지 속에서 방긋방긋 웃는 우진이를 보자 미치도록 아이가 보고 싶었다. 번쩍 들어올려 이마에 볼에 뽀뽀를 해주고 싶었다. 아이가 간지러워 까르르까르르 숨넘어가도록 웃게 하고 싶었다.

「누구 기다리는 사람 있어요?」

미스 양이 채운에게 짜증 섞인 말을 던졌다.

「아니? 왜?」

「손님도 없는데 문 닫을 생각은 않고 님 기다리는 사람처럼 문만 자꾸 쳐다보잖아요.」

「내가? 시간이 이렇게 됐니?」

「그러지 말아요. 내가 전에 있던 카페 마담 언니도 맨날 출입문만 쳐다보며 멍하니 앉아 있더니, 글쎄 꿰찬 남자가 하고많은 남자 중에 바람둥이라서 고생깨나 했잖아요.」

채운은 헛바람 빠지는 소리로 웃었다.

강림이 나타난 것은 그림을 주고 간 뒤로 이틀이 지난 날이었다. 다림질이 안된 셔츠가 점퍼 속에서도 엿보여서 한층 지쳐보이는 얼굴이었다. 그는 실내에 들어서자마자 소파에 털썩 앉더니 아무것도 주문하지 않은 채로 눈을 감아버렸다. 그러더니 진짜로 잠이 든 듯 고개가 옆으로 떨구어졌고, 숨소리마저 새근거렸다.

「많이 피곤한가 보죠?」

「얼마나 많이 잤어요? 손님들한테…….」

「어차피 낮엔 손님이 많지 않아요.」

채운이 갖다 준 물을 한 컵 다 들이켠 강림은 미안하다며 커피를 주문했다.

「내일이 저희 가게 쉬는 날이에요. 저희 집에 한번 오세요. 작업실이랄 건 없고…… 저 그림 고마워요.」

강림이 뒤를 돌아 채운의 손가락 끝을 보았다. 카운터 쪽 벽에 액자도 없이 그림이 붙어 있었다. 채운은 집이 그려진 약도를 내밀었다.

당근밭으로 일 나갔던 상국은 조금 일찍 돌아왔다. 집으로 내려와 일 년 넘게 살도록 누구를 데려온 일은커녕 사람을 만났다는 이야기조차 한 적이 없는 채운이었다. 그런데 아침밥을 먹으면서 우진이 그림을 그려줬다는 사람 이야기를 했다.

채운이야 무심한 얼굴로 도화지에 그려진 제 딸 이야기와 그 동안 못해줘서 가슴이 아프다는 이야기를 했지만, 그 사람을 집으로 데려온다는 말에 상국은 당근밭에 쭈그리고 앉아서도 내내 그 생각이었다. 그 사람이 남자더냐, 여자더냐고 묻지 못했지만, 채운의 말끝에서 남자 냄새가 났던 데다, 사실 남자가 아닌 여자라고 해도 상관없는 일이었다. 채운이 누군가를 집으로 데려온다는 그 변화가 상국을 설레게 했던 것이다. 비록 다락방에서 내려오긴 했지만, 여전히 채운의 얼굴에 드리운 그늘이 만성 체기처럼 늘 명치끝에서 묵지근하던 참이었다.

막 씻고 옷을 갈아입고 마루로 나오다가 올레로 멈칫거리며 들어서는 남자를 보았다. 상국은 허우대 멀쩡하고 키도 훤칠한 강림을 보자마자 대번에 현관문을 열고 마당으로 내려섰다.

「어서 와요. 우리 채운이 보러 오신 손님이죠?」

상국은 강림의 손을 맞잡았다. 막 씻은 찬 손에 잡히는 강림의 손은 크고 따뜻했다. 상국이 강림의 손을 잡은 채 현관문으로 들어서자 채운이 부엌에서 나와서 맞아주었다.

「그 목걸이 오랜만에 했구나.」

짙은 밤색 긴 주름치마에 베이지 색 니트를 입은 채운은 오랜만에 조개껍데기 목걸이를 걸었다. 칡덩굴에다 예쁜 전복껍데기와 그 양옆에 조개껍데기 세 개씩을 꿰어 만든 그 목걸이는 청비가 마지막으로 물질 나갈 때 채운의 목에 걸어주었던 것이었다. 그것을 어린 딸의 목에 걸어주며 오랫동안 채운의 눈을 들여다보았었다. 나중에 상국은 그 모습을 몇 번이나 혼자 떠올리며, 운명이 시킨 짓이지 싶었다. 그때 그 목걸이는 너무 커서 채운의 배까지 늘어져 어린 채운이는 귀찮아했다. 그래서 시렁 한쪽에 치워두었던 것인데, 그것이 청비의 마지막 선물이 되자 상국은 깊이 간직했다가, 채운이 대학에 들어간 날 선물로 주었다. 뭐라 설명할 수 없었던 상국은, 니 아버지가 만들어준 것이다, 라고만 얼버무렸다. 그러고는 잊고 있었는데, 오늘 새삼스럽게 채운은 그 목걸이를 했던 것이다.

「이런 밥을 몇 년 만에 먹어보는 것 같네요.」

강림은 밥 두 공기를 뚝딱 비웠다. 늘상 두 여자가 깨지락거리던 식탁에 나타난 강림의 식성이 채운과 상국에게는 신선했다.

「실은 집을 못 얻어서 여관 신세를 지고 있거든요. 왜 그렇게 집 구하기가 어렵죠? 복덕방도 없고.」

「신구간이 지나서 그럴 거예요.」

「참, 그게 뭐예요? 모두들 신구간 신구간 하면서 방 얻기가 쉽지 않을 거라고 하던데.」

「여기 제주에는 만 팔천 신이 있다고 믿어요. 그런데 일 년에 한 차례씩 신구(新舊) 신들이 서로 교대를 하기 위해 하늘로 몽땅 올라가요. 그래서 한 일주일은 이 제주에 신이 없어요. 그래서 궂은 일을 해도 동티가 나지 않는다고 믿죠. 집 고치는 거, 무덤 손보는 거, 이사 등등 모든 일을 이 일주일 동안 다 해요. 그러니 그 기간이 끝나면 나오는 방도 드물고, 문 선생이 원하는 하숙은 더더구나 없죠. 여기 서귀포는 하숙 하는 집이 드물어요.」

「그걸 그렇게 믿어요?」

「그렇기도 하고요. 이사라는 것이 내가 들어갈 집, 나갈 집 이렇게 연쇄적으로 일어나는 일이라 더 그렇죠. 내가 재미있는 이야기 하나 해줄까요?」

상국은 오랜만에 집에 사람소리가 나는 게 좋다며 자꾸 말을 많이 했다.

「그전에, 그러니까 그때가 칠십 몇 년도던가? 아무튼 그때가 막 제주가 관광지로 인기가 있어질 무렵이었어요. 그런데 아시다시피 우리 제주도 화장실이란 게 육지 사람들 보기엔 고약하잖우. 그래서 관에서 그 화장실을 일제히 고치라고 난리였죠. 하지만 누가 감히 화장실을 고치겠어요, 신구간도 아닌데. 화장실엔 측도부인이 있어서 잘못 고치면 큰 탈이 난다고 다들 꿈쩍도 안했죠. 그래서 공무원들이 골치깨나 썩었어요. 근데 누구 머리에서 나온 생각인지 기발한 생각을 한 거예요. 옛날부터 귀신도 나랏님 말씀은 들었잖우. 그래서 그것도 나랏님 말씀이라고 우긴 거죠. 어차피 관에서 내려온 명령이니까 틀린 말도 아니구요. 해서는 집집마다 '관'이라는 붉은 글자를 큼지막하게 써붙여 놓고는 일제히 화장실을 뜯어고친 일이 있어요.」

뒤란 삼나무가 수런거리다가 터져나온 강림의 웃음소리에 조용해졌다. 흐린 점 하나 없이 맑게 갠 하늘처럼 티없이 환한 웃음이었다.

「시내에 오피스텔은 좀 비어 있는 것 같던데요.」

강림이 한바탕 웃고 나자 채운이 말했다.

「오피스텔은 싫어요. 혼자 밥해 먹을 자신도 없고, 또 이렇게 가정집에 하숙을 해야 진짜 제주도 사람이 되죠.」

「학교 발령이 이리로 돼서 왔다면서요. 다시 발령이 서울로 나면 그리로 갈 거 아니에요?」

「제가 일부러 이쪽을 원한 거예요. 사실 채운 씨 그림을 보고 지난 학기부터 이리로 옮기려고 무진 애썼어요. 이상하게 채운 씨 그림이 좋더라구요. 그래서 제주에서 살고 싶었어요. 오늘 여기에 오니 또 그런 기분이 들어요. 언젠가 한번 와봤던 것 같은 그런 느낌요. 오래 전에, 이런 곳에서 이런 사람들과 함께 즐거운 식사를 할 거라고 예약했었다는 생각이 들어요. 아주 낯익고 편안해요……. 그래서 말인데, 여기 두 분만 사시면 제가 방 한 칸 얻어 살 수 없을까요?」

「우린 하숙은 못해요. 나도 그렇고 얘도 아시다시피 가게 일로 바쁘구요.」

「아니, 그냥 방 한 칸만 빌려주세요. 밥은 여기서 잡숫는 대로 주시구요. 사실 점심은 밖에서 먹고, 저녁도 나가서 먹는 날이 많을 거예요. 전 이 집도 맘에 들구요. 꼭 있고 싶은데, 어떻게 좀 안될까요?」

「문 선생 사정이야 딱하지만, 내가 아는 사람이 많으니까 다른 데 알아보리다.」

「아니요. 정말이에요. 이 집에 들어오는 순간 이 집이 좋아졌어요. 같은 층에 있는 게 걸리적거리면 아직 보진 못했지만, 채운 씨가 쓴다는 다락방을 제가 써도 좋구요.」

「거기야 불도 들지 않는 데다, 얘가 워낙 좋아하는 곳인데.」

「채운 씬 왜 아무말도 안해요? 제가 여기 있었으면 좋겠는데요.」

「말도 안되는 소리라서요. 여긴 하숙 안해요. 다 드셨으면 다락방 구경시켜 드릴게요. 커피는 거기서 마시죠. 엄마, 올라갔다 올게요.」

「사람도 집도 다 낯설지가 않아요. 왜 그런 경험 없어요? 처음 가보는 곳인데도 분명 언젠가 한번 와봤던 것 같은 느낌이 드는 곳 말이에요. 여기가 그래요.」

채운이 먼저 일어났다. 할 수 없다는 듯 강림도 따라 일어났다. 가파른 계단이라 채운은 천천히 올라갔다. 계단을 다 올라가자 신문지

세 장쯤 펼친 복도가 나왔고, 막바로 방문이었다. 방문을 열고 들어서자, 맞은편 넓지 않은 벽 전체가 창문이어서 천장이 낮은데도 시원한 느낌이 드는 공간이었다. 오른쪽 벽에 붙여놓은 침대와 그리다 만 그림들이 한쪽에 세워져 있고, 그림물감들과 이젤, 의자, 커피 포트 들이 바닥에 산만하게 널려 있었다.

「너무 지저분하죠. 정리정돈엔 젬병이어서요. 요즘엔 잘 올라오지도 못하구요.」

「너무 좋은데요. 저쪽으로 보이는 게 서귀포 시내군요.」

「바다도 보일 거예요. 저쪽 멀리 밝은 불빛이 배예요. 여름에 한치잡이 배가 무리를 이루면 장관이죠. 바다에 또다른 도시가 생겨나거든요. 이쪽보다 훨씬 화려하게요.」

채운은 커피 포트 플러그를 꽂았다. 그러고는 커피를 어떻게 마시냐고 물었다.

강림은 창에 눈을 뺏긴 채 「아무렇게나 다 좋아요」라고 말했다.

「뭐든지 그러잖아요. 배 불빛이 얼마나 강렬한데요. 누군가를, 뭔가를 유혹하기 위해선 몸부림을 쳐야죠. 도시에서 손님들을 끄는 네온사인도 그렇고, 하다못해 벌들을 유혹하는 꽃들도 그렇고. 바다에 떠 있는 집어등 불빛이 사람 사는 불빛보다 몇 배 더 밝아요. 그래서 늦은 밤이면 모르는 사람들은 그곳이 서귀포 시낸줄 알아요.」

「아, 지난 여름에 난 그걸 못 봤어요……. 그런데 채운 씨 그림 색깔은 무엇을 끌어내려고 그렇게 강렬한가요?」

「…… 무언가를 끌어낸다기보단…… 그래요. 끌어냈죠.」

채운은 삼나무가 사그락거리는 소리를 들었다. 그 아래 편히 쉬고 있을 생모의 무덤을 잠시 생각했다.

「그냥 나 자신을 찾기 위한 몸부림이에요.」

「찾았나요?」

채운은 빈 찻잔을 내려다보며 쓸쓸하게 웃었다.

「다만 잃은 건 분명해요.」

「그래서 아일 그리나요?」

「…… .」

삼나무가 낮게 수런거렸다. 몇 개 불빛만 떠 있는 바다는 멀리서 고요했다.

강림은 커피를 두 잔이나 마시고도 돌아갈 생각을 하지 않았다. 뿐만 아니었다.

저녁 늦게 돌아간 강림은 다음날 저녁에 다시 찾아왔다. 채운이 없는 집에 찾아와서 상국에게 다락방을 달라고 했다. 그리고 그 다음날도 또 그 다음날도 상국은 일터에서 돌아오자마자 강림을 보았으며, 며칠째 똑같은 말을 들어야 했다.

「아직도 집을 못 구했어요. 다락방을 쓰게 해주세요.」

여관에 풀었던 짐을 옮긴 것은 신학기가 막 시작될 무렵이었다. 여관에서 옮겨온 가방 두 개와 서울에서 붙여온 상자 한 개를 다락방에 다 풀어놓자 작은 다락방은 꽉 찼다. 중고품 가게에서 구해온 한짝 자리 장농과 책장 한쪽이 들어온 데다 한 사람의 소소한 살림살이들이 펼쳐진 다락방은 훨씬 사람 사는 냄새가 나는 방이 되었다.

「화장실이 아래 있어서 불편할 거예요.」

「그림 그리고 싶을 땐 언제든지 올라오세요. 제가 없어도요.」

'그럼 방 얻을 때까지만 있으라'는 상국의 말이 떨어지자마자 강림은 커다란 체구에 소년 같은 웃음을 연신 날리며 그날 밤으로 짐을 옮겼던 것이다.

「옛날 동화책에서 읽던 '마을'이란 말이 가슴에 딱 와 닿는 느낌이었어요. 사실 도시에서 마을이란 말은 왠지 어울리지 않는다고 생각했었거든요. 눈 덮인 마을, 비 오는 마을…… 그림이 그려지잖아요. 이렇게 한라산을 등짝에 대고 살 수 있는 마을이라니.」

강림은 자꾸 벙긋벙긋 웃었다. 그리고 현관 열쇠를 상국에게 받고는 이제 완전한 식구가 됐다면서 입주턱을 내겠다고 우겼다.

「참 명랑한 청년이구나. 집안이 밝아지겠어.」

강림이 억지로 산 저녁밥을 먹고, 채운의 카페에서 커피를 마시면서 상국이 웃었다. 채운은 모처럼 밝게 웃는 상국을 보다가 화장실 간다고 비운 강림의 자리를 보았다.

「모르겠어요. 전 어쩐지 좀…….」

「괜히 집에 들였나?」

「아니, 유쾌한 사람이잖아요. 또 엄마 혼자 밤늦도록 있는데, 심심하지도 않을 거구. 그런데도 어딘가 좀 미진하달까, 근지럽달까 하는 마음이 자꾸 생겨요. 사실 제가 사람을 쉽게 사귀거나 만나는 편이 못되잖아요. 하긴 다 그림 때문이에요. 작년에 제 그림을 갖고 싶다고 이틀이나 우리 카페에서 버티는 바람에 그림을 줬고, 저쪽 그림, 우진이 그림요…… 하여튼 뭔가 씌었다니까요.」

「작년에 왔던 사람이니?」

「예, 혜옥이 부탁으로 제가 며칠 가이드를 해주었거든요. 그때도 여기 와서는 그림 달라고 대책 없이 매달리는 데 질렸다니까요.」

강림이 웃으며 카페 귀퉁이에서 나왔다. 채운은 그런 강림을 바라보았다. 건장한 체구에 아이 같은 웃음을 달고 있는, 참으로 낯익은, 그래서 그 낯익음이 자꾸 마음에 걸리는 그런 강림이었다. 그러면서 남편의 얼굴을 떠올렸다. 남편 수영은 과묵한 사람이었다. 그래서 그 속을 쉽게 알 수 없었다. 어느 땐 한없이 따뜻해서 그 품에서 넋 놓고 졸다 보면, 때론 뱀처럼 차가워서 몸서리치게 만드는 사람이었다. 짧지 않은 네 해를 함께 살 섞고 살면서도 그 따뜻함과 차가움의 온도차가 익숙해지지 않았다. 그래서 한 번도 편한 고무줄바지를 입고 낮잠을 자보지 못했다. 머리 뒤통수가 부숭부숭하면 남편은 이렇게 말했다. 따뜻한 물 남았는데, 샤워할래? 하루 종일 우울해서 차만 홀짝거리다 남편이 퇴근할 때까지 집안이 어질러져 있으면 그는 양복 윗도리만 벗어놓고는 청소기를 들었다. 그렇다고 이렇다저렇다 잔소리를 늘어놓지도 않았다. 그러면 쇳덩이 달고 물 속에 잠긴 듯한 우울에 빠져 있어도 눈치껏 일어나 밥이라도 해야 했다.

「힘들면 그냥 내버려 둬. 라면이나 끓여 먹지.」

그렇다고 그날 라면으로 저녁을 때우면, 날이 새도록 남편의 싸늘한 등이 시려워 잠을 잘 수 없었다. 한 번도 남편은 큰소리를 치거나 잔소리를 하지 않았다.

그런데도 채운은 긴장했다. 따뜻함 뒤에 똬리를 튼 차가움이 낼름거리는 걸 채운은 너무 일찍, 아니, 너무 늦게 알아버렸다. 구태여 알지 않았으면 편안했을 그것을.

캔버스 앞에서 일 년 반 동안 넋 놓고 앉아 있었을 때도 남편은 큰소리를 치지 않았다. 그렇다고 힘들어하는 채운을 안아주거나 토닥거려 주지도 않았다. 오줌범벅 똥범벅이 된 우진을 넙죽 안아 욕실로 데려가서 한바탕 씻기고 저녁을 해서 먹였다. 도대체 채운이 집안에 있다는 것을 모르는 사람처럼 움직였다. 등뒤로 느껴지는 남편의 차가운 침묵이 채운을 밤새도록 이젤 앞에 붙들어두었다. 급기야 폭발을 한 건 채운이었다. 미친년처럼 집안을 휘젓고, 울부짖는 우진을 침대에 던져둔 채 제주도로 돌아가겠다고, 이렇게 사는 게 지긋지긋하다고 말했다. 그때도 수영은 무표정한 얼굴로 채운을 보았다.

「그렇게 힘들면 가. 내가 당신을 붙든 적은 없어. 당신 편한 대로 해.」

「당신은 바위 같아. 날 미치게 해.」

짐을 싸던 날, 채운은 뒷베란다에 수북이 쌓인 소주병을 보았다. 한결같이 비어 있으면서 얌전히 뚜껑이 잠긴 채로 줄 맞춰 정렬되어 있던 푸른 빛 도는 병들.

「화장실에도 바다가 걸려 있네요?」

아이 같은 웃음을 달고 나온 강림은 소파에 털썩 앉았다.

「물색이 너무 강렬해서 퐁당 빠질 뻔했어요. 나 옷 안 젖었어요?」

그러면서 젖은 손을 옷에 쓱쓱 문질렀다. 채운은 웃으며 일어났다.

「미스 양, 화장실에 수건 안 걸어놨니? 그럼, 어머니하고 먼저 돌아가세요. 난 조금 더 남아 있다가 가야 돼요.」

「차 빌려주실래요? 어머니 모셔다 드리게요.」

「아냐, 난 됐어요. 요 앞에 버스 있어요.」

「아니에요. 버스에서 내려서 한참 들어가잖아요. 차로 오 분이면 가죠? 갔다가 다시 나오면 되니까요.」

강림은 채운에게 손을 내밀어 차 키를 달라고 했다. 마치 자기 것을 달라는 듯이 당연하고 자연스런 모습이었다.

그렇게 채운의 차를 가지고 나간 강림이 다시 카페에 나타난 것은 카페 문을 닫을 무렵인 늦은 시간이었다. 채운이 시계를 들여다보며 닫힌 출입문을 몇 번 힐끔거리고 나서야 강림이 들어섰다. 강림은 들어서자마자 자동차 키를 카운터에 놓으면서 「늦었죠」 했다. 그러나 밖으로 나와서 주위를 아무리 둘러봐도 차는 보이지 않았다.

「한 이삼십 분 걸리겠죠? 벌써 봄 냄새가 나는데 걷는 것도 좋을 것 같아서요.」

'맙소사, 뭐 이런 남자가 있어' 하는 표정으로 서 있는 채운의 팔을 잡아당기며 강림은 성큼 걸어갔다. 익숙한 걸음으로 길을 건너 동명백화점 옆 골목길로 접어들었다. 시장길이었다. 카페 골목의 북적대던 젊은이들이 소도처럼 비워둔 어두운 거리였다. 두꺼운 비닐로 꽁꽁 싸매진 좌판이 보쌈 당할 과부처럼 뉘어 있고, 아직 찬바람이 빈 거리를 서성이는 골목이었다. 구태여 네온사인 단 간판으로 손님을 유혹할 필요가 없는 야채전 생선전 과일전 들이라, 건물들은 찬바람 까부는 손짓이 귀찮은 듯 두 눈 감고 어둠 속에서 묵묵한 모습들이었다.

「채운 씨 그림이 날 이 제주로 부른 거예요.」

「아팠었어요. 병원을 수십 군데 가봤어요.」

채운은 자기 속에서 나온 소리에 선뜩 놀랐다. 한라산 골을 타고 내려온 바람이 코끝에서 차가웠다.

「결국 시어머니가 무당을 불러왔어요. 대번에 날 보더니 무병이래요. 난 믿지 않았어요. 그냥 그림만 그리고 싶었는데 무병이라니요. 결국 남편도 날 포기했어요. 그냥 내버려뒀지요. 다른 증상이 있는 것도 아니고, 하루 종일 같은 그림만 그려대는 일이 전부였거든요. 꼭 일 년 반을 그렇게 있다가 친정으로 온 거예요. 한 남자와 산 사 년이 거품처럼 사라졌어요. 흔적만 남았죠. 딸이요, 강림 씨가 그려준 그 아이예요. 가끔 그 아이가 너무 보고 싶지만, 이젠 편안해요.」

「요즘은 그림 안 그리는 것 같은데.」

「네, 그러니 살겠어요. 놓여난 것 같아요.」

「무엇으로부터요?」

「모르겠어요. 아무튼 이제야 놓여났구나 하는 생각이 들어요. 그래도 가끔 불안한 마음이 들 때가 있지만요. 그럼 다시 그림을 그리죠.」

「정확히는 모르겠지만 조금 이해가 가요. 난 채운 씨 그림에 끌렸거든요. 지난번 그 강렬함으로 무얼 얻었냐고 했을 때, 잃은 것만 있다고 했지만, 날 얻은 거예요. 날 이곳까지 불러들였잖아요. 색감이나 붓 터치나 제대로 그림 공부한 사람이 아니란 것이 보이는데도 그렇더라구요. 이 그림엔 뭔가 있다는 생각이 들었어요. 여기로 올 때 아버지가 언짢아했어요. 사실 제가 장남이거든요. 가라는 장가는 안 가고 엉뚱하게 제주도라니 그럴 수밖에요.」

「제주도 여자들 부지런하고 알뜰해요. 예쁜 여자 하나 만나서 사랑하세요. 그러면 서울에 계시다는 아버지도 좋아하실 걸요?」

「그러잖아도 그런 예감도 들고 해서 내려온 거죠. 총각한테 제일 끌리는 것이 뭐겠어요.」

「예감대로 이루어졌으면 좋겠네요.」

이른 봄바람이 중앙 로터리를 돌고, 남군청을 지나고, 초등학교를 지나고, 주유소를 건너 좁다란 골목길로 불어왔다. 조용한 골목길을 돌아서니 지장샘 흐르는 소리가 청아했다. 아주 먼 옛날 중국 사람 호종단이 제주의 물혈을 끊으러 왔다가 한 노인의 지혜로 이곳 샘물은 못 끊고 돌아갔다는, 그래서 이름도 지장샘인 곳이었다. 한라산 백록담에 고인 물을 노루가 한 모금 마시고, 수십 년 땅속 깊이 약초 뿌리와 어우러졌다가, 지맥 상서로운 이곳 산허리에서 불쑥 용출되어 흐르는 물이었다. 이런 맑은 물줄기와 바다가 내려다보이는 푸근한 한라산 품이어선지, 이곳에서 개량된 감귤원이 처음으로 문을 열었다. 감귤이야 워낙 고려시대 문헌에도 나타나니 우리나라 토종 것이야 있어왔지만, 개량 감귤은 이곳 지장샘 맑은 물을 시작으로 제주도로 번져나가기 시작했다. 그래서 일찌감치 감귤밭을 마련한 상국이 어렵지 않게 살림을 꾸릴 수 있었고, 대학나무라는 별명이 무색치 않게 감귤밭 수입으로 채운의 대학 학비도 댈 수 있었다. 청비가 말한, 남자 못지않게 가르칠 거라는 다짐을 상국은 잊지 않았다.

올레로 들어서자 마당가에 심겨진 종려나무와 야자수가 반겨주었다. 워낙 부지런한 상국이 귤밭을 혼자 꾸려나가고, 그도 모자라 남의 밭으로 일을 다니면서도, 그래도 남는 시간은 마당 가꾸기로 소일하는 까닭에 마당은 늘 윤기가 돌았다.

귤밭으로 청비 유택을 이장하면서 들여온 떼에서 씨를 받아 마당에 뿌린 잔디가 늘 싱싱했고, 카나리 야자수와 종려나무는 사시사철 푸른 잎으로 마당의 파수꾼을 자청하고 있었다. 홀아방은 외문에 외돌쩌귀, 홀어멍은 청동화로 아홉이라는 속담이 딱 맞는 상국의 살림살이였다.

강림이 이층으로 올라가고, 채운은 아래층 방으로 들어갔다. 집으로 돌아오면 늘 물 먹은 솜처럼 늘어지던 채운이었지만, 이날은 쉬 잠들지 못하고 새벽녘까지 뒤척였다.

4

부량청진　　가신 님은
돈이나 벌면　오지마는
공동묘지　　가신 님은
제사 때나　　돌아오네

며칠째 이 도회지 한가운데서 저녁이면 뻐꾸기 소리가 은은하게 들렸다. 식당 사람들은 그게 시계에서 나오는 소리라고 했지만, 홍로는 어쩐지 저녁 무렵에만 그 소리를 들었다.

텔레비전에서는 한강 고수부지에 심은 유채꽃이 활짝 피어 사람들이 몰려와 사진도 찍고, 샛노랗게 웃어대는 모습을 자꾸 보내주었다. 홍로는 텔레비전 앞에서 달빛에 드러난 유채, 노랗다기보단 형광색이 도는 유채꽃 빛깔을 자꾸 그려보았다. 사라는 날 잡아 고수부지에 가보자고 했지만, 홍로는 눈을 감고는 묵묵부답이었다. 벌써 한낮이면 반소매 차림의 젊은이들이 거리를 활보하는데, 해가 지면 홍로는 추운 얼굴로 거리를 내다보았다. 물이 오르고 연초록빛 섬세한 가로수 잎이 어느새 녹색으로 두터워졌건만, 홍로의 얼굴은 여전히 빛바라기를 하는 겨울 노인이었다.

있을 때는 구태여 장남이니 뭐니 따로 맘에 둔 바도 없었지만, 막상 장남이 이 나라 제일 끝 도시로 떠나고 나자 홍로의 어깨는 나날이 무너지고 있었다. 그래도 늘 위태하고 조심스럽기만 하던 유림이 대학생이 되자 눈에 띄게 남자꼴을 갖춰가서 그 재미에 그럭저럭 장남의 빈자리를 메웠는데, 며칠 전부터 홍로의 눈은 자꾸 먼바라기에 초점을 잃곤 했다.

강림은 어쩌다 생색내듯 삐죽 전화 한 통으로 안부를 물었고, 가끔 옥돔이네 하우스 감귤이네 하면서 소포 꾸러미를 보내왔지만, 체온은 고스란히 제주에 남아서 홍로의 갈증에 부채질만 하곤 했다. 전화선 넘어 날아오는 목소리도 홍로의 그리움과는 상관없이 어찌나 우렁우렁하고 명랑한지, 공연히 야속했다. 그런 홍로의 마음과는 아랑곳없이 사라는 강림이 보내온 아이스박스 속의 언 옥돔을 열어보고는, 「봐요, 옥돔 눈이 웃고 있잖아요」 하면서 식당 식구들에게 강림의 마음 씀씀이를 자랑해댔다.

사라는 일찌감치 든 손님방에 숯불을 들여놓고 쪽마루에 앉아 있는 홍로의 구부러진 몰골을 아까부터 훔쳐보았다. 환갑 들기 전인데도 노인티가 역력한 홍로를 보면서 초년고생의 흔적이라 생각했지만, 요즘 들어 부쩍 풀기 가신 얼굴이었다.

「사장님, 여기 좀 보시지요.」

사라가 카운터 옆 의자에 앉으라는 시늉을 하자 홍로는 초점 없는 눈을 거두었다.

「무슨 잔소리가 하고 싶으셔서.」

시큰둥한 얼굴로 다가온 홍로는 엉덩이를 털썩 의자에 내려놓았다.

「거기 그렇게 쪼그리고 앉아 있지 마요. 영락없이 사흘 굶은 영감 꼴이에요. 아니, 환갑도 되기 전에 그렇게 자꾸 늙어요, 그래.」

「나이를 먹으니 늙지. 그런 마누라는 젊은 줄 알아?」

「아무튼 거기 그렇게 쪼그리고 앉아 있으면 먹던 손님들이 주머니 한번 뒤져볼 것 같단 말이에요. 강림이한테 전화했어요? 내일 할아버지 제산데.」

「요즘 젊은애들이 아버지 제사도 나 몰라라 할 판에 할아버지 제사라고 오겠어.」

「그래도 장남이 달리 장남이유? 지금 할까?」

「됐어. 하숙집도 전활 잘 안 받아. 내일 학교로 하든지. 한두 시간이면 오는데 지가 정성이 있으면 오는 게지, 뭐.」

「보약 한 재 지어 먹어야겠어요.」

「어디 아파?」

「내가 아니라, 당신요. 저기 앉아 있는 모양이 정말 고목 같았어요.」

「내가 언제 보약 먹는 거 봤어?」

홍로는 눈을 샐쭉이며 일어섰다. 그러고는 아까 앉았던 쪽마루로 가려다 몸을 틀어 밖으로 휭 나섰다. 홍로는 길 끝에 서서 주머니를 뒤졌다. 요즘 들어 담배 한 갑으로 하루 넘기기가 힘들었다. 사라는 댓진 냄새 때문에 더 영감 냄새가 난다고 노골적으로 곁을 주지 않으려 했지만, 더욱 자주 담배에 손이 가는 걸 말릴 재간이 없었다. 젊어서는 어머니 설씨가 담배 피우는 걸 싫어해서 그다지 담배를 탐하지 않았다. 꼭 「니 아버지가 그 독한 담배 피우다 죽은 거다」라는 소리가 무서워서라기보다는, 하루 종일 바쁘게 돌아치다 보면 담배 네댓 개비 피울 만큼의 여유도 생기지 않았던 것이다. 그게 습관이 돼서 담배 한 갑이면 많게는 나흘, 닷새도 접어졌는데, 요즘 들어 자꾸 더 담배를 찾았다.

홍로는 바쁘게 달려가는 자동차와 건너편 사람들과 가게 불빛을 보면서 천천히 담배를 피웠다. 담배연기는 홍로의 코에서 조금씩 나왔다가는 자동차들이 휘젓고 다니는 공기 속으로 빨려가 버렸다. 꽁지까지 타들어가는 담배를 한 번 더 물려다가 가게 안으로 들어가는 한 무리 손님들을 보고는 그대로 가게 안으로 들어갔다.

「아니, 정 사장님. 이렇게 오랜만에 오시면 어떡해요.」

옆 건물에서 오퍼상을 하는 단골인 정사장을 보고 사라가 살살 넘어가는 소리로 인사를 하고 있었다. 얼른 카운터 구석에 놓인 재떨이에 꽁초를 비벼 끈 홍로도 정사장에게 인사를 했다.

「문 사장, 어디 아팠어요?」

「그렇죠? 이 사람이 요즘 이래요. 그래도 정 사장님 자주 뵈면 괜찮을 거예요.」

사라는 손수 손님방으로 가서 방석들을 자리에 깔아놓으면서 홍로를 보았다. 그러고는 카운터로 돌아오면서 홍로에게 눈을 흘겼다.

「거봐요. 꼭 앓고 난 고목 같다니까. 저 쪽마루에 웅크리고 앉아 있지 좀 말아요. 에구, 담배 냄새.」

홍로는 손으로 얼굴을 쓱쓱 문질렀다. 그러면서도 보약은 무슨 보약, 아직 어머니도 저 연세에 보약 한 재 잡숫지 않고 건강한데, 운운하면서 사라의 면박을 귓등으로 넘겼다.

하룻밤에 수십 차례 숯불을 들고 나르고 하면 저녁이 되어도 얼굴이 화끈거릴 때가 많았다. 더구나 날이 조금씩 더워져가는 요즘에는 더욱 숯불 들기가 고역이었다.

하루 종일 나른 숯불에 진을 다 빼앗기고, 이층에서 샤워를 해도 불기운이 느껴지는 날이 있다. 그럼에도 홍로는 또다시 담배를 꺼내 물었다. 사라가 질색을 하며 눈을 흘겼다. 사라의 등쌀에 밀려 강림의 빈 작업실에서 연이어 담배 두 대를 태운 홍로는 조금의 담배 냄새라도 더 빼내려는 듯 한숨을 훅 뱉어냈다. 홍로는 얼굴을 맨손으로 쓱쓱 문지르며 강림의 작업실을 나왔다. 그리고 아까보다 더 처진 어깨로 돌아와 사라가 따로 펴놓은 자리에 누웠다. 칠십까지는 한 이불 덮고 자자더니, 담배 몇 개비 늘었다고 한 방에서 딴 자리 편 게 벌써 한 달 전이었다.

그러고서도 홍로가 들어서자, 「어이구, 담배 냄새」 하면서 등을 돌렸다. 딴 이불에서 등을 돌린 사라의 불룩한 이불을 보며 홍로는 자리에 누웠다. 모로 누운 사라의 이불은 높다란 산맥인 데 비해 반듯하게 누운 홍로의 이불은 낮은 들이었다. 달빛도 없이 가로등 불빛만 모로 받은 사라의 이불산이 중얼중얼 혼자말로 불평해대느라 자꾸 들썩거렸다. 홍로의 낮은 이불은 정말 고목이 되었는지 숨쉬는 오르내림도 없이 잠잠했다.

점심 무렵이 좀 지나서 설씨가 갈비집으로 왔다. 평소 제민의 제삿날이면 일찍부터 와서 제사음식을 장만하곤 했는데, 사라가 식당 주방에서 평소보다 조금 더 신경 쓰면 된다고 우겼던 것이다. 그래도 당최 못마땅한 얼굴로 가타부타 말이 없었는데, 느지막이 나타난 걸 보면, 사라의 주장대로 하라는 표시였다.

지난번 양씨 이래로 새로 온 주방장은 말이 없고 뚱한 얼굴이어서 사라가 한동안 애를 먹긴 했는데, 그래도 시키는 일은 꿈지럭꿈지럭 잘하는 편이었다. 지난번 양씨만큼은 아니지만, 고기며 김치도 손님들 입맛에 맞게 잘해냈다. 그래도 제사음식이라고 사라가 옆에 붙어서 이리저리 참견을 하는데도 댓발 나온 입을 꾹 다문 채 나물도 따로 무쳐두고, 전도 얄팍하게 부쳐냈다.

「손님상에 오를 거랑 구분해서 하느라고요.」

설씨가 주방에 얼굴을 내밀자 사라가 얼른 설씨의 근심을 알아챘다는 듯이 그릇을 들어보였다. 그러면서 주방장을 흘끗 보고는 아부도 잊지 않았다.

「우리 큰애가 보내온 옥돔 한 마리 있다가 가지고 가요. 이왕이면 웃는 놈으로 싸야겠다. 참, 애가 있으니 떡도 좀 싸야겠네. 제상에 오를 것 미리 떼놓고. 원래 제사음식은 나누어 먹어야 좋대요.」

사라는 한쪽 그릇에 담아둔 그릇들을 챙겨서 쟁반에 옮겨놓고 설씨에게 내밀었다. 제상 차릴 음식이었다. 그러고는 자기도 한 쟁반 음식을 담아 설씨 뒤를 따라 이층으로 올라왔다.

「하여튼 요즘엔 주인이 더 종업원들 눈치를 본다니까요. 에이, 사람 부리는 거 힘들어서 이 장사도 오래 못할 것 같아요. 저 주방장은 다 좋은데 너무 말이 없으니까 미치겠어요. 괜히 내가 더 눈치를 보게 되고요. 이건 원, 누가 사장인지.」

「강림이는 온다던?」

「되도록이면 오겠다고 했는데 모르겠네요.」

「근데 아범 얼굴이 왜 저렇게 자꾸 시들어가는 게야? 어디 아파?」

「아뇨, 그래서 보약 한 재 짓재도 펄쩍 뛰기만 하고요. 은근히 걱정이 되네요.」

「에구 원, 사람 얼굴에 온기가 돌지 않아. 이제 아범도 늙는 모양이다. 착실히 거둬먹여라, 맨날 가게에서 나오는 걸로 대강 때우지 말고.」

사라는 설씨의 말을 귓등으로 들으면서도 한숨을 폭 쉬었다. 워낙 살은 없어도 큰 허우대로 사람꼴을 갖추고 있었는데, 어쩐지 오래된 집 모양 한 쪽씩 소리 없이 무너지는 것 같았기 때문이다. 저러다 어느날 서까래 내려앉듯 폭삭 주저앉을까 불안하기도 했다. 거기다 요즘 들어 자꾸 피워대는 담배가 홍로의 늙음에 부채질하는 것 같아 사라는 속상했다. 부부란 것이 친구처럼 오손도손 늙어가면 좋으련만, 홍로는 자꾸 저 혼자 기울어갔다.

「아버님도 말이 없으셨어요?」

「…….」

「저 사람은 자꾸 더 말이 없어져요. 그러잖아도 주방장이 꿀먹은 벙어리라 가슴이 답답한데 저 사람도 닮아가나 봐요. 말도 없고 담배만 자꾸 피워대고.」

「아직도 그렇게 담밸 많이 피우니?」

설씨는 늘상 듣던 애교 섞인 사라의 불평을 흥흥 하고 넘기다가 홍로가 담배를 피운다는 대목에선 수심이 가득 찬 눈길이 되고 말았다.

설씨와 사라가 대충 제상을 다 보았을 무렵, 강림이 왔다. 못 올 것 같다고 귤이랑 옥돔을 미리 부치더니 장남이란 어쩔 수 없는 모양이었다.

「잘 오긴 왔다만, 평일인데…….」

「내일 첫 비행기로 내려가면 돼요. 학교에 미리 말해놓았어요.」

그새 더욱 건강해지고 더 밝아진 강림은 제 작업실에 들어가서 이것저것을 더 챙겼다. 그러는 사이 유림도 들어오고, 혼자 가게를 보던 홍로도 올라왔다. 어차피 늦은 밤에나 지내는 제사여서 일찍 손님을 물릴 일도 아니었는데, 때 맞추느라고 손님도 일찍 끊어졌다며 혼자 앉아 쳐온 밤을 한 양재기 들고 왔다.

「자, 아래층 문 조금 열어놓지.」

세 부자와 설씨 그리고 사라가 치르는 조촐한 제사였다. 제민이 설운 눈을 감은 지 서른세 해였다. 그렇건만 여전히 설씨와 홍로는 제상 앞에 설 때마다 가슴 한켠이 묵지근했다. 세월의 물살에 잊히지 않을 게 무엇이며, 무디어지지 않을 게 무엇이랴만, 무디어진 채 그럼에도 가슴 한 켠을 예리하게 긋고 지나갈 만큼의 칼자루가 늘 제상에 놓여 있는 것 같았다. 그래서 제사가 돌아올 무렵이면 설씨도 홍로도 서로 애써 찾지 않았으며, 홍로의 입은 풀칠한 봉지처럼 한일자로 다물려 있는 때가 많았다.

조금 열어놓은 창으로 들어온 바람 때문에 피워놓은 향과 담배연기가 너울거리며 방안으로 퍼지는 게 보였다. 워낙 담배를 좋아했던 제민이라 제상에다 늘 담배불 붙여놓는 것을 잊지 않았고, 좋아했던 생전 모습대로 제사가 끝날 무렵엔 담배 두 개비가 홀쩍 꽁초로 남아 있곤 했다.

우당탕탕.

고봉으로 올린 메에 꽂아둔 수저를 내리고 막 두 번째 담배꽁초를 재떨이에 짓이기려는 순간, 아래층에서 들리는 요란한 소리에 다들 절하는 것도 잊은 채 서로의 얼굴을 바라보았다.

「도둑인가 보다.」

사라의 다급한 목소리에 설씨는 유림에게 나가보란 손짓만 하고는 다시 절을 계속할 눈치를 보였다. 유림이 살금살금 내려가고 모두들 마지막 절을 올렸다. 그러나 엉덩이가 땅에 채 닿기도 전에 일어난 사라가 먼저 아래층으로 내려갔고, 다들 건성으로 올린 절이 끝나기가 무섭게 신발들을 꿰 신었다.

「아무것도 아니에요. 바람에 액자가 떨어졌나 봐요.」

카운터 위쪽에 있던 액자였다. 유리가 깨진 액자를 유림이 들고 있었다. 강림이 제일 먼저 달려가서 그림이 망가졌는지 살펴보았다. 바다에 들어가려는 것인지 나오려는 것인지 알 수 없는 해녀의 옆 얼굴에 드리운 수심이 뒤의 짙푸른 바다보다 더 서러워보였다.

「그 그림을 진작에 치우라고 하고 싶었는데 잘됐다. 이 기회에 치워라. 원 그림이 어째…….」

제일 늦게야 내려온 설씨가 혀를 쯧 찼다. 홍로는 그런 설씨를 흘끗 쳐다보았다.

제사도 끝났으므로 유림이 가게문을 닫고, 주방이며 식당 여기저기를 단속할 동안 홍로는 카운터 쪽에 낭자하게 깨져 흩어진 유리를 치웠다. 유리라 위험하니 날 밝은 다음에 하라는 설씨의 말에 건성으로 예, 해놓고 등을 구부려 유리를 줍던 홍로는 순간적으로 팔을 확 들어 흔들었다. 손가락에서 피가 빨갛게 배어나왔다. 얼른 손가락을 입으로 가져가면서도 눈으로 설씨를 찾았다. 막 돌아서려다 홍로의 손가락에서 피를 본 설씨는 언짢은 기색을 감추지 않은 채 강림에게 그 그림을 당장 치우라고 말하고는 이층으로 올라가 버렸다. 그림을 안고 어정쩡하게 서 있던 강림이 달려와 괜찮냐며 얼른 빗자루를 집어들었으나, 홍로는 괜찮다며 그림이나 할머니 눈에 띄지 않게 치우라고 했다. 설씨의 굳어진 표정이 홍로를 더욱 다그쳤으므로, 홍로도 본의 아니게 강림을 다그쳤다. 강림은 느닷없는 날카로움에 어깨를 으쓱해 보이며 그림을 들고 이층 작업실로 들어가 버렸다.

한바탕 소동을 벌인 후 하는 음복이라 다들 파장에 들어선 손님들처럼 엉덩이들이 들썩거렸다. 제일 먼저 유림이 생밤을 한 줌 들고 제 방으로 들어가 버렸고, 강림도 청주잔을 비우고는 설씨 눈치를 살폈다. 어차피 늦은 밤에 드리는 제사니 오랫동안 앉아서 음식을 먹지도 않았고, 생전에 가족들과 함께했던 고인도 아니니 이러쿵저러쿵 고인에 대한 이야기도 없었을 뿐더러, 한 번도 살았을 적 제민의 이야기를 하지 않았던 터라 제사 뒤에는 늘 서둘러 상을 치우곤 했다. 그래도 이번처럼 음복하는 것마저 서둘러 치르진 않았다. 설씨도 홍로도 입을 다문 채여서 강림이 지방을 태울까 물어도 겨우 고개만 끄덕였을 뿐이었다. 강림은 익숙한 솜씨로 라이터를 켜 지방에 불을 붙였다. 그러나 손바닥만한 지방은 활활 타지도 않고 이내 꺼져버렸다. 강림이 굳어진 설씨의 눈치를 보며 다시 불을 붙였다. 그러나 조금 타오를 듯 보이던 지방은 강림의 손에서 몇 번 너울거리다가 퇴주잔에 빠져버리고 말았다. 지방은 반쯤 생짜인 채 술에 젖은 얼굴이 되어 있었다.

강림이 난감한 얼굴로 들여다보는데, 아까부터 강림의 하는 짓을 보던 설씨가 화단에다 묻어라, 하고는 일어났다.

밖에는 비가 부슬부슬 내렸다. 지방이 담긴 퇴주잔을 그냥 하수구에 버릴 요량이었던 강림은 퇴주잔에 몇 방울 떨어지는 빗물을 보고는 꽃삽을 찾았다. 굽힌 등으로, 목덜미로 비가 떨어져 내렸다. 비릿한 비 냄새와 반쯤 말간 얼굴로 남아 있는 지방을 화단에 묻고 돌아서는데, 빗속에서 아직 집을 찾지 못했는지 밤고양이가 울었다. 강림이 꽃삽으로 땅을 한 번 더 다지고 들어서는데, 네온사인 불빛을 받은 가게 안은 푸른 물 속 같았다. 강림은 푸른빛을 가로질러 카운터 위를 보았다. 액자가 걸렸던 자리가 푸른 흔적으로 살아 있었다.

첫 비행기 탄다고 강림이 아침 일찍 빈속으로 서둘러 나가고, 홍로는 거실에 앉아 담배를 피웠다. 홍로가 담배를 반쯤 피웠을 때 설씨가 어느새 단정한 차림으로 나와 앉았다.

「꿈자리가 편치 못하구나.」

「잠자리가 편치 못해서 그럴 거예요.」

홍로는 애써 어제 떨어진 액자 이야기를 피했다.

「니 아버지 묻고 이렇게 뒤숭숭한 꿈은 처음이다.」

홍로는 다 타지 않은 담배를 끄면서 설씨를 바라보았다. 고향을 떠나오면서 약속이나 한 듯이 서로 입을 다문 일이었다. 그런데 새삼 '니 아버지 묻고'를 끄집어낸 이유가 뭐냐는 듯 홍로의 눈에 심지가 섰다. 그런데도 설씨는 석고처럼 단정히 앉아 끝내 꿈 이야기를 끄집어냈다.

「아주 커다란 새더라. 무슨 샌지 모르겠는데, 꿈속에서 내가 그 새 보고 영감이라고 불렀어. 그런데 그 새가 눈을 부라리며 내 머리 위를 빙빙 돌면서 무언가를 떨어뜨리는 게야. 난 받고 싶지 않아서 싫다고 하는데도, 어찌나 위협적인 몸짓으로 날갯짓하며 나를 덮치려는지. 결국 치마폭에 무언가를 떨어뜨렸는데 보니까 꽁꽁 언 물고기더라. 푸르스름한 게 딱 내 팔뚝만한데 어찌나 색깔이 섬뜩하게 푸르고 차던지.」

「밖에 비가 와요. 한기가 들어서 그럴 거예요.」

「그 그림 태워버려라. 어째 예사롭지 않은 기분이 자꾸 든다.」

홍로는 다시 담배에 불을 붙였다. 빈속에 연거푸 피운 속이 쓰렸지만, 홍로는 그 쓰라림에 골몰하면서 자꾸 담배연기를 빨아들였다. 설씨도 더이상 입을 열지 않고 있더니 「가마」 하고는 일어섰다. 그새 두 개비째 담배가 꽁지 부근에서 발갛게 달구어져 있는 것을 서둘러 재떨이에 짓이기면서 홍로가 일어섰다.

「아무리 그래도 아침은 드셔야지요.」

「머리가 어지러우면 뱃속이라도 비워야지」 하는데, 또 뭔가 우당탕탕 무너지는 소리가 들렸다. 반사적으로 후다닥 일어서려던 홍로도 설씨도 화등잔만해진 눈빛만 서로의 눈에 담은 채 굳어버렸다.

아침잠이 적은 유림이 잠옷바람인 채 나왔고, 드디어 홍로와 설씨도 강림의 작업실 쪽을 바라보다가 유림의 뒤를 따라 들어가보았다.

「에이, 형은 문을 이렇게 열어놓으면 어떡해. 형 벌써 갔어요?」

접히지 않아서 늘 서 있는 이젤이 넘어지면서 한쪽에 있던 탁자를 내리친 모양이었다. 그리고 어제 치우라던 그림을 그 이젤에 놓았던 모양으로 짙푸른 바닷속으로 들어가는지 나오는지 모르는 해녀가 수심 찬 얼굴로 나동그라져 있었다. 바닥은 비바람에 젖어 흥건했다. 흥건한 빗물 한쪽 끄트머리에서 오래 전 바닥에 떨어져 굳은 붉은 물감이 조금씩 녹고 있었다. 홍로는 돌아섰다. 홍로보다 먼저 돌아선 설씨는 허깨비 같은 몸피로 소파 쪽으로 가다가는, 다리에 기운이 없다며 다시 방으로 들어가 버렸다. 완강하게 닫힌 방문을 보며 홍로는 어정쩡하게 서 있다가 안방으로 들어갔다. 아침잠이 많은 사라는 아직 달콤한 잠에 빠져 있었다.

조금 누웠다가 가겠다던 설씨는 점심이 다되도록 일어나지 못했다. 한 번도 자리에 누워 앓아본 적이 없던 설씨인 터라, 홍로는 가게에 내려가지 않았다. 조금 전에 사라가 두 번째 데운 죽그릇을 도로 들고 나가는 것을 본 뒤로 홍로는 더욱 불 없는 담배 필터만 잘근잘근 씹어댔다. 어젯밤부터 내린 비는 더도 덜도 아닌 그만큼으로 여전한데, 젖은 도로 위를 달리는 자동차들의 마찰음만 살아 질기게 달리고 또 달렸다. 홍로는 그런 자동차 소리만 가득한 거실을 너무 짧게 매단 시계추처럼 서성거렸다. 홍로가 움직일 때마다 거실에 고여 있던 비 냄새와 담배연기 자욱한 잿빛 공기가 이리저리 쏠렸다.

푸르스름한 어둠이 내릴 무렵에야 설씨는 종잇장 같아진 몸을 일으켰다.

「니 아버진 새가 됐구나. 새가 된 게야.」

다섯 번째 데워진 죽을 한 모금 먹다 말고 설씨는 뜽금없는 소리를 했다. 그러고는 조금만 앉아 있는데도 금세 땀이 고이는 방안이 춥다고 불을 더 넣으라고 했다.

「그 동안 너무 무리하시더니 몸살감기가 오려나 봐요. 며칠 여기서 푹 쉬세요.」

설씨는 죽그릇을 받치고 바싹 붙어앉아 있는 홍로를 물기 없이 우묵한 눈으로 바라보았다. 그러고는 무슨 말을 하려는 눈빛이더니, 한숨 더 자야겠다며 누워버렸다.

거의 그대로인 죽그릇을 보고 사라는 아무래도 의사를 불러야겠다고 했지만, 홍로는 내버려두라고 했다.

「아니, 저러다 일 치르겠어요. 노인네는 하루 아침에 안녕이라는데.」

「냅둬. 어머니 혼자 이기실 거야.」

사라는 아들이란 사람이 어째 그러냐며 툴툴거렸다. 그러나 야윈 홍로의 등엔 무시 못할 고집이 있었다. 사라는 완고하게 굽은 홍로의 등과, 입을 꾹 다문 채 누워 있는 설씨 모습에서 낯선 기운을 느꼈다.

5

슬슬이 동풍이
궂은 비 줄줄이
오는데 세화야
연풍이 상봉으로 간다
얼싸나 좋구나
모두 다 사랑이로구나

상국은 다락방으로 내닫는 계단을 보았다. 가파른 계단은 완강한 자세로 더욱 등뼈를 곧추세운 모습이었다. 뒤란 삼나무 가지를 흔드는 바람은 늦도록 잠을 이루지 못한 채 떠돌아다니며 울어댔다. 바람은 한동안 백록담 기슭에 기대 졸고 있는 것 같더니, 요 며칠 다시 한라산 골을 타고 내려와 밤이고 낮이고 삼나무를 흔들어댔다.

언제나 그랬듯이 하루 종일 땅에 엎디어 있다가 들어오면, 상국은 머리가 베개에 닿는가 싶게 잠이 들곤 했다. 그리고 눈 뜨면 새벽이었다. 상국에게 잠은 그저 잠이었다. 꿈조차 상국의 곤한 잠속에 놀러올 염을 품지 못했다. 그러므로 자연 달콤함이라든지 뒤숭숭함이라든지 선잠이라든지 따위의 수식어가 상국의 잠 앞엔 붙지 못했다. 그런데 요 며칠 연이어 상국은 바람소리에 눈을 뜨면 날짜도 바뀌지 않은 한밤이거나, 막 새로운 날이 시작되는 한밤이거나 했다. 평생 자리끼를 두고 자본 적이 없었으므로 낯선 목마름으로 거실로 나오면, 거기엔 다락으로 뻗은 계단이 있었다. 계단 위에선 낮은 음악 소리가 들리거나 음악 소리 사이로 강림과 채운의 소리가 간간이 들려오곤 했다. 그러면 다른 때 그랬듯이 선뜻 다락으로 올라가 강림의 팔딱거리는 이야기를 듣거나 웃음소리를 듣고 싶었지만, 어쩐지 계단은 굳은 얼굴로 상국을 가로막곤 했다. 공연히 서운한 마음에 잠기 가신 눈을 먼저 올려보내면 불빛조차 새지 않는 어두운 다락방문은 계단보다 더 완강한 얼굴로 수십 년간 한 번도 열려본 적이 없다는 표정이었다.

상국은 물 한 모금 찔끔 마시고, 식은 잠자리에 다시 몸을 눕혔다.

「이제 나도 늙는가 보다. 바람소리에 잠을 다 깨고.」

가만히 자기 소리에 귀를 기울이며 상국은 모로 누웠다. 한라산을 바쁘게 타고 내리는 바람소리는 여전한데, 상국은 그 바람 따라 널뛰듯 새록새록 깨어나는 잠을 끌어안고 뒤척였다. 잠이 손아귀에 쥐려는 물처럼 빠져나가 버리고, 바람소리가 더욱 기승을 부릴수록 상국은 다락방에 올라가 이야기라도 나눌까 하는 생각이 굴뚝 같았지만, 몸은 선뜻 일으켜지지 않았다.

강림과 채운은 급속도로 가까워지고 있었다. 그런 강림과 채운을 보며 상국은 한편으론 기뻤지만, 한편으론 설명할 수 없는 불안에 몸을 떨었다. 서울에 수영이 있고, 우진이 있기 때문만은 아니었다.

아니 그게 이유일지 모른다. 아니, 몰랐다, 상국은 왜 가까워지는 둘 사이가 불안한지. 가끔 강림이 채운에게 상처만 입히고 훌쩍 날아가 버리지 않을까 근심되기도 했다. 강림이야 어쨌든 채운이가 아이가 있는 이혼녀라는 사실이 썩 유리한 조건은 아닐 터이고, 강림은 아직 결혼도 하지 않은, 그것도 맏이라고 했다. 그 동안 모른 체, 잊은 체하며 살아왔지만, 버림 받는다는 것이 무엇인지 누구보다 아프게 아는 상국이었다. 그 굳어진 생채기에 대한 기억 때문일까, 이 불안함은.

뒤척이는 상국의 옆구리로 바람소리가 달려갔다. 그 바람에 야자수 짙은 그림자가 상국의 머리맡에서 미친 듯이 너울거리며 일렁였다.

며칠을 뒤척이며 잠을 이루지 못했는데, 상국은 채운의 소리에 무거운 눈을 떴다. 뒤척여도 뒤척여도 밝을 것 같지 않던 아침이었다. 채운이 밥을 했는지, 벌써 식탁은 화사했고, 강림이 웃으며 앉아 있었다.

「어머니께서 늦잠 주무시는 때도 있네요. 어디 편찮으신 건 아니죠?」

「아프긴…….」

「덕분에 채운 씨가 한 밥도 먹어보네요.」

언제 봐도 아이 같은 웃음이 해맑은 강림의 수저엔 벌써 조밥이 수북이 얹혀 있었다.

채운이 내려온 뒤로도 거의 매일 혼자 먹던 아침이었다. 후다닥 아침을 해치우고 일하러 나가려면, 채운은 아직도 우울한 얼굴로 다락방에 앉아 있거나 침대 속에 있거나 했었다. 그런데 강림이 온 뒤로 출근할 사람이 하나 더 있어 밥상이 외롭지 않겠거니 했는데, 채운이까지 같이 밥상머리에 앉으니 사람만으로도 대번 풍성해진 밥상이었다.

「어째 내가 손님 같네.」

「마음은 주인처럼, 몸은 손님처럼 편안하게 있으세요. 어젠 제가 학교 갔다 와서 청소도 했는데, 모르셨죠?」

「그래, 어쩐지 깨끗해졌더라.」

「이렇게 자기가 잘한 일은 널리 알리고 칭찬을 받아야 하는 법이에요.」

「그러니 이젠 하숙비는 안 받을까 봐. 해주는 것도 없고.」

「전 그런 꼬임엔 안 넘어가죠. 그러면 저보고 매일 청소하라고 하실 거잖아요.」

밥숟가락 놓자마자 대번에 튀어나갈 거면서도, 밥상 앞에선 늘 여유 있고 느긋한 강림이었다. 상국은 그런 강림이 어여뻤다.

느긋하고 명랑한 웃음이 아직 식지 않은 채 주방이 따스한데, 강림은 후다닥 달려나갔다. 보지 않아도 왼발이 땅에 닿기도 전에 오른발을 들어올리며 시계를 연신 볼 것이다.

「엄마, 피곤해 보이는데 하루 쉬지 그래요.」

「바람소리에 잠을 좀 설쳤더니 그래.」

「걱정되는 일 있어요?」

「그럴 일도 없다.」

채운은 일어나 설거지를 했다. 달그닥거리는 소리가 정다웠다.

「엄마, 강림 씨 되게 웃겨요. 귤꽃 필 때 말이에요, 자긴 귤꽃 향기로 서귀포 시내가 뒤집어지는 줄 알았대요. 향기로 온 도시가 들썩거리는 걸 자긴 처음 본대요. 그러면서 자기 코도 그때 좀 뒤집어졌을 거라나요.」

「그래? 그렇게까지나?」

「글쎄 말이에요. 늘상 지내는 우린 잘 모르겠는데, 그게 되게 인상에 남았나 봐요.」

「예술 하는 사람이라 그런가 보다. 지난번에도 보니까 뭘 보는 게 우리하곤 다르더라. 맨날 드나드는 우리집 말이야. 집 뒤 귤밭하고 삼나무를 어떻게 그렇게 그렸는지. 난 그 삼나무 가지를 보면서 정말로 바람소리가 들리는 것 같더라. 바람도 그렇게 그릴 수 있더라니까.」

「몇 년 학교에 더 있다가 그림만 그릴 거래요. 그게 꿈인가 봐요.」

「그 사람이 좋은 사람인 건 분명하다. 너하고 나하고도 이렇게 이야기를 오래하는 걸 보니.」

상국이 서둘러 일터로 나갔다. 집안은 다시 빈 어항 속처럼 고요해졌다. 채운은 어항 속을 헤엄치는 물고기처럼 소리 없이 다락으로 올라갔다. 강림이 서둘러 비운 자리를 대강 정리해 두고, 빈 채로 서 있는 이젤을 바라보았다.

채운은 무료 주차장에 차를 세우고 '물질 나간 여자'를 지나 좀더 아래로 내려갔다. 이중섭이 피난 와 살았다는 초가를 바로 눈 아래 두고 서면 거기가 언덕 꼭대기였다. 그곳에 서면 서귀포 앞바다가 보였다. 보목 앞바다 섶섬도 가깝게 보였다. 저 작은 섬 어딘가에 아직 불로초가 자라고, 그 상서로운 기운으로 바라만 봐도 맑은 기운이 느껴진다는 섶섬. 바다는 잔잔했다. 은빛 비늘만 반짝거리는 바다를 뚝 잘라 보기 딱 좋은 곳이었다. 더 아래로 한참을 내려가야 서귀포 포구고, 바다였다. 그러나 채운은 꼭 이만큼에 서서 바다를 보곤 했다. 게을러서, 라고 말하곤 했지만, 실은 그만큼의 거리에서 보는 바다가 딱 좋기 때문이었다. 보고 싶은 것만 볼 수 있는 거리였다. 친어머니 청비가 살았다는 아래쪽 바닷가 마을엔 오랫동안 내려가보지 않았다.

'물질 나간 여자' 안은 은빛 비늘 바다가 한 줌도 들어오지 못한 채 어두침침하게 가라앉아 있었다. 이끼 낀 어항 속 같은 실내에서 미스 양만 유영하듯 허리를 구부려 청소를 하고 있었다.

「그림을 좀 바꿔볼까?」

웬 뜽금없는 말이냐는 듯이 미스 양이 채운을 힐끗 쳐다보곤, 「사장님 맘대로죠」 하고 만다. 채운은 카운터에 앉아 눈으로 벽을 훑어갔다.

「좀 어둡다.」

혼자말인 듯 중얼거렸는데, 미스 양이 냉큼 말을 받았다.

「어떤 땐 저 아줌마가 냉큼 튀어나와서, '대끼년, 너 입 좀 고만 놀리지 못할까' 하는 것 같다니까요. 사장님이 하도 내가 껌 씹는 걸 싫어하니까 저 사람도 그런 말을 하는 것 같아요.」

그러면서도 미스 양은 여전히 질겅질겅 껌을 씹었다.

「니가 그렇게 껌을 씹으면 여기가 노인네들이나 들락거리는 싸구려 다방 같은 느낌이 든단 말이야. 그런 치들 들락거리면 금방 배달 다방되고, 배달 되면 금방 티켓 다방이야. 난 솔직히 커피 팔고 싶지 여자 팔고 싶진 않아.」

「아침부터 또 그 소리.」

미스 양은 카페 안이 떠나가도록 따닥 소리를 내며 두어 번 껌을 더 씹더니 아유, 하며 껌을 뱉었다. 그러면서 자기 십팔번을 잊지 않았다.

「어차피 물장산데.」

「니가 그 소리 할 때마다 신경질 나. 얼른 치우고 다른 장사해야지 원. 그러잖아도 하루 종일 문 쳐다보며 손님 기다리는 내가 갈수록 신물 나 죽겠는데.」

「사장님, 솔직해지세요. 요즘은 손님보다 그 문 선생님을 더 기다리면서.」

채운은 콧소리로 미스 양의 말을 일축했다. 그런 채운에게 미스 양은 입을 씰룩였다. 채운은 뒤통수로 씰룩거리는 미스 양의 입술을 느끼면서 종이를 꺼냈다.

옷, 액세서리, 화장품, 장난감…… 그리고, 그리고 화방?

빈 종이에 이것저것 끄적여보는 게 요즘 그녀의 일이었다. 그러다 지난번 놀러왔던 중학교 친구가 이 카페를 탐내는 말을 듣고는 더욱 자주 공상에 빠져들었다. 농담 반 진담 반인 친구의 말은 슬쩍슬쩍 금이 가기 시작한 채운의 싫증에 일격을 가한 꼴이었다.

화방?

그녀는 화방이란 글자를 몇 번이고 덧대어 눌러 썼다. 글자는 더욱 굵어지고 짙어졌다. 얼마를 글자 눌러 쓰기에 취해 있던 채운은 연필을 놓음과 동시에 두 손으로 탁자를 탁 짚으며 일어섰다. 그 바람에 중고품 가게에서 구해 쓰던 낡은 금전등록기가 찌르릉 소리를 내며 열렸다. 그 꼴이 혀를 빼물고 놀란 기계 같아 웃음이 쿡 나왔다. 그리고 늦게야 발견한 손님들 눈초리를 보고 당황했지만, 채운은 가슴이 뛰었다. 겸연쩍어진 얼굴로 슬몃 다시 자리에 앉기도 전에, 손은 이미 전화기에 가 있었다.

좀더 아래로 내려간 허름한 집에서, 별볼일 없는 옷을 진열해 팔던 중학교 친구 정숙이 온 것은 전화한 지 이십 분이 채 안되어서였다.

「바꾸자.」

대뜸 그 말부터 꺼내는 채운에게 정숙은 웃었다.

「농담이었어. 하긴 하고 싶기도 했지만.」

「니네 옷가게하고 우리 카페하고 조건 없이 바꾸는 거야.」

「야, 니가 손해야. 여긴 완전히 중심가잖아.」

「그래봤자 일이백 미터 차이야. 거기서 거기지 뭐.」

「그래도 장사하는 사람에겐 하늘과 땅 차이지. 더군다나 이 손바닥만한 도시에서 백 미터면. 다들 요 좁은 곳에서만 복작대는 것 봐라.」

「그래도 거긴 일층이고, 또 내가 하려고 하는 장사하고 운도 맞는 것 같고. 이중섭 기념관이 코앞이잖아.」

「뭐 할 건데?」

「화방. 너 당장 옷 정리해 버려. 여긴 내가 그대로 다 줄게.」

정숙은 자기 남편하고도 상의해야 한다며 뒤로 물러나 버렸지만, 채운은 이미 결정했다. 계산 바른 정숙이 생각하기에도 주어진 떡 거저 먹는 바꾸기였다. 또 정숙이 거절한대도 이 정도 카페면 임자는 많으리라 생각했다. 미스 양은 정숙이 나가자마자 미쳤다고, 손해보는 장사라고, 거기서 무슨 화방이냐고, 이 도시에서 화구를 필요로 하는 사람이 얼마나 되느냐고 난리를 쳤지만, 채운은 그런 것들이 중요하지 않았다. 다만 지금 당장이라도 카페를 그만두고 싶고, 화방을 차리고 싶다는 생각만 있을 뿐이었다. 사실 이 카페를 차릴 때도 상국은 왜 하필 카페냐고 말렸었다. 경험도 없는 일을, 그것도 이혼한 여자가 이 좁은 고향 바닥에 내려와 물장사냐는 말을 감춰두고 있었다. 그러나 채운은 당장 카페를 하겠다고 했다.

그러고는 일사천리로 가게를 얻었다. 그러나 상국이 보기에 카페를 하자는 게 아니었다. 채운은 주방일을 볼 사람을 구하거나 이것저것 소소한 집기를 들이거나 하는 것보다 그림 걸기에만 매달렸다. 마치 다락방에서, 서울의 아파트에서 혼자 곪고 곪은 것이 이 카페로 몽땅 분출되는 것 같았다. 그렇게 발작적으로 시작했던 카페였는데, 이제 다시 발작적으로 이 일을 접으려는 것이다. 채운은 괜히 마음이 급했다. 당장이라도 정숙의 옷가게에 가서 어떻게 화방을 꾸밀 것인지, 견적은 얼마나 나올 것인지 등을 이 밤 안으로 다 매듭 짓고 싶어졌다.

「아, 또 안개예요. 지독하군요.」

하루 종일 설레는 마음으로 들떠 있었는데, 저녁 무렵 강림이 나타났다.

「어찌나 안개가 심한지 혼자 집으로 가기가 싫었어요. 그래도 이쪽은 좀 덜하네요. 학교에서 이곳까지 오는 동안 내 옷이 몽땅 젖었어요.」

채운은 시계를 보았다. 퇴근하고 곧바로 오는 시간이었다. 채운은 수건으로 이슬 맺힌 강림의 머리와 얼굴을 닦아주고, 옷도 대강 수건으로 물기를 털어낸 다음, 강림을 끌고 다시 밖으로 나갔다. 어차피 저녁을 먹어야 할 시간이기도 했지만, 정숙의 가게를 보고 싶었다.

확실히 사람들이 꾸역꾸역 몰리는 동명 사거리 복판에선 밀려난 곳이었다. 거리로 치면 불과 몇 분 거리였는데, 사람들은 한사코 더 이상 그곳까지 떠밀리지 않으려는 듯 네온사인으로 그어진 원 안에서만 발버둥쳤다.

채운은 정숙의 가게에서 나오는 불빛이 힘겹게 밀어내고 있는 안개 속에서 가게 안을 훔쳐보았다. 가게엔 손님도 정숙도 보이지 않았다. 어쩌면 정숙은 빈약한 옷걸이 저 안에서 텔레비전에 빠져 있을 것이다.

「다시 돌아가요.」

언덕길을 내려갈 듯하던 채운이 무심결에 강림의 팔을 힘차게 낚아채며 방향을 바꿨다. 그저 채운의 발길대로 눈치보며 따라갔던 강림은 채운의 팔에 이끌려 기우뚱거렸다. 자기 생각에 몰두해 있던 채운은 강림이 기우뚱거리는 바람에 깜짝 놀라 손을 빼려 했지만, 이미 강림은 자기 팔에 끼워진 채운의 손을 꽉 잡고 웃고 있었다.

안개는 점점 더 짙어졌다. 가로등도 네온사인도 발버둥치면서 안개에 침몰되어 갔다. 채운과 강림도 안개에 묻힌 풍경 속으로 걸어들어갔다.

「귀신도 집을 못 찾을 거예요, 이런 안개는 처음 봐요.」

「이맘땐 늘 안개죠.」

「이 다락방에도 안개가 가득 찬 거 같아요. 안개가 몰려오는데, 마치 내가 무대 가운데 서 있는 느낌이었어요. 정말이지 무대에서 드라이 아이스를 뿜어대는 것 같더라니까요. 그런 것들이 도로고 건물이고를 막론하고 마구 몰려오는데, 순간적으로 채운 씨 생각을 했어요. 채운 씨도 내게 이렇게 다가왔었다는. 알지 못할 어디에서, 전생이라고밖에 설명할 수 없는 어떤 곳에서 내게 이렇게 왔었어요. 그날 처음 카페에서 보던 날요. 떠도는 소문으로만 듣던 운명이구나 했죠. 차에 날 태우고 이리저리 데리고 다니는데, 오랫동안 사귄 사람 같았어요. 그래서 처음 만난 사람이고, 날 안내해 주는 사람이란 생각이 들지 않았다니까요. 그래도 서울로 돌아가면 곧 잊혀지겠지 했는데 그게 아니었어요. 물론 집에 걸린 채운 씨 그림도 있었지만, 문득문득 채운 씨 생각이 났어요. 뜬금없이 울컥 그립기도 했구요. 처음엔 그런 내 감정을 스스로도 이해할 수 없었어요. 지금도 그렇지만요. 운명이라고 이해하기에 우린 너무 합리적이잖아요. 그런데도 운명이란 말로밖엔 설명할 수 없어요.」

창에 기대고 섰던 채운이 강림을 돌아보았다. 그러다 강림의 진지한 눈빛에 전율을 느끼며 다시 창으로 돌아섰다. 창 밖은 어둠과 안개뿐이었다. 강림이 채운의 손을 잡아 끌었다.

아, 채운이 무너지는 어깨 사이로 한숨을 뱉어냈다. 강림은 채운의 허리를 안았다. 그의 숨결이 코끝에 닿았다. 채운은 눈을 감았다. 강림의 따뜻한 입술이 채운의 입술에 닿았다. 강림은 채운을 안았다. 오래 전부터 갈망해 오던 일인 것 같은 열정으로 둘은 서로의 느낌에 파고들었다. 채운은 눈을 감은 채 강림의 침대에 눕혀졌다. 강림이 채운의 떨리는 몸 위에 엎디어 블라우스 단추를 풀었다. 가냘픈 채운의 어깨가 고통스럽게 들썩였다. 강림은 떨리는 채운의 어깨에 목에 키스를 했다.

「이런 날이 올 줄 알았어요. 강림 씨가 다시 저에게 나타나던 날. 하지만 난 두려웠어요. 그래서 피할 수 있는 데까지 피해보고 싶었고, 내 느낌도 던져버리고 싶었어요. 지금도 두려워요. 올 것이 오고야 말았구나 하는…….」

채운은 뜨거운 입술로 애무하는 강림을 밀쳐냈다. 채운은 강림이 다 풀지 못한 단추를 다시 잠그기 시작했다. 단추를 잠그는 손이 떨렸다. 채운에게서 떨어진 강림이 단추를 잠가주었다. 그리고 아직도 떨고 있는 채운을 가만 안아주었다.

「나도 두려웠어요. 하지만 우리 내면에서 울려오는 소리를 믿어요. 우린 오래 전부터 맺어지길 서로 갈망해 왔던 사람들이었어요. 여태 기다려왔던 거예요. 저 태고적 소리를 예감할 수 있는 감각기관이 퇴화해 버린 지금, 우린 그 소리를 발견한 거라구요. 우리의 열망은 그만큼 강한 거예요. 굳어진 예감을 뚫고 우리에게 온걸요. 전생에서부터 기약된 사랑이에요. 그 예감이 어긋난 길을 가던 채운 씨와 나를 이 섬으로 끌어들인 거예요.」

「이 다락방이 아무도 없는 무인도였음 좋겠어요. 망각의 강을 건너서 오는 그런 섬이요.」

「내 안에 그 강이 있어요. 내 안으로 들어와요.」

아침이 돼도 안개는 여전했다. 이대로 가다간 폐에 안개만 찰 것 같았다. 사람들은 몸을 움츠리고 천천히 걸었다. 차들은 헤드라이트를 켜고도 거북이 걸음이었다. 안개 속에 까무룩히 젖어 있는 가로수들은 물고기 꿈을 꾸고 있는 듯 미동도 하지 않았다. 햇빛 반짝 나면 젖은 몸 툭툭 털고 수많은 잎새를 펄럭여 바다로 나갈 듯했다. 가끔 검은 날개로 하늘을 덮으며 쉰 목소리로 울어대던 까마귀도 날지 않았다.

느닷없이, 타고 남은 재처럼 까맣게 하늘로 비상하던 수십 마리의 어리목 까마귀들도 이 안개 속에선 날개 접고 얌전할 것이다. 안개는 모든 것을 잠재웠다.

도시는 안개 속에 빠져 고요했고, 한라산은 아예 안개 속에서 나와보지도 않았으며, 바다의 배는 항구에서 닻을 내린 채 조용했다. 모든 게 안개 속에서 고요했다. 인간만이 물기 머금은 몸으로 천천히 안개를 헤치고 다닐 뿐이었다. 안개에 점령당해 녹이 슬까 봐 두려운 인간만이 습기 찬 관절을 삐그덕거리며 느리게 움직였다. 물먹은 솜처럼 푹 가라앉은 도시에 채찍질하듯 전구마다 불을 밝혔지만, 안개는 꿈쩍도 하지 않았다.

아침나절 내내 단 한 명의 손님도 들지 않은 카페에서 채운은 멍하니 앉아 있었다. 날 밝으면 당장 달려오지, 했던 정숙도 점심 시간이 다돼도 나타나지 않았다. 손님도 들지 않는 카페 구석에서 소파에 몸을 다 묻고 조는 듯 앉아 있던 채운은 미스 양이 부르는 소리에 눈을 떴다. 미스 양은 진홍빛 무선 전화기를 건네주었다.

「나다.」

상국이었다. 두서 없이 떠오르는 잡념의 물살에 몸을 맡긴 채 내려진 닻처럼 푹 가라앉아 있던 채운은 등뼈를 세우며 앉았다.

「오늘 내가 집에 있으니 점심 먹으러 올래?」

「글쎄요. 귀찮아서 여기서 아무거나 시켜 먹을까 했는데.」

「맨날 산 음식으로 때우지 말고 웬만하면 들어와라.」

「예」 하고는 채운은 온몸에 소름이 돋았다. 어쩌면 어머니는 모든 걸 알아버렸으리라는 예감 때문이었다. 강림과 대책 없이 가까워지고 있는 자신을 상국이 이미 알아버린 거라고 생각했다.

채운은 다시 닻처럼 소파에 묻혔다. 닻처럼 점점 무거워지는 채운은 고개마저 자꾸 아래로 아래로 떨구었다. 그러다 몸을 동그랗게 말아 2인용 작은 소파에 모로 누웠다. 자궁 속에 들어앉은 아기처럼 몸을 동그랗게, 더 작게 말고 채운은 눈을 감았다.

안개 속에 납작 엎디어 있던 차는 채운이 시동을 걸자 무겁게 몸을 털며 부르릉거렸다. 안개는 그새 많이 걷혀 있었는데도, 여전히 등을 밝혀야 했다. 차가 천천히 움직이면서 채운도 조금씩 살아나는 것 같았다. 신호등도 없는 중앙 로터리를 돌면서 채운은 조금씩 등뼈를 세우며 정신을 모았다. 로터리를 돌아 북쪽으로 달리면 늘 서 있는 한라산이었건만, 어제도 오늘도 한라산은 보이지 않았다.

채운은 보이지 않는 한라산을 보며 집까지 더듬어 찾아왔다. 키가 웃자란 마당 잔디는 안개에 흠뻑 젖은 채 채운의 발목을 감쌌다. 좀처럼 마당의 잔디를 이렇게 키가 무성하도록 내버려두지 않는 상국이었다. 상국은 상을 차려놓은 채 기다리고 있었다.

「이 안개 걷히면 잔디를 깎아야겠어요.」

손을 씻고 나오면서 채운은 속에 잠긴 소리보다 한 톤 높게 목소리를 끄집어냈다.

「그래야지. 깎는 김에 니 생모 묘도 같이 손봐야겠다.」

쭈뼛거리며 하던 '네 이모'에서 서슴지 않고 '니 생모'라고 말하는 상국을 채운은 바라보았다. 눈을 내리깔고 밥수저를 들고 있는 상국은 무표정했지만, 채운은 상국이 속에 담고 있는 말을 보았다.

「여긴 작은 마을이다. 서울의 아파트하곤 달라. 내가 문 선생을 들일 때 걱정했던 것도 괜한 말들이 날까 봐였다. 내가 오늘내일 문 선생에게도 얘기하겠지만, 문 선생이 밤늦게 널 태워 오는 게 걸린다. 남들 눈도 있고.」

「…….」

「아직 총각인 문 선생도 남들 입방아에 오르내려서 좋을 일 없지만, 난 니가 상처 받을까 봐 그런다. 남들 입이라는 게 얼마나 야비하고 무서운 거드냐……. 너 이러고 혼자 내려와 있는 것도…….」

상국은 물을 꿀꺽 마셨다. 오랜만에 집에 있다고 이것저것 차려놓은 식탁은 그대로였다. 어차피 먹자고 차린 식탁도 아닐 터였다. 이것저것 음식을 만들면서 다독거렸을 상국의 상념이란 걸 채운은 알았다. 모녀가 나란히 나이 먹어가고 있다는 건 그런 거였다. 풍성하게 차려진 음식에서 짓눌러놓은 어지러운 마음을 젓가락으로 집어내고, 화사하게 그려놓은 화장에서 외로움을 읽어내는 것.

한층 엷어진 안개를 헤치고 채운은 차를 천지연으로 몰았다. 가끔 와보는 곳이지만, 올 때마다 좋은 천지연이었다. 한 무리의 관광객이 떼배에 올라 사진을 찍고 있었다. 채운은 그런 관광객을 구경하며 다리를 건넜다. 다리 아래에서 붉은 물고기들은 떼를 지어 몰려가고, 원앙들이 한가로웠다. 채운은 칠보를 파는 기념품 가게를 지나 돌다리를 건넜다. 야외 공연장 잔디밭에 나무토막을 세워 만든 관람석에 앉았다. 지난 늦여름 달밤, 관악기 연주회 때 앉아보곤 처음이었다. 소슬한 바람 사이로 트럼펫이며 플루트 소리 들이 날아다니고, 그 위로 둥근 보름달이 그림처럼 떠 있던 밤이었다. 소슬한 바람에 옷깃을 자꾸 여미면서도 다들 집으로 돌아가고 나서도 한참을 더 앉아 있던, 물소리 청량하고 바람 찬 쓸쓸한 밤이었다.

안개에 젖은 나무토막 의자에 앉아 있으니 물소리가 좋았다. 관광객들이야 와 몰려왔다가 폭포 한번 보고 사진 한번 찍고 몰려가면 그만인 곳이지만, 채운은 녹나무 꽝나무 돈나무 구슬 잣밤나무 들을 낱낱이 헤아려보며, 천천히 걷다가 이곳 의자에서 물소리를 감상하곤 하는 곳이었다. 병풍처럼 둘러친 거대한 바위를 등으로 느끼며 듣는 물소리를 돈 주고 들어온 관광객은 알지 못했다. 남는 건 사진뿐인데, 물소리도, 등으로 느끼는 듬직한 바위 병풍도, 나무들의 표정도 사진은 찍지 못하기 때문이다.

엉덩이가 축축해져 찬 기운이 등뼈를 타고 올라오도록 채운은 오똑한 나무의자에 앉아 있었다. 몇 무리 관광객들의 소란스러움 사이로 물소리를 가려듣던 채운은 일어났다. 물소리에 잠겨 있던 관절들이 철커덕철커덕 쇳소리를 내며 펴졌다.

강림은 여느 때처럼 채운이 문 닫을 무렵에 카페에 나왔다. 아직 안개가 완전히 걷히지 않았는지, 늘 걸어오는 강림의 앞머리에 이슬이 맺혀 있었다. 이슬 맺힌 머리를 쓸어올리며 강림은 예의 그 아이 같은 웃음을 피워냈다. 지난번 채운은 그런 강림의 웃음을 보며 비

늦방울 같다고 말했다가 미스 양에게 놀림을 받았었다.

「한 삼십 분 걸어와서 채운 씨랑 차로 돌아가는 게 너무 좋았어요. 안개는 언제 걷히려나.」

「엄마한테 소릴 들었군요.」

「상관없다고 했어요. 채운 씨한테 청혼할 거니까.」

안개 속에서 무언가를 헤집어 발견하기라도 할 듯 앞만 주시하고 있던 채운이 강림을 쳐다보았다. 강림은 무심한 얼굴로 운전을 했다.

「솔직히 멋진 청혼을 생각했는데……. 그래도 이 밤안개 속을 달리면서 하는 청혼도 괜찮죠?」

「엄마가 놀랐겠네요.」

「집안 어른들 반대가 불을 보듯 뻔하니까, 채운 씨 상처 주지 말라고요.」

「그러니 그냥 좋게만 지내자구요. 친구처럼, 오누이처럼요. 엄마와 난 생각이 같아요.」

강림은 주유소 앞에서 유턴을 했다. 언뜻 보면 티자형 삼거리지만, 조금만 주의를 기울이면 그 길은 엄연한 사거리였다. 그러므로 그 작은 골목길로 곧바로 직진을 해야 했다. 그래서 안개 낀 골목을 조심스럽게 지나가면 지장샘 졸졸 흐르는 아담한 마을이 나오는, 집으로 돌아가는 길이었다. 그러나 강림은 유턴한 차의 운전대를 잡고 침묵했다.

채운이 강림의 옆얼굴을 힐끗 보았다. 아이 같은 웃음이 없는 강림의 옆얼굴은 듬직한 서른한 살의 사내였다.

강림은 차를 주차장에 세웠다. 둘은 파라다이스 오솔길을 걸었다. 관광객도 투숙객도 없는 조용한 길에 파도소리만 간간이 부서졌다.

강림은 채운의 손을 잡았다. 작고 따뜻한 손이었다. 낮게 밝혀진 조명 사이에도 안개는 몰려와 있었다. 안개와 어둠 속으로 사라진 오솔길을 감각으로 짚어내며 천천히 걸었다. 사라진 오솔길 끄트머리 어느쯤에선가 바다 내음이 올라왔다. 강림이 채운의 손을 더욱 세게 잡더니 바닷가에 세워진 난간 가까이로 다가갔다. 다른 때 같으면 불 밝힌 밤배를 띄운 바다가 있으련만, 지금은 안개에 잠긴 어둠뿐이었다. 안개는 어둠이고, 어둠은 안개인 밤이었다.

「우리 결혼해요.」

강림은 손을 빼려는 채운을 끌어당겨 입을 맞추었다.

「지난번 제주도에 왔다가 생각했어요. 내가 결혼을 하면 여기서 하룻밤을 묵고 싶다고요. 여기 사람들 말처럼 손으로 빚은 집이잖아요. 자연과 어울려서요. 하지만 내가 여기로 내려왔으니, 여기서 청혼하는 거예요. 파라다이스잖아요.」

채운은 강림에게 기댔다. 커다란 그의 품은 쌀쌀한 바닷바람이 불어도 포근했다.

「난 쉽게 행복해지는 게 두려워요.」

「내가 채운 씨보다 괜히 큰 줄 아세요?」

「그 큰 덩치가 내 그림에 끌려 여기까지 왔다면서요.」

「나보다 더 큰 운명이었잖아요. 이렇게 채운 씨를 사랑하라고 있는 운명요. 전생에서부터 예약된 운명에 어찌 내가 끌려오지 않을 수 있겠어요. 골리앗이라도 끌려왔을 걸요?」

「때론 운명보다 부모님들의 눈물이 더 큰 힘을 갖죠.」

「바보 같은 소리 말아요.」

강림이 조여오는 힘에 채운은 더욱 강림의 품속으로 파고들었다. 강림의 겨드랑이 밑으로 자꾸 파고드는 채운의 어깨는 더 가냘퍼보였다.

「처음부터 낯익었어요. 채운 씨랑 하는 모든 일들은 언젠가도 했었다는 느낌이 들곤 했죠. 이 이상 더 편안하고 안정되고 아름다운 관계를 난 알지 못해요.」

강림은 고개를 숙여 채운의 볼에 가볍게 키스를 했다. 그리고 둘은 농밀한 안개와 어둠을 헤치며 파라다이스 오솔길을 빠져나왔다.

강림은 그날 밤 채운을 다락방으로 불러들이지 않았다. 늦도록 서성거리다 맨발로 문을 연 상국의 손에 끌려 방으로 들어가는 채운의 뒷모습을 보고 다락방 책상에 앉았다. 강림은 두 팔꿈치를 책상에 고이고 맞잡은 손에 이마를 기댔다.

'앞에 널려진 풍경이 있어요. 전부 아름답죠. 하지만 그것을 몽땅 화폭에 담을 수 없습니다. 펼쳐진 풍경 중에서 어느 부분을 어느 각도로 화폭에 담아야지 좀더 그 아름다움을 잘 느끼게 할 수 있을까 생각해야 합니다.'

강림은 풍경화를 그리는 시간마다 학생들에게 하던 말을 떠올렸다. 그리고 말들을 골랐다. 어떤 말들을 해야 채운에게 느꼈던 운명 같은 사랑을 잘 설명할 수 있을지, 그래서 아버지와 어머니가 채운을 쉽게 받아들일 수 있을지. 아들의 부모들에겐 이혼녀인 데다 딸까지 하나 있는 채운의 모습이 썩 좋은 풍경은 아니라는 엄연한 현실 앞에서 강림은 생각을 하고 또 했다. 편지 가득 부모를 설득시킬 수 있는 사랑이 묻어나길 기원하면서. 운명 같은 사랑이라는 걸 인정하길 기대하면서.

강림은 천천히 빈 종이를 메워갔다. 새도 잠들고 바람도 없는 안개만 자욱한 밤이었다.

결국 정숙은 채운의 가게로 왔다. 그건 물리치기 어려운 유혹이었다. 동명 사거리 한복판 가게, 그것도 그녀가 하고 싶어했던 카페와 허름한 옷가게를 맞바꾼다는 것은 이치에 맞는 일이 아니었다. 그러므로 그것은 행운이랄 밖에. 건물주들은 이 셈법에 어리둥절하면서도 동의해 주었다.

채운은 바빠지기 시작했다. 낡은 건물인 데다 옷가게를 하던 가게였으므로 처음부터 실내를 다시 꾸며야 했다. 그래도 친구라고 실내를 개조하는 비용은 정숙이 댔다. 강림과 채운이 머리를 맞대고 도면을 그리고 사람을 부렸다. 상국은 두 사람의 그런 모습에 불안해하면서도 채운이 카페를 그만둔 데에는 쌍수를 들고 환영했다. 미스 양 말대로 '어차피 물장사'였고, 상국의 말대로 '아무나 하는 물장사가 아닌' 카페였다. 첫째는 사람을 고용해서 쓰는 일이 어려웠고, 둘째는 쉬자고 오는 푹 퍼진 손님들이 어려웠다. 칵테일 몇 잔에 맥놓고 행패 부리는 손님도 손님이지만, 가끔 맘잡고 와서 찍자 붙는 젊은애들에겐 넌더리가 났었다.

애초에 생각했던 화랑 같은 커피점이 아니었던 것이다.

그러나 무엇보다 편견의 그물에 걸릴 게 많은 자신의 모양새에서 그나마 하나라도 거두어내자는 게 솔직한 마음이었다. 사실 상국이 쌍수를 들고 환영했던 것도 이런 채운의 생각과 크게 다르지 않으리라는 걸 채운은 알았다.

화방을 개업하는 날은 모처럼 날씨가 맑았다. 전날부터 기름 냄새 풍기며 뭔가를 잔뜩 준비하던 상국은 이른 아침에 채운을 깨웠다.

「개업 고사 지내기 전에 니 생모에게 먼저 절을 올려라. 샤워하고 단정하게 하고 나오너라.」

니 생모 운운하며 엄숙한 얼굴을 할 때마다 채운은 상국이 낯설었지만, 니 생모 운운하며 들고나오는 일에 매번 순응했다. 어쩐지 그 일은 채운에게보단 상국이 지닌 아픈 상처 같았기 때문이었다.

채운이 옷을 단정하게 입고 나오자 상국은 돗자리와 음식이 든 광주리를 들고 현관에 서 있었다. 채운은 그런 상국에게서 광주리를 받아들고 말없이 귤밭으로 나갔다. 귤밭 한쪽에 제법 자란 떼를 이고 누운 청비의 묘에 상국은 북어와 과일 들을 진설하고 채운에게 술을 따르라고 했다. 채운은 술을 따르고 절을 올렸다. 상국은 술잔에 담긴 술을 묘에 돌아가며 뿌렸다.

「채운이가 새로 가게를 연다네. 잘되게 도와주고…… 앞으로 채운이 잘살게 보살펴주시게.」

초여름 아침 공기가 상쾌했다. 진작 잠에서 깬 새들은 삼나무 가지를 넘나들며 조잘거리고 하늘은 높고 푸르렀다. 채운은 하늘을 향해 콧구멍을 크게 벌려 숨을 들이마셨다.

「아버지예요?」

아침 밥상에서 강림이 물었다. 상국이 당황스런 눈빛으로 채운을 보며 멈칫거렸다.

「아니요, 제가 기억할 수 없는 생모예요. 해녀였는데, 물질 나가서 돌아오지 못했대요.」

「미안해요, 몰랐어요.」

「상관없어요. 어차피 저도 얼마 전에 알았어요. 엄마, 물 좀 주세요.」

좀 어색해진 아침이었지만, 채운은 마음에 두지 않았다. 상국이 생모 청비 이야기를 했을 때도 그랬고, 꾸역꾸역 손끝으로 몰려 나오던 청비의 초상도 그랬다.

한 번도 절실하게 생모에 대해 생각해 보지 않았다. 얼굴도 모르는 아버지는 더욱 그랬다. 그랬으므로 그런 일은 미안한 일도, 속상한 일도 아니었다. 옆집 감나무에 감이 야무지게 열렸구나 하는 정도였다.

처음엔 화구들만 팔고 본격적으로 그림 공부나 할 가게 겸 작업실로 구상했지만, 강림은 마침 이중섭 기념관도 옆에 있으니 이중섭의 그림도 팔자고 제의를 했다. 가게 이름도 평범하게, 그러나 누구나 잊어버리지 않게 '이중섭 화방'으로 정한 것도 강림이었다. 간판엔 중섭이 서귀포에 와서 살 동안 그렸다는 '제주도 풍경'을 넣어서 달았다.

「극장이 바로 코앞이니 심심하다고 영화만 보진 않겠죠?」

강림의 퇴근 시간에 맞춰 토요일 오후로 잡은 개업날이었다. 초여름 햇살 속에서 바다가 반짝이며 누워 있고, 바람 한 점 불지 않았으며, 극장 간판에선 맥 라이언이 화사하게 웃고 있는 날이었다. 채운도 크림색 스커트를 입고 화사하게 웃었다. 강림이 채운의 옆에서 움직일 때마다 채운의 스커트 자락이 하느작하느작 춤을 추었다.

「모조품인데도 저 소 입술은 여전히 육감적이네요.」

누군가 벽에 걸린 이중섭 그림을 보며 웃었다. 강림은 채운을 향해 손으로 키스를 날리며 웃었다. 그 소 그림을 정숙이 개업 개시라며 사갔다.

오랜만에 날씨가 맑아서, 바다 색깔이 너무 고와서 자꾸만 웃고 싶은 날, 채운의 화방은 개업 고사를 무사히 마쳤다.

바닷가로부터 안개가 서서히 걷히기 시작했다. 그러나 하루이틀 반짝하고는 비였다. 이 남쪽 끝 도시에서부터 시작하는 장마였다. 안개 속에 숨어 있던 바다는 빗속에 흐리게 엎디어 있었다. 하루 한

차례씩 멀건히 바다를 내려다보는 짓도 며칠 하고는 그만두었다.

종일 비가 왔다. 주렴처럼 죽죽 늘어지는 비 사이로 피어스 브로스넌이 피우는 담배연기가 흐리게 번져나갔다. 채운은 아까부터 이젤과 출입문 사이를 계속 서성거렸다. 한기가 들어서 어깨에 걸친 스웨터의 빈 팔이 채운이 움직일 때마다 달랑달랑 흔들렸다. 비닐에 싸인 석고상들의 뒤통수가 가끔 눈에 걸렸다. 이대로 가다간 가게 유지비도 건지기 어려울 지경이었다. 각종 공예방 수강생들인 주부들이 스텐실 물감 몇 개 사가고, 화학 염료 두어 가지 사가고는 이중섭 모조품을 판 수입이 전부였다. 강림의 말대로 그나마 이중섭 그림이라도 팔지 않았으면 적자를 면치 못했을 거였다. 어쩌다 택시기사편에 이끌려 온 신혼부부가 전부인 이중섭 기념관의 관람객 수를 따져보면 중섭의 그림이 팔려나간 숫자는 수수께끼에 가까웠다. 중섭의 그림이 그려진 머그잔이나 티셔츠 등의 소품류가 화방의 효자였다.

계속 서성거리던 채운은 커피 포트의 뜨거운 물을 머그잔에 따라 손에 쥐었다.

하루 종일 너무 많이 마신 커피 때문에 냄새만 나라고 조금 띄운 커피 가루가 갈색으로 풀어지며 향기로웠다. 채운은 그 잔에 코를 들이대고 깊은 숨을 쉬었다.

손으로 전해지는 온기에 조금 기분이 좋아진 채운은 다시 이젤 앞으로 가 섰다. 그러나 아무래도 그림이 맘에 들지 않았다.

이젤 앞에서 식은 커피잔을 움켜쥔 채 맥놓고 서 있는데, 현관문에 매달아놓은 종소리가 났다. 손님이 와도 모르고 그림만 그리고 있으면 안된다며 강림이 사다가 달아놓은 청동빛 종이었다. 채운은 고개를 모로 빼서 출입문 쪽을 보았다.

천지연에서 초상화를 그리며 사는 성연이었다.

「비가 와서 안방 아랫목에 묻혀 있으려니 했는데, 어쩐 일이에요?」

「그러기도 지겨워서요. 마누라 눈치도 보이고.」

「그래도 눈치는 보는 모양이죠?」

「그것보다 커피나 한 잔 줘요. 미치겠네. 습기가 목까지 차오르는 것 같아요. 한때는 이 습기가 싫어서 다른 데로 도망갔었는데. 이젠 딸린 식구가 있으니 훌쩍 도망갈 수도 없고, 안개에 비에…….」

그러면서 성연은 슬쩍 벽에 걸린 액자들을 훑어보았다.

「그대로예요.」

그가 처음 찾아온 것은 채운이 화방을 개업하고 일주일이 지난 뒤였다. 손에는 브레드 피트가 들려 있었다. 한때 서울에서 외국 영화배우들 초상화를 그려주는 일로 생계를 유지했다는 그는 제주에 내려와 아버지의 감귤밭에서 일을 했다. 그렇지만 그가 주장하다시피 그는 천지연에서 관광객들 초상을 그려주는 일이 본업이었다. 채운은 그의 손에 들려 있던 브레드 피트를 벽에 걸어주었다. 삼칠제로 계약한 그 그림은 며칠 만에 어느 여고생이 사갔다. 그 다음에 그는 다시 레오나르도 디카프리오와 장 르노를 가지고 왔다. 그가 훑어본 벽에는 아직 그 두 사람이 걸려 있었다. 가끔 채운은 장 르노가 쓰고 있는 검은 선글라스에 자기 얼굴을 비쳐보곤 했지만, 르노의 선글라스에 채운의 얼굴은 뜨지 않았다.

「자기 얼굴보다 못생겼다고 불평하는 납작코에 뚱보 아줌마만 하루 종일 그려도 좋으니까 이 비가 좀 그쳤으면 좋겠어요.」

성연은 커피를 후루룩 소리 나게 마셨다. 그런 성연을 보며 채운은 뜨거운 물에 커피 가루로 시늉만 낸 물을 마셨다.

「붕어가 될 거예요. 대기는 온통 습기뿐인 데다 하루 종일 물만 마셔대니.」
「차라리 아가미라도 달렸으면 좋으련만.」
성연은 채운보다 더 가라앉은 목소리였다.
「문 선생하곤 언제 결혼해요?」
「어디서 들었어요?」
「두 분은 너무 닮아서 잘살 거예요. 남들은 십 년 이십 년 살아야 닮는다는데.」
「전혀 닮았다고 생각해 본 적이 없는데요.」
「생긴 것도 생긴 거지만, 느낌이 더 닮았어요.」
「글쎄요, 생긴 것도 성격도 다른데, 왜 그렇지?」
「재천이도 그러더라구요. 두 분이 닮았다구.」
채운은 두 손으로 받쳐들었던 머그잔을 더욱 안으로 오므렸다. 어깨가 더 작게 움츠러들어 추워보였다. 채운은 웅크린 어깨로 하루 종일 사람 그림자가 보이지 않는 바깥 거리를 바라보았다. 어쩌다 비탈길을 주춤주춤 내려가는 차들이 있었고, 그러고는 종일 빈 거리였다.
성연은 재천이 이야기를 했다. 결혼한 지 이제 반년쯤 되었다는 재천은 천지연에서 초상화 그려주는 게 수입의 전분데 이렇게 비가 연일 오니 쌀이나 있는지 모르겠다고 했다. 제주가 좋아서 무작정 제주로 내려왔다는 재천은 이슬만 먹고도 살 수 있는 신선이면 딱 좋을 사람이었다. 도통 다른 돈 버는 일에 대해 신경을 쓰지 않았다. 그 아내도 그랬으므로 둘은 가끔 쌀이 떨어지면 라면으로 끼니를 때우고 비가 오는 날이면 버스를 타고 제주도를 돌아다닌다고 했다.
채운은 그런 모습과 지난번 놀러왔던 재천의 얼굴과 얼른 줄을 그어 떠올릴 수 없었다. 두리둑실한 얼굴에 커다란 눈이 그저 세속에서 가장 잘살 것 같은 인상이었기 때문이다. 구름처럼 떠돌아다닐 나그네의 허허로운 얼굴이 따로 있는 건 아니겠지만, 어쨌든 재천과는 얼른 연결되지 않는 일이었다. 그래도 다 털고 사랑하는 사람과 그렇게 살 수 있다는 것도 나쁘지 않으리라 생각했다.

「이러다가 또 훌쩍 떠날 놈이죠. 한때는 건축 설계를 하기도 했다니까.」

「그렇게 운수승처럼 살 수 있다는 것이 부럽네요. 삶에 대한 자신감일까요, 초연함일까요?」

「둘 다겠죠.」

온기가 아까워 오래도록 감싸안고 있던 컵이었지만, 물이 담기지 않은 컵은 오히려 채운의 온기에 몸을 맡기고 있었다. 채운은 빈 컵을 들고 나가 처마에서 떨어지는 빗물에 설거지를 했다.

성연은 한참을 앉아 있다가 빗속으로 걸어나갔다. 한쪽이 찌그러진 우산을 쓰고 언덕 아래로 내려가는 성연의 뒷모습을 채운은 바라보지 않았다. 왜 그런지 성연의 뒷모습엔 늘 쓸쓸함이 묻어 있곤 했다. 뒷모습이 쓸쓸한 남자에 대해서 채운은 늘 불안감이 있었다. 어디에서 연유된 편견인지 알지 못했지만, 그랬다. 그래서였을까, 남편 수영의 뒷모습엔 그닥 염려될 만한 감정이 실려 있지 않았었다. 늘 바르고 감정의 통제가 잘되던 남자였다. 신호 체계가 잘된 로터리에 서 있는 기분이 들게 만드는 남자였다. 그런 남편의 뒷모습을 구태여 표현하라면 담박함, 또는 무표정일는지.

채운은 다시 이젤 앞으로 갔다. 연필로 그려져 있는 우진은 언제나 그랬던 것처럼 금방 울 듯한 얼굴이었다. 그나마도 선 하나 긋고 쉬었다가 선 하나 긋고 해서 겨우 윤곽만 드러난 얼굴이었다. 예전에 청비가 속에서 꾸역꾸역 터져나왔던 것과는 달리 우진은 쉽사리 모습을 드러내지 않았다.

딸랑딸랑, 문에서 귀여운 방울이 울었다. 채운은 진열대에 엎디어 있다가 고개를 들었다. 강림이었다. 방울소리 달고 들어온 아이처럼 환한 웃음에도 물기가 묻어 있었다. 바람이 불었는지, 넓은 어깨를 다 감싸지 못한 우산 때문인지 어깨 언저리가 젖어 있었다. 채운은 마른 수건으로 강림의 어깨를 닦아주었다. 강림에게서 나는 비 냄새는 향긋했다.

「어차피 장사도 안될 날씬데 일찍 들어가죠?」

「조금만 더 있다가요. 찾아올 손님들에 대한 신용이니까. 학생들이 학교 파하고 돌아갈 시간이기도 하고, 직장인들 돌아갈 시간이기도 하니까. 날씨도 썰렁한데 먼저 집에 들어가 쉬어요.」

「썰렁하니까 더 혼자 들어가기가 싫어서 그래요.」

강림은 커피 포트에서 뜨거운 물을 따라 마셨다. 그러고는 하루종일 제대로 손대지 못했던 채운의 이젤 앞으로 갔다. 채운은 그럴 때마다 괜히 딴 곳으로 시선을 돌려버리곤 했다. 어쩐지 감춰두고 싶은 마음을 들키고 만 것 같아서였다.

「사람들을 좀 만나요.」

채운은 아무말도 하지 않았다. 강림은 소파에 앉으려다 참, 하고는 일어섰다.

그러더니 주머니를 뒤졌다.

「오늘 어떤 놈이 초콜릿을 주더라구요.」

「벌써 다 녹았겠어요. 뜯지 말고 냉장고에 넣어두어야겠네.」

강림은 좀 쑥스러운 얼굴로 뒤통수를 긁적였다.

「그 학생이 알면 섭섭할 거니까, 이따가 집에 가면서 둘이서 나눠 먹어요.」

채운은 싱크대 쪽에 둔 냉장고 앞에 쭈그리고 앉았다. 냉장고라고 해야 찬물이나 먹고, 반찬 몇 가지 넣어두려고 중고품 가게에서 구해다 놓은 꼬마 냉장고였다. 그나마 냉장고를 둔 바닥이 균형이 맞지 않았는지, 문을 열 때마다 덜컹거려서 냉장고 위에 둔 소소한 물건들이 늘 불안하게 흔들거리곤 했다. 강림은 그 냉장고를 다시 놓아야 한다고 했지만, 채운은 그냥 내버려두라고 했다. 문을 열 때마다 물건들이 흔들거리며 앞으로 떨어질 것 같은 불안을 즐겼다. 그래서 가끔 문을 열려고 숙인 머리 위로 붓통이 통 떨어지거나 팔레트가 쿵 떨어졌으면 좋겠다고 생각한 적도 있었다.

초콜릿을 냉장고에 넣고, 채운은 하루 종일 꺼두었던 라디오를 틀었다. 이름을 알 수 없는 팝송이 흘러나왔다. 강림은 소파를 지나 진열대 의자에 앉으려고 가는 채운을 붙잡아 소파에 앉혔다.

「이렇게 한기 드는 날은 체온을 서로 나눠 갖자구요.」

「손님들 들어오면…….」

강림은 그런 채운의 말을 막으려는 듯 채운의 어깨를 조여 당겼다. 따뜻한 체온이 서로의 몸 속으로 흘러들었다. 하루 종일 축축하고 싸늘했던 채운이었고, 하루 종일 전화기를 타고 들어온 홍로의 걱정으로 편치 않던 강림이었다.

홍로는 며칠 전부터 전화를 했다. 집으로 한번 올라오라고. 어머니 사라도 앓아누웠다고.

평탄하게 결혼하리라고 생각하진 않았다. 상국의 말처럼 부모들의 눈에 채운이 사랑스러워 보일 수는 없었다. 그래도 전화선 너머에서 평정을 찾으려 애쓰는 아버지 홍로의 목소리를 들으면 마음이 편치 않았다. 그런 목소리에서 강림은 구부러진 홍로의 어깨를 떠올렸다.

「채운 씨 온기는 정말 편안해요. 하루 종일 이렇게 채운 씨하고 같이 있는 시간이 오길 기다렸어요. 이렇게 채운 씨 냄새 맡고 싶어서 혼났다니까요.」

「이렇게 옆에 있는 것만으로도 내 이성이 혼미해지니까, 더이상 말하지 말아요.」

「정말요?」

강림이 채운을 내려다보며 아이 같은 웃음을 지었다. 강림은 채운의 머리칼 속에 손을 집어넣었다. 손끝에서 채운의 머릿결의 부드러움이 간질거렸다. 강림은 채운의 이마에 머릿결에 입을 맞추었다. 촉촉한 향기가 코끝에 오래도록 머물렀다.

화방은 점점 비에 젖은 어둠으로 가라앉기 시작했다. 채운은 불을 켜려고 일어났다. 그러나 아까부터 채운의 머리에 기대 있던 강림이 채운을 붙잡았다.

「이대로 십분만 더 있어요. 이렇게 있으면 당신과 내 운명이 달콤하게 그리고 확고하게 얽히고 있는 게 느껴져요. 우린 서로의 몸에 서로를 감고 있는 한쌍의 덩굴식물 같잖아요.」

라디오에서 나오는 음악은 언제부턴지 저 혼자 흥도 없이 실내를 떠돌아다녔다. 하지만 채운도 강림도 그런 음악 소리에 신경을 쓰지 않았다. 등불도 켜지 않은 박명 속에선 음악도 아래로 가라앉고, 시간도 아래로 가라앉았다. 물기 많은 어두운 공기는 한사코 모든 것들을 아래로 끌어내렸다. 강림도 채운도 소파에 낮게 가라앉아 있었다.

좋아할 일이었다. 이제 채운의 얼굴에도 화색이 돌기 시작했고,

집안에는 미세한 활력들이 떠다니는 게 느껴졌다. 그러나 상국은 자꾸 뜽금없이 불안에 시달렸다. 일을 하다가도 세수를 하다가도 한 번씩 전류처럼 파고드는 불안함에 안절부절못했다. 채운이 새로운 사랑을 시작했다는 것이 온 동네 내놓고 좋아할 일도 아니었지만, 이런 불안 또한 채운에게 말할 수는 없었다. 장마비 때문에 종일 집에 박혀 있어서 그런 모양이라고 스스로 위안을 삼지만, 그래도 불안은 이미 집안에 들어찬 습기처럼 상국의 온몸에 스며 있었다.

상국은 서랍장 속에 넣어둔 사진을 보았다. 우진이 백일 때 찍은 사진이었다. 눈만 동그랗게 뜨고 있는 우진을 가운데 두고 수영도 채운도 웃고 있었다. 미구에 닥칠 혼미를 앞에 둔, 정지된 그 한 순간이나마 채운과 수영은 활짝 웃고 있는 것이다. 상국은 그런 수영과 채운의 얼굴을 자꾸 쓰다듬어 보았다. 손끝으로 안쓰러움이 느껴졌다.

사진을 들여다본 뒤끝은 매번 허망함이었건만, 상국은 가끔 그렇게 사진을 꺼내 보았다. 카페를 그만둔 뒤로 전보다 훨씬 일찍 들어오는 채운과 강림이었다.

저녁도 같이 둘러앉아 먹을 수 있었다. 강림을 의식해서겠지만, 살면서 이때보다 밥상에 정성을 기울여본 적도 없었다. 하지만 셋이 둘러앉은 밥상에서 상국은 밥맛을 잃고 있었다. 알 수 없는 세균이 상국을 침범하고 있었다. 육십 년 넘게 함께 해온 몸뚱아리였다. 늙으면서 안으로 숙여지는 생각들이었다. 그러니 그게 무엇인지는 모르겠지만, 뭔가 상국에게 침범해 쥐도 새도 모르게 은밀히 스며들고 있고, 몸뚱아리 혹은 정신 어느 구석인가를 그것이 갉아대고 있다는 걸 상국은 알아챘다.

상국은 한숨을 안으로 재우며 사진을 다시 넣고 마루로 나왔다.

자신을 갉고 있는 무언가가 있다고 느낀 뒤로 상국은 한숨도 함부로 뱉지 않았다. 상국은 텔레비전을 틀었다. 텔레비전 속의 사람들을 쳐다보고 있노라면 많은 것들이 잊혀졌다. 늙어가는 것, 혼자인 것, 풍문으로 들은 남편 풍도의 말년, 몸 속을 갉아대고 있는 그 무엇, 혹은 불안, 밖에서 내리고 있는 비와 삼나무 가지를 흔들어대는 바람 등.

너무 환한 불빛이 싫어서 안방에서 흘러나오는 빛으로만 의지해서 텔레비전을 들여다보고 있던 상국은 깜짝 놀라서 눈을 들었다. 종일 조용히 비가 내리는 것 같았는데, 갑자기 나뭇가지 부러지는 소리가 들렸던 것이다.

웬만한 바람에 가지를 쉽게 상하는 삼나무가 아니었는 데다 천둥 번개도 치지 않았으므로 상국은 부엌창으로 뒤란을 살펴보았다. 창으로 들어온 뒤란엔 별 문제가 없었다. 마당도 언제나 그랬던 것처럼 어둠 속에 잠긴 초록빛 잔디와 야자수가 제자리에 서 있었다. 누구네 허술한 돌담이 무너진 게지, 혼자소리로 내뱉고, 그렇게 믿어버리고는 다시 텔레비전 앞에 앉았다. 그러나 다시 쉽게 텔레비전 속으로 빨려들지 못한 상국은 우산을 들고 마당으로 내려섰다. 비는 조용히 내렸다. 어둠 속에서 홀로 비를 맞고 서 있는 키 큰 야자수도 넓은 잎사귀를 축 늘어뜨린 채 무심상한 표정이었다. 상국은 뒤란 쪽을 돌아보려다 어쩐지 내키지 않아 도로 집 안으로 들어왔다. 그러고는 현관 밖의 등에 불을 켜두었다.

「마당에 불빛이 있으니까 훨씬 좋네요.」

텔레비전 화면에 반, 속에서 치받치는 불안에 반을 내맡기고 소파에 묻혀 있던 상국은 벌떡 일어나 앉았다.

「그러고 주무셨어요?」

강림과 채운이 부부처럼 나란히 상국 앞에 서 있었다.

「어이구, 그래. 깜빡 졸았나 보다. 저녁 먹어야지.」

상국은 주방으로 가서 찌개 냄비가 얹혀 있는 가스 레인지에 불을 붙였다. 그러고는 창으로 뒤란을 살펴보았다. 어둠 속에서 뒤란은 조용했다.

「이런 날은 어머니가 끓여주신 찌개에 돼지족발 얹어서 소주 한잔 마시면 딱 좋을 것 같아서 족발하고 소주 사왔어요. 잘했죠?」

손만 후다닥 씻고 식탁에 앉은 강림은 습기 먹은 종이처럼 축 처져 있던 상국의 어깨를 붙임성 있는 애교로 살며시 끌어올렸다. 상국은 그런 강림이 어여뻐서 엉덩이라도 토닥거려 주고 싶은 마음이었다. 막상 이렇게 얼굴을 마주 대하고 있으면 참으로 아름다운 젊은이라는 생각에 기쁜 마음이 절로 들었다. 하지만 보이지 않으면 채운과 사랑을 하는 강림이 불안했다.

「이렇게 듬직한 아들을 멀리 떠나보낸 부모님들은 참 마음이 아프겠어요.」

「제 동생이 저보다 훨씬 듬직하고 효자예요.」

상국은 공연히 채운의 눈치를 보면서, 그래도 맏이는 맏이라는 말을 삼켜버렸다. 대신 생각지도 않은 말을 했다.

「장사가 안되는 날은 일찌감치 들어와라. 더구나 비까지 오고, 감기 들기 딱 좋은 날이다.」

「그러잖아도 제가 그랬더니, 장사하는 사람의 신용이라나 뭐라나 하면서 구태여 있겠다고 버티잖아요.」

삼나무와 귤밭에 토닥거리며 떨어지는 빗소리를 들으며 셋은 소주를 마셨다.

채운도 상국도, 그리고 강림도 이런 술자리 풍경이 오래 전의 그림처럼 낯익다고 느꼈다. 반주로 한두 잔 하고 말 요량으로 시작했었는데, 셋은 소주 두 병을 훌쩍 비웠다. 밖엔 여전히 비가 내리고, 상국은 오랜만에 마신 술이 취한다며 일찍 방으로 들어갔다. 채운은 저녁 설거지를 하고, 강림은 마루에서 텔레비전을 보았다.

한없이 평온했던 것 같은 하루가 접어지는 중이었다.

오랜만에 마신 술은 그러나 달지 않았다. 강림이 같이 이층으로 올라가자고 했지만, 채운은 취한다며 고개를 저었다. 얇은 누비 이불을 덮고 누우니 천장이 빙글 돌았다. 어차피 알코올이란 것은 휘발성이 강했다. 속으로 잘도 넘어가던 알코올은 기어이 속에 꿍꿍 뭉쳐 두었던 상처들을 끼고 꾸역꾸역 휘발되며 밖으로 기어나왔다. 휘발성이 강한 알코올에 끌려나온 그것들은 공기와 접촉하자마자 맨송한 얼굴로 제 색깔을 찾으며 채운의 주위를 맴돌았다. 우진이의 웃지 않는 얼굴과 한 번도 보지 못한 강림의 부모님, 그리고 모양새 좋지 못한 자신의 모습 등. 결국 채운은 껐던 불을 다시 켰다. 그러나 어젯밤에 보던 책을 강림의 방에 그대로 두고 왔다는 걸 알았다. 베개를 등에 고이고 벽에 기대 한참 앉아 있던 채운은 일어나서 다락방으로 올라갔다. 다락방으로 올라가는 계단이 낡은 것이 채운은 불만이었다. 꼭 어느 칸에선가 계단은 한 번씩 삐그덕거렸다. 올라가면서 어느 칸의 계단이 시원치 않던가 신경을 곤두세우고 있는데, 삐그덕거리며 신경질을 내는 소리에 화들짝 놀랐다.

강림은 창에 기대 담배를 피우고 있었다. 채운이 들어가자 상념들을 얼른 거두어냈지만, 채운은 보았다. 강림의 눈 속에 고여 있던 어둠과 근심을. 휘발성 강한 알코올들에 끌려 올라왔다 남겨진 것을. 채운은 공연히 허둥대며 책을 찾았다.

「나도 잠이 오지 않아요. 여기 앉았다가 가요.」

강림은 다시 아이 같은 웃음으로 채운을 붙잡았지만, 채운은 그 웃음 너머 근심스런 강림의 얼굴이 자꾸 보였다. 쉽지 않은 결혼을 눈앞에 둔 서른한 살 남자의 얼굴을.

옆에 앉은 강림에게서 담배 냄새가 났다. 커다란 덩치에서 늘 박하사탕 냄새가 난다고, 아이라고 놀렸던 채운은 오늘 강림에게서 담배 냄새를 맡았다. 채운은 그런 강림의 품에 안겼다.

밤이 깊어지면서 바람이 더 거세지는지 뒤란 삼나무 뒤채이는 소리가 요란했다. 한라산 골을 타고 온 바람인지, 거칠 것 없는 넓은 태평양을 단숨에 달려온 바람인지, 삼나무를 흔들어대는 것이 성깔깨나 사나웠다. 넓은 대양을 거침없이 몰려다니다 삼나무 가지가 걸리적거린다는 듯이 사정없이 몰아치는 바람소리 사이로 강림의 숨이 가빠졌다. 채운은 그 바람소리에 몸을 맡기고 누웠다. 강림에게서 풍기는 담배 냄새가 향긋했다. 그의 입술은 뜨거웠다. 빈약한 젖무덤으로 감겨드는 그의 손이 참으로 부드럽고 따뜻했다. 강림의 고뇌와 뜨거움이 채운의 몸 속으로 들어왔다. 삼나무 가지를 넘나드는 바람소리처럼 강림의 숨결이 거칠어졌다. 채운은 땀이 배기 시작한 강림의 벌거벗은 등을 감쌌다. 비늘이 벗어지고 있었다. 먼바다에서 전설로 자라던 아름다운 물고기의 비늘이 벗어지고 있었다.

우지끈 뚜두둑, 드디어 어느 나뭇가지가 드센 바람결에 부러졌다. 채운은 눈을 감은 채 그 소리를 아프게 들었다. 촉촉한 강림의 등허리를 감싸안고서. 그러면서 아이 같은 웃음 뒤에 있던 서른한 살 남자, 강림의 얼굴을 떠올렸다.

옅은 잠에 빠져 있던 상국은 벌떡 일어나 앉았다. 꿈인지 생신지 알 수 없는데 커다란 무언가가 상국의 뺨을 후려치고 나가는 것 같았다. 뒤란 삼나무 소리가 요란했다. 우지끈 뚜두둑. 아, 나뭇가지가 부러지는 소리였다. 상국은 어둠 속에서 한참을 웅크리고 앉아 있었다. 등줄기로 식은땀이 흘러내렸다. 바람에 흔들리는 야자수 잎 그림자가 창 밖에서 너울거렸다. 목이 말라 일어나던 상국은 다리에 힘이 빠져 도로 주저앉고 말았다.

아침이 되도록 상국은 열이 펄펄 끓었다. 채운이 근심스런 얼굴로 상국의 머리맡에 앉아 있었다.

「간밤에 꿈인지 생신지 니 생모를 본 것 같은데, 생전 안 보이던 사람이 어쩐 일인고. 이따가 뒤란에 한번 가봐라. 밤에 바람이 심상치 않더라.」

채운은 자꾸 니 생모 운운하는 상국이 이제는 늙어가는 모양이라고 생각했다. 그러면서 자꾸 니 생모 운운하는 말에 짜증이 나기 시작했다. 채운은 약국에 가서 약을 짓고, 죽을 한 냄비 끓여놓고 늦은 아침 가게로 나갔다.

야자수 어지러운 그림자를 머리맡에 두고 누워 있던 상국은 일어나 앉았다. 간밤에 그렇게 모질게 비바람 치더니, 언제 그랬냐는 듯이 하늘은 말갛게 개어 있었다. 채운이 지어준 약 때문인지 열은 더 이상 오르지 않았다. 상국은 자리 깔고 누워 있고 싶지 않았는 데다, 뒤란 청비 묘를 둘러볼 심산으로 옷을 입었다. 땀으로 흠뻑 젖었던 옷에서 늙은이 땀내가 진하게 났다. 약을 먹고 잠깐 자는 사이 땀을 많이 흘린 모양이었다. 상국은 옷을 다시 벗고 샤워를 했다. 훨씬 개운한 마음으로 조심조심 뒤란 청비 묘를 둘러보았다. 감귤나무도 청비의 묘도 오랜만에 드러난 햇살 아래서 싱그럽게 보였다. 상국은 눈을 들어 방풍림으로 심어놓은 삼나무를 살펴보았다. 간밤에 바람에 시달리고 찢기고 했으려니 안쓰런 마음이었지만, 삼나무는 햇살 아래서 늠름했다. 어느 한 구석 상한 데가 없었다. 감귤나무도 청비

묘도 그리고 한라산 기슭을 따라 심어진 동산의 나무들도 반가운 햇살에 싱싱하게 빛나고 있을 뿐이었다. 상국은 혼자소리로 옆집 변씨네 나무들인가, 중얼거리며 집으로 돌아왔다. 밝은 햇살에 있다가 들어온 집 안은 어두컴컴하고 축축해 보였다. 상국은 마루에서 잠시 서성이다가 빨래 바구니를 들고 나왔다. 채운이 오기 전에는 큰 빨래 아니면 늘 지장샘에 가서 빨래를 했었다. 노인네 혼자 사는 살림이니 빨래고 청소고 많지도 않았었다. 상국은 오랜만에 지장샘에 쭈그리고 앉아 빨래를 했다. 흐르는 샘물에 손을 담그고 비누 거품을 내서 빨래를 쓱쓱 문지르니 이마에 송송 땀방울이 맺혔다. 그렇게 몸을 움직이자 밤새 고였던 알 수 없는 기운도 땀과 함께 몸 밖으로 빠져나가는 것 같아 개운했다.

「어이구, 물맛 좋고, 하늘 좋고, 공기도 달구나.」

너무 빨래에 열중했던 탓인지 머리 허연 노인이 샘에 와서 물을 마시는 것도 몰랐다. 촌에서 올라온 노인인지 흰 두루마기에 고무신을 깔끔하게 맞춰 신은 영감은 물을 마시고도 샘가에 앉아 상국을 바라보았다. 물빛에 튀긴 햇살을 받은 노인의 흰 수염이 참으로 영험스럽다는 생각을 하며 상국은 「이 동네 분이 아니네요」 하며 인사 겸 아는 체로 예의를 차렸다.

「오랫동안 산 적이 있지요. 지금도 산다면 사는 거고.」

「저 아래 금강도 신도신가 보지요?」

「받아 키운 딸 때문에 속이 상하겠소, 그려. 인연이란 먼데서도 달려오는 법이지만, 언제나 옳은 건 아니라오. 에 참, 질긴 인연이로고.」

빨래를 문지르던 상국이 아차 하는 마음으로 고개를 들어 노인을 바라보는데, 노인은 벌써 일어나 성큼성큼 저만치 멀어지고 있었다.

상국은 하던 빨래를 던져두고 바닥에 털썩 주저앉았다. 그래, 이 샘을 지킨다던 그 노인이야, 그 노인이야.

「뭘 그렇게 혼자 중얼거려요?」

아래에 사는 새댁이었다. 늘 기저귀를 샘에 나와 빠는 새댁은 뭐가 좋은지 혼자 웃고 있었다.

「지금 저 아래 모퉁이로 사라진 영감님 봤어?」

「아, 그 할아버지요? 어쩌다가 한번씩 나타나는 사람이에요. 여기에 사는 것 같지는 않고. 지난번 저 아래 삼촌이 그러는데, 도사라고 하대요.」

상국은 한없이 무겁게 달린 팔을 움직여 빨래를 했다. 도로 들고 들어가 세탁기 속에 집어넣을까 몇 번 망설이면서도 끝내 손으로 다 빤 빨래를 마당 빨랫줄에 널었다. 그러나 빨랫줄에 빨래를 너는 것을 간신히 끝마친 상국은 그대로 들어와 자리에 눕고 말았다. 다시 열이 끓어오르기 시작했다. 조금 나았다고 힘든 빨래를 한 게 탈이었다. 상국은 그 와중에도 채운이 지어다 준 약을 한 줌 털어넣었다. 그러고는 상국은 죽은 듯이 늘어져서 다음날 아침까지도 자리에서 일어나지 못했다.

「암만 생각해도 문 선생이 옳은 인연은 아닌 것 같다.」

늦은 아침 걱정스런 눈빛으로 지키고 앉은 채운에게 상국은 제일 먼저 그 말부터 했다.

「엄마, 얼른 몸 털고 일어날 생각이나 하세요. 나이 들수록 건강해야지요.」

「아니야, 아니야. 자꾸 내 맘이 불안해.」

상국은 열에 들떠 하얗게 마른 입술을 달싹거리며 또 니 생모, 하고 서두를 꺼냈다. 채운은 쓸데없는 것에 신경쓸 때가 아니라며 그대로인 죽그릇을 들고 나왔다. 서울에서 캔버스로 꾸역꾸역 피어나올 때도 그랬고, 내놓고 자주 니 생모 하며 상국의 입에서 터져나오는 지금도, 여전히 생모 청비 이야기엔 어딘지 모를 불길함이 있었다. 그 전에는 몸도 마음도 부대끼고 찢겨져서 차분히 생각할 겨를이 없었지만, 요즘 상국의 입을 통한 생모 청비는 불길함이었다. 몰라서도 못했고, 알고 난 이즈음에도 채운은 한 번도 청비를 마음에 담아본 적이 없었다. 처음 다락방에서 상국에게 생모 이야기를 들었을 때 채운은 전율했다. 한 여자의 기구한 운명이 삼십여 년이 지난 지금 다시 화폭에 살아날 수 있다는 것에 대해. 그 질긴 인연에 대해. 하지만 요즘 생모 청비는 문종이처럼 얇은 불길함으로 차곡차곡 쌓여가고 있었다. 풀을 발라 겹겹이 붙여놓으면 그 얇은 종이로 다탁도 만들고 장농도 만든다는 그 종이처럼 얇은 불길함.

「엄마가 이제 늙기 시작하나 봐요.」

「원래 요즘 감기에는 젊은 사람도 일주일씩 누워 있는대요.」

하루 종일 상국을 간호한 채운은 상국에게서 전염된 불안에 몸을 떨었다. 채운이 화방 문을 열지 않아 곧바로 집으로 온 강림은 채운의 처진 어깨를 보듬어주었다. 저녁이 되면서 조금씩 열도 내리고 죽도 한 술 뜬 상국은 강림이 퇴근할 무렵에 다시 잠에 빠져들었다.

「어머니 상태 봐서, 이따가 밤에 바다 구경 가요. 우리 학교 선생님들이 그러는데 거린사슴이란 곳에 가면 바다가 잘 보인대요. 거기서 보는 밤바다 풍경이 기막히다고요.」

「바로 요 뒤 동산에서도 잘 보여요. 어디든 언덕에만 올라가면 보이는 게 바단데요.」

「그래도 드라이브도 할 겸 가자구요. 채운 씨가 어머니보다 더 처져 있어요.」

저녁 무렵에야 약을 먹고 다시 잠든 상국은 요에 딱 들러붙어 보였다. 사람이 요에 누워 있다는 것보다는 녹은 엿이나 찹쌀떡처럼 요에 스미듯 밀착되어 있다는 느낌이 드는 것은 처음이었다. 채운은 걱정이 되어서 상국의 이마를 만져보고 코밑에 손도 대어 보았다. 열도 없었고, 손끝으로 느껴지는 숨결도 안정감이 있었다. 채운은 늙는다는 것은 저토록 요에 빨려들어가는 거구나 하는 생각에 처연해졌다.

저녁을 먹고 강림은 밤바다 구경을 가자고 졸랐지만, 채운은 한사코 도리질을 했다. 채운은 강림을 다락방으로 올려놓고 마루 소파에 묻혀 멍청한 눈으로 텔레비전만 보았다. 넋 놓음, 맥놓음, 그리고 자궁 속의 아이처럼 웅크림, 채운은 그렇게 자신의 놓고 있음을 즐겼다. 초점 없는 채운의 얼굴을 텔레비전 푸른 불빛이 널름대며 핥았다.

갑자기 푸른 텔레비전 화면이 꺼졌다. 계단의 삐그덕거림도 없이 어느새 강림이 내려와 있었다.

「올라가요. 맛있는 차 타줄게요. 엄마가 아프다고 이렇게 아이처럼 굴 거예요?」

강림은 웅크린 채운을 일으켜 세웠다. 텅 빈 눈동자를 꺼진 텔레비전에서 거두며 채운은 아이 같은 함박웃음을 달고 있는 강림을 눈 속에 채웠다. 서른한 살 남자의 근심스런 얼굴로 강림은 채운을 안아올렸다. 채운은 강림을 밀쳐내며 일어섰다.

조금 열어놓은 창에서 온화한 밤바람이 스며들고 있었다. 강림은 채운을 침대에 앉혀놓고 찻잔을 내밀었다. 따스한 잔에서 재스민 향기가 퐁퐁 솟아났다. 채운은 그 향을 따라 찻잔 가까이 댄 코끝을 벌름거렸다.

「아, 살 것 같다.」

「어머니랑 단둘이만 살아서 그런가 봐요. 어머니가 아프다고 그렇게 꺼져 있는 사람은 처음 봐요.」

채운은 그게 아니라 청비의 불길함 때문이라고 말하려다 그만두었다. 사람들은 그런 채운을 한때는 무병을 앓는다고 몰아붙이기도 했었다. 카페를 하면서 한동안 잊었다고 생각했는데, 요즘 다시 청비의 그림자가 상국과 채운에게 드리워지고 있었다.

채운은 재스민 차를 세 잔째 마셨다. 밤바람에 이마가 서늘해지고, 풀벌레 울음소리가 소르륵 소륵 들려왔다. 어느 집에선가 태우는 이른 모깃불 냄새가 낙엽 태우는 냄새처럼 향기로웠다. 강림이 가야금 소리가 나는 카세트 라디오 볼륨을 조금 높였다. 나이에 맞지 않게 강림은 판소리나 가야금 소리를 좋아했다. 음악에 대해선 학교 다닐 때 내내 배운 서양음악에도 문외한이었지만 채운은 그 소리가 좋았다. 그건 음악에 대한 알고 모름을 떠난 우리 핏줄 속에 맥맥이 이어져 온 소리 때문일 것이라고 생각한 적이 있었다. 특히 판소리는 가사도 잘 알아들을 수 없는데, 대목대목마다 흥겹거나 서럽거나 했다. 가야금 소리 그득한 다락방에 재스민 향기와 모깃불향이 어우러져 너울거리고, 채운은 잠시 모든 것을 잊었다. 그러나 그건 잊은 게 아니라, 속에 고여 있었다. 그걸 채운은 강림의 몸을 안으면서 느꼈다. 그것이, 속으로 묻혀진 듯 고여 있던 불안이 정신없이 강림의 몸을 핥고 탐닉하는 에너지로 바뀌고 있음을. 채운은 강림의 벗은 몸 위에 올랐다.

그리고 아이 같은 웃음이 벙긋거리던 입술을 애무하고, 서른한 살 남자의 우수가 깃들인 얼굴도 애무했다. 그리고 가쁘게 요동치는 넓은 가슴에 자신의 얼굴을 묻고 강림의 젊음을 자신의 깊은 속에 들이밀었다. 채운은 강림의 넓은 가슴에서 헤엄치듯 너울거렸으며, 자기 속에 고여 있던 모든 것들을 다 뿜어냈다. 속에 고였던 것들을 끌어올리고, 쏟아내고, 또 끌어올리고 쏟아냈다.

늦은 밤, 채운은 아래층 자기 방으로 돌아왔다. 그러나 쏟아내도 쏟아지지 않는 것이 있었다. 채운은 밤새 뒤척였다. 알 수 없는 그 무엇과 한 차례 힘든 씨름을 치러냈음에도 그 피곤은 피곤대로 가라앉고 말갛게 솟아나는 무엇 때문이었다. 눈꺼풀은 가라앉는데, 의식은 또렷이 살아났다.

반쯤 허물어진 자세로 아침상을 겨우 차려 강림을 내보내고, 상국의 방으로 들어갔다. 상국은 베개를 등에 고이고 앉아 있었다. 핏기 없는 얼굴이 한층 늙어보였다.

「좀 어떠세요?」

「난 평생 꿈이란 걸 모르고 살았는데, 어째 요즘엔 뭔지 모를 꿈에 시달리느라고 통 잠을 잘 수 없으니. 누우면 그 꿈이 달겨들까 봐 이렇게 앉아 있는 거야.」

「몸이 쇠약해져서 그래요. 한약을 지어와야겠어요.」

「문 선생은 출근했니?」

「걱정을 많이 해요.」

「어이구, 그게 인연인지 뭔지. 문 선생 말이다. 네 인연 같니?」

「무슨 소리예요?」

「누가 그러더라. 모든 인연이 다 옳은 건 아니라고.」

「우진이 아빠도 처음엔 좋은 인연 같았지만, 이제 와 생각해 보면 옳은 인연은 아니었어요.」

「맏이라는데, 부모가 어떨지.」

「상처 받지 않으려고 아무것도 하지 않을 순 없어요.」

「내가 니가 하고 싶어하던 일에 여태 토를 달아본 적은 없다만, 아무래도 마음이 내키지 않아서 그래. 사람 사는 게 비슷하고, 생각도 비슷한데.」

「누우세요. 제가 옆에 있을게요. 한숨 자고 나면 좀 괜찮을 거예요.」

상국은 채운의 부축을 받으며 누웠다. 워낙 남자같이 커다란 허우대인데도 허깨비처럼 힘이 없었다. 채운은 그런 상국의 얼굴을 가만 들여다보았다. 눈은 감고 있지만 무엇에 쫓기는지 파랗게 힘줄이 돋은 눈꺼풀 위로 움직이는 눈동자와 파르르 떨리는 불안이 드러났다.

또 한차례 비가 올 모양인지, 야자수 넓은 이파리 사이로 넘나드는 바람소리가 심상치 않았다. 채운은 약속대로 상국의 방에 있었다. 넓은 창으로 들어오는 잿빛 하늘을 한번 쳐다보고 다시 상국의 머리맡에 앉아서 책을 보았다. 그러다 상국의 늘어진 손을 가만 잡아보았다. 마디가 굵고 손톱 밑에 흙때가 끼인 손은 그러나 따뜻하고 촉촉했다.

점심때가 다되어서 일어난 상국은 한결 개운하다며 주방으로 나와 죽을 먹었다. 그러면서 채운에게 이틀 연속 화방을 비우지 말고 나가보라고 성화였지만, 채운은 내친김에 쉬겠노라며 화방에 나가지 않았다.

「엄마, 문 선생하고 인연 인연 하지만, 사실 엄마와 나 같은 인연이 어디 있겠수. 내 생모라는 분도 인연 따지고 엄말 찾아오진 않았을 거야. 그냥 내버려두기로 했어. 결혼할 인연이면 결혼을 하는 거고, 그게 아니면 우진이 아빠처럼 결혼했다가도 헤어지겠지. 너무 신경 쓰지 말아요.」

「사실, 너한테 말은 안했지만, 지난번에 우진이 아빠한테 전화왔었다. 어떻게 지내냐고. 아직 혼자라고 하더라. 우진이가 가끔 사진을 보면서 네 얼굴에다 뽀뽀를 한대. 그게 누군지도 모를 텐데 말이다. 그래서 안쓰럽다고 하더라.」

「그 두 사람한텐 내가 몹쓸 사람이지.」

「다시 좋은 사람이 될 수도 있어. 김 서방도 그걸 원하는 눈치고.」

「늦었어요. 우진이 아빠하곤 아무것도 하고 싶지 않아. 어쩌다 우진이 생각이야 나지만.」

채운은 얼굴을 들어 눈에 고인 눈물을 다시 눈 속으로 밀어넣었다. 그래도 기어코 기어나오는 눈물을 채운은 손으로 닦아냈다.

금방이라도 비가 쏟아질 듯 바람 불고 험상궂은 날씨더니 저녁 무렵에는 저녁놀이 곱게 물들면서 조금씩 맑아지기 시작했다. 하지만 이미 태양은 바닷속으로 들어가버린 뒤였다. 그래도 하루 종일 구름 속에서 서러웠다는 듯 서쪽 하늘에 드리운 노을은 오래도록 아름다웠다. 그 노을 잔광을 받으며 셋은 오랜만에 한 식탁에 앉았다. 뒷동산에 올라가 오래도록 노을을 바라보다 돌아온 강림은 아직 들떠서 소년처럼 환한 얼굴이었다.

저녁상을 치우고는 한사코 우기는 강림을 따라 밤바다 구경을 했다. 아직 몸이 성치 않다며 도리질을 하던 상국은 집에 남았고, 채운과 강림은 음악 소리를 높이고 한라산 기슭을 향해 달려갔다. 마을 앞 큰길가에서 막바로 우회전을 해서 중산간 도로를 달리다가 도래물 마을에서 우회전을 해 한라산을 향해 달리면 산중에 환하게 불 밝힌 대학이 나오고, 그 대학 바로 위 세 갈래 길에서 가운데 길을 따라 조금만 올라가면 1100도로변에 거린사슴이 나타났다. 평소에도 서귀포 시내가 한눈에 보여서 간단한 음료나 스낵을 파는 천막이 있고, 그 앞에 자동차 열 대쯤 주차할 공간이 있어서, 이 도로를 타는 관광객들이면 한 번쯤 머물며 시내를 바라보았을 곳이었다.

바다엔 이미 또하나의 서귀포 시가 형성되어 있었다. 직장에서 돌아와 편히 쉬는 마을의 저녁 불빛이 아니라, 살아가는 일을 하는 곳이라 더욱 치열한 밤배의 빛은 저마다 황홀한 한 점 보석이었다. 무리 지어 칠흑 같은 밤바다에 떠 있는 그 불빛 아래서 무수히 많은 삶이 발버둥치고 진탕의 고통이 있을지라도, 멀리서 보면 어여쁜 인간 생존의 한 모습이었다. 삶을 찬양하는 축제의 불빛이었다.

다른 몇몇의 관광객들처럼 채운과 강림도 어깨동무를 하고 탄성을 질렀다.

들어갈 채비를 하는 장사꾼에게서 커피 한 잔 받아들고 강림과 채운은 한 몸이 되어 그 찬란한 빛을 바라보았다. 아침이 되면 사라질 그 환한 불빛에 취해서.

6

가면 가고　　말면 말지
초신을 신고서　시집을 가누나
정든 임 주려고 엿 사다 놓고
실시리 동풍에　엿 녹아간다.

본격적인 더위가 시작되었다. 언덕 위에 서면 내리쬐는 태양은 한없이 사나운데 바람조차 잠잠했다. 출입문을 한껏 열어놔도 아침 나절 잠시 들렀던 바람은 코빼기도 내밀지 않고, 얇은 지붕 위로 쏟아지는 태양열에 가만 앉아 있어도 등줄기로 땀이 흘러내렸다. 평년 기온을 훨씬 웃돈다는 살인적인 더위에 섬은 쩔쩔 끓었다. 평소 섬답게 습도가 좀 높아서 끈적하긴 했지만, 기온 자체가 이토록 높이 올라가긴 드문 일이었다.

채운은 얇은 지붕 밑에서 죽은 듯이 앉아서 더위를 견디고 있었다. 강림은 방학을 하고도 서울에 올라갈 생각을 않더니, 몇 번씩 다

그치는 서울 전화를 받고야 마지못해 서울로 올라갔다. 올라가면서 딱 일주일만 있겠다며, 채운에게 같이 가자고 했다. 하지만 채운은 고개를 저었다. 강림은 몇 번 더 채운을 설득하다가, 여름휴가 삼아 부모님과 함께 내려오겠노라며 말끝을 흐리고 떠나간 지 벌써 이레째였다. 가던 날 약속대로라면 지금쯤 몇 시 비행기라고 전화가 왔어야 했다. 그러나 가던 날 전화 한 통 한 게 전부였다.

열려진 문밖 거리는 정지된 화면처럼 더위 속에서 멈춰 있고, 극장 간판에서 맥 라이언은 더위도 모르는 얼굴로 마냥 웃고 있는데, 채운은 망막 속에 잡히는 모든 것을 거둬내며 소리를 기다렸다. 전화벨 소리.

「너무 더우니까 사람들도 없어.」

옆의 분식집 여자가 들어왔다. 채운은 그녀를 향해 핏기 없는 웃음을 보였다. 냉장고 위에 둔 물감이며 팔레트 떨리는 소리가 머리 위에서 불안하게 덜컹거리더니, 챙그랑, 유리컵에 떨어지는 얼음소리가 났다. 그 청량한 소리만으로 등줄기로 흘러내리던 땀 한 줄기가 멈칫 멈추었다. 그리고 잠시 세상 모든 것들은 멈춰진 듯 다시 고요해졌다. 살인적인 더위 앞에 모두들 숨통을 죽이고 엎디어 있었다.

와사삭 와사삭, 아주 잠시 분식집 여자의 입 속에서 팔월 더위가 무너졌다.

둘은 더위 먹은 개처럼 그늘 드리운 화방 한 켠에 앉아 말없이 눈만 말똥거렸다. 정지된 그림 속에서 햇볕은 소리 없이 낭자하게 부서지고, 둘은 등줄기로 흘러내리는 땀이 허리춤에서 멈춰 옷에 스며드는 그 시간을 재며 앉아 있었다. 모든 것은 창백했고 고요했다.

오, 맙소사. 이 더위에 연초록 저고리에 꽃분홍 한복을 입은 신부와 남방 셔츠를 입은 신랑이 택시 운전사 뒤를 졸레졸레 따라 언덕 아래에서 올라와 건너편 골목으로 사라져갔다. 갑자기 선명하게 나타난 색깔에 눈이 부신 둘은 그 신부의 치마 저고리를 따라 눈동자를 굴렸다. 이 한낮 흑백의 적요 속에 느닷없이 나타난 그 틈입자들은 이내 부르릉거리며 택시에 실려 빛 속으로 사라져갔고, 다시 고요가 찾아왔다. 그래서 방금 전에 나타났던 그 연초록에 꽃분홍 신부는 무료함의 틈바구니로 비집고 들어온 환각 같았다. 그리고 아주 잠시 태평양 저 너머에서 방금 달려온 바람 한 줄기가 좁은 화방을 한 바퀴 휘돌았다. 턱 괴고 그늘에 자빠진 오뉴월 개처럼 퍼져 있던 채운의 얼굴에 희미한 웃음이 번지며 구부린 어깨를 쭉 펴는데, 바람은 어쿠 잘못 온 거야, 라는 듯이 이내 나가버리고, 또다시 텁텁한 무더위와 정적과 창백하게 정지된 바깥 풍경 한 줌만 들어왔다.

타 타 타타타, 급기야 옆집 여자가 선풍기 버튼을 눌렀다. 중고품 가게에서 아이스크림 값에 사들고 온 선풍기는 헬리콥터가 되는 게 꿈이었던 모양이다. 용으로 승천하지 못하고 농부의 삽날에 찍힌 이무기처럼, 선풍기는 헬리콥터처럼 열심히 프로펠러를 돌리다 중고품 가게에 던져진 것이 서럽다는 듯이 늘 타 타 타타타, 요란한 굉음으로 울부짖었다.

「육지에서 온 어떤 여자가 그러대. 눈만 들면 보이는 바다가 절망이라고. 자기도 그래?」

「…… .」

더위먹은 착 가라앉은 목소리로 여자가 느닷없는 말을 꺼냈다.

「난 거르지 않고 달만 차면 쏟아지는 붉은 달거리가 절망이야.」

타 타 타타타.

「한 번도 생명으로 잉태되지 못한 그것이 얼마나 서러운지 남편은 몰라. 남의 남자하고 살 섞는 것도 아니고, 시험관에서 살고 있는 그것만 받겠다는데…… 어젠 술에 잔뜩 취해서는, 어떤 의사가 자기 정자를 백 명의 여자에게 제공했다며 그 남자의 종족 번식 욕구에 대해 욕설을 퍼붓더라. 그러면서 그 동네에 배다른 자식들이 서로 남매인지도 모르고 남으로 살 거라면서.」

「…….」

분식집 여자의 억양 없는 나직한 목소리가 선풍기 바람에 자꾸만 흩어졌다. 채운은 아주 오래 전의 전설처럼 그녀의 얘기를 들었다.

마흔 살의 이곳 토박이인 여자는 처마가 어깨에 와 닿는 옆가게에서 분식집을 운영했다. 마흔이 되도록 아이가 없는 여자는 뱃속에 생명을 키우지 못한 한이 가녀린 어깨에 서리처럼 내려앉아 있었다. 그래서일까, 늘 추워뵈는 그녀는 마흔 살 나이에도 여린 구석이 남아 있는 여자였다. 그녀는 조용하고 별말이 없었다.

어쩌다 채운이 떡볶이를 시켜 먹어도 한쪽 테이블에 앉아 조용히 책을 보기 일쑤였다. 또 손님 혼자 먹든지 말든지 상을 차려주곤 길거리에 나와 바다를 멍청히 바라보다가 손님들이 부르는 소리에 후다닥 들어가 깍두기를 더 주거나 물을 더 주거나 했다.

타 타 타타타.

프로펠러 소리도 차츰 더위 속에 묻혀들어가기 시작했다. 그래서 그 소리도 적요의 일부처럼 더이상 굉음도 울부짖음도 아닌 하얗게 표백된 팔월 한낮 더위의 일부로 변해버렸다. 채운은 서울에 가서 오지 않는 강림을 생각했다. 강림도 지금 이 더위에 묻혀 있는가.

「그럴 확률이 얼마나 될 것 같아?」

채운은 여자를 보았다. 그러나 여자는 그런 채운의 눈길은 아랑곳하지 않고 독백처럼 나직나직 아야기를 계속했다.

「남편은 자기 씨가 아닌 아이를 볼 자신이 없는 거야. 거창하게 윤리니 뭐니 떠들지만 남의 자식도 아니고, 자기 자식도 아닌 그것에 대해 두려운 거지. 호기롭게 그토록 애가 갖고 싶으면 이혼하자고 하지만 실은 열등감을 숨기고 있다는 걸 자기도 나도 아는데.」

「차라리 입양을 하지 그래요.」

그 전에도 몇 번 비쳤던 이야기를 의례적인 대안으로 내놓고, 채운은 울리지 않는 전화기를 보았다.

「배부른 여자만 보면 환장하겠어. 날 닮은, 내 핏줄을 이어받은 아이를 낳고 싶어. 어떤 것으로도 끊어지게 할 수 없는 질긴 끈을 나눠 가질 아이가 필요한 거야. 그 아이가 자라면서 내 어떤 점을 닮는지, 내 왼쪽 발가락에 난 점을 그 아이도 갖고 있는지, 조금만 슬퍼도 금방 목이 메이는 날 닮는지……. 그런 거 있잖아. 질긴 것, 대를 이어가는 질긴 것 말야.」

「다시 병원에 가봐요.」

「가망 없어. 남편의 씨주머니엔 씨가 없대. 인터넷으로 정자도 팔고, 난자도 파는 이 시대에 그 남자는 왜 그런지 몰라. 떡볶이도 팔고 김밥도 팔듯이 파는데.」

채운은 문득 어렸을 적 일이 떠올랐다. 늘 엄마와 단둘이인 게 외로워서, 어느날은 장에 가서 아이를 사오라며 생떼를 부렸었다. 어린 마음에 그것이 가능하지 않다는 걸 알면서도 공연한 심술로 땅바닥에 뻗대고 주저앉아 울었던 적이 있었다.

「헤어지긴 싫어요?」

「모르겠어. 누군가를 새롭게 만나고, 다시 사랑할 수 있을는지…… 난 이 집 선풍기 소리가 좋아. 난 이 소리가 나면 누군가

이 집에 엔진을 달고 바다로 달려나가는 것 같아 숨죽이고 기다려.」

평상시에도 눈꼬리가 아래로 처져서 순하게 보이는 여자는 웃을 때면 얼굴 주름도 같이 아래로 이어져 한없이 순하고 선량해 보였다. 그래도 콧대만큼은 날렵하게 서 있어서 유순하면서도 함부로 할 수 없게 만드는 힘이 있었다. 채운은 콧대가 바로 이 여자를 지켜주는 힘일 거라고 생각한 적이 있었다.

타 타 타타타.

선풍기는 여전히 더운 바람을 내뿜으며 헉헉거렸다. 여자는 가만히 눈을 감고 조각처럼 앉아 있었다. 순간 채운은 선풍기가 날개를 펴고 그 여자를 싣고 날아갈지 모른다고 생각했다. 눈꺼풀이 조용히 닫힌 그녀의 얼굴로 선풍기 바람이 넘실거렸다. 여자는 그렇게 한참 선풍기 소리에 귀를 기울이다 바람처럼 가볍게 일어나 화방을 나갔다. 선풍기 소리에 묻혀 고요히 앉았던 여자가 나가고 채운은 무겁게 일어나 선풍기를 껐다. 선풍기 소리가 죽은 화방 안은 오히려 낯설고 소란스런 느낌이어서 채운은 그 낯설음을 피해 잠시 밖으로 나갔다. 날카로운 빛살에 채운은 눈을 가늘게 뜨고 멀리 바다를 바라보았다. 은빛 셀로판지를 깔아놓은 것 같은 바다는 현실감이 없었다. 뛰어들면 퐁, 하고 덤블링 매트처럼 되받아쳐 하늘로 튕겨 올릴 것 같았다. 채운은 쏟아지는 햇살 속에서 한참을 서 있다가 다시 어두컴컴한 화방으로 들어왔다. 화방 안은 무지갯빛 작은 입자들이 떠돌아다녔다. 빨강과 파랑을 섞으면 보라, 팔월 땡볕과 그늘이 섞이면 무지갯빛이구나. 채운은 다시 화방을 둘러보며 무지갯빛 입자를 찾았지만, 보이지 않았다. 어두운 그늘에 금세 익숙해진 눈은 오히려 바깥이 눈부셔 찡그렸다.

이 더위에 긴팔 남방에 머리를 어깨까지 늘어뜨리고 힙합 바지를 입은 여고생 하나가 들어왔다. 힙합 바지 여학생은 포스터 컬러와 사절지 스케치북을 달라고 하고는 몇 달째 걸려 있는 레오나르도 디카프리오를 간절한 눈빛으로 바라보았다.

그리고 그림물감과 스케치북 값을 지불하고 천원짜리 몇 장이 남아 있는 지갑을 힙합 바지 뒷주머니에 넣고 햇빛 속으로 사라졌다.

며칠째 더위를 먹은 개처럼 짖지 않고 엎디어 있는 전화기를 채운은 바라보았다. 그리고 살그머니 송수화기를 들어 귀에 대보았다. 띠—. 띠—. 이명처럼 들려오는 소리는 어릴 적 아무도 없는 집을 지키며 혼자 마루 끝에 앉았을 때 어디선가 들려오던 소리였다.

첫 생리는 초등학교 육학년 여름방학 때 찾아왔다. 엄마는 무명 헝겊을 접어서 채운의 사타구니에 채워주고 밭으로 나가고, 친구들은 솜반내로 물장구 치러 가자고 찾아왔지만, 채운은 구들에 누워서 도리질을 했다. 온 동네가 텅 비어 고요한데, 보리짚 깔아놓은 마당에 쏟아지는 햇살이 공연히 서글퍼서 혼자 울었다. 누가 보는 것도 아닌데 소리내어 울지도 못하고, 한참을 훌쩍거리다가 갑자기 두려운 마음에 눈물을 거두고 마루 끝에 앉아 있으면 띠— 하는 소리가 들리곤 했었다. 육지에 나간 언니가 매달 책을 보내주는 순옥이는 그런 소리가 바로 지구가 돌아가는 소리라며 아는 체를 했지만, 정말인지 믿기지 않는 소리였다. 어쨌거나 채운에게 그 소리는 외로움이었으며 혼자 남겨진 불안이었다.

지구가 돌아가든 태양이 돌아가든, 어느새 화방 건물의 그림자가 길게 늘어지기 시작했다. 창백하게 표백된 거리에 드리워진 안도의 숨 같은 그늘이었다. 채운은 얇은 지붕이 흡수한 열기가 가득한 화방을 나와 등받이 없는 의자를 밖에 내놓고 앉았다. 채운은 열린 문 너머로 진열대에 놓여 있는 전화기를 보았다. 송수화기는 바르게 놓여 있었다. 그래도 여전히 전화기는 소리가 없고, 그늘은 더욱 짙어졌다. 노란 빈 의자 위로 조금씩 땅거미가 내리기 시작했다. 채운은 앉았던 의자를 들고 가게 안으로 들어갔다. 강림이 떠나간 뒤로 선하나 더 긋지 않은 화판이 이젤 위에 놓여 있고, 가만 들어본 송수화기는 여전히 띠— 소리를 냈다.

일주일째 체온을 제대로 담아보지 않은 다락방은 쇠락한 느낌이었다. 쓸고 닦는데도 어느 구석에선가 주인 없는 티가 났다. 채운은 강림이 걸어놓고 간 시디를 틀었다. 가야금 소리가 나왔다. 그러나 강림과 함께 듣는 게 아닌 그 소리는 공연히 처량맞고 싫었다. 채운은 오디오를 껐다. 다시 정적이었다. 멀리 창 밖, 도시에 잘린 밤바다 위에서 밤배 몇 척이 반짝였다. 바람이 부는지 불빛이 일렁였다. 채운은 커피 포트를 꽂았다. 그러나 오디오를 켜거나 끄거나, 밤배 불빛을 보거나 커피 포트에 전기를 넣거나 창에 기대 서 있거나 도무지 실체감을 느낄 수가 없어 채운은 자꾸 손가락을 꿈지럭거려 보았다. 채운은 그 손을 가만 들어 자기 가슴에 대보았다. 작게 팔딱거리는 심장이 느껴졌다. 빈약한 젖무덤이 얇은 옷 속에서 부드러웠다.

서울로 떠나기 전 날, 강림은 채운의 방에 들어왔다. 강림이 서울로 올라가야 한다는 불안한 마음에 채운은 강림을 더욱 뜨겁게 끌어안고 녹초가 되어 내려왔건만, 쉬이 잠들지 못하고 있었다. 열려진 창문으로 어쩌다 야자수 이파리 끝에서 부는 바람이 불어왔다. 채운은 눈을 감고 그 바람 속에 하나둘 숫자를 매달아 두었다. 그래도 잠은 오지 않았다. 삐그덕, 아주 조심스럽게 다락방 계단이 소리를 냈다. 채운은 강림의 방에 자리끼를 두지 않았다는 것을 그제야 깨달

왔다. 그러나 조심스런 발걸음은 주방으로 가지 않았다. 창문과 맞바람 치라고 빙긋 열어놓은 방문이 살그머니 열렸다. 채운은 눈을 감았다. 솜털이 야자수 바람에 부스스 일어났다. 그 솜털을 눕히듯 강림이 채운의 곁에 누웠다. 채운은 그냥 누워 있었다. 강림은 내려진 채운의 팔을 들어 자기 머리 위로 넘겨 채운의 겨드랑이 밑으로 고개를 묻었다. 커다란 아이가 엄마 품에 안긴 꼴이었다. 이어 강림은 채운의 잠옷을 걷어올려 채운의 젖꼭지를 만지작거렸다. 더이상 젖을 먹을 수 없는 아이가 엄마의 젖무덤에 매달려 장난을 치는 것 같았다. 채운은 강림의 머리 밑으로 들어간 손으로 강림의 어깨를 감쌌다. 강림은 더욱 채운에게 파고들며 채운의 젖꼭지를 빨았다. 쓴 약을 발라놓아 오랫동안 서러웠던 이유기의 아이처럼 맹렬했다. 그렇게 그날 밤 강림은 채운의 젖꼭지를 물고, 한 손으론 다른 젖무덤을 감싼 채 잠이 들었다.

채운은 한 손에 꽉 잡히는 자신의 젖무덤을 잡아보았다. 강림의 커다란 손의 촉감이 아니었다. 채운은 창틀에 기댔다. 바람 한 점 들어오지 않는 인색한 밤이었다. 밤이 되도록 쩔쩔 끓는 더위가 식지 않는 밤이었다. 채운은 강림의 침대에 누웠다. 강림의 체취마저 벌써 달아나버린 민숭한 침대였다. 여섯 밤 자고 돌아온다던 강림이었지만, 채운은 강림의 침대에서 여덟 번째 날 아침을 맞았다. 얼마를 더 뜨거워야 그 힘이 사그라질는지, 해는 아침부터 맹렬했다. 원기도 떨어지지 않는 팔월 땡볕은 밤을 지새고도 식지 못한 지면을 또 다시 달구기 시작했다.

둘 다 입이 까실해서 아침부터 냉수에 밥을 말아 먹고, 서로가 눈조차 마주치지 않고 아침상을 물렸다. 상국은 채운의 불면과 초조를 뒤에 남겨두고 서둘러 일터로 나갔다. 바싹 달아오른 더위를 견디기 힘들었는지 상국의 뒷모습은 예전의 당당함을 잊은 지 오래인 듯 둥글게 말려 처져보였다. 더이상 오갈 데 없는 노인이었다. 채운은 상국의 메마른 뒷모습을 덜어내려는 듯 돌아다니면서 방마다 문을 열어놓고 현관문까지 활짝 열어놓았다. 그러나 더위에 지치고 처진 바람 한 줄기도 불지 않는 날이었다. 모든 것들, 심지어 사물들까지도 더이상 더위에 항거할 힘이 없어 포기한 듯했다. 어디서고 생명의 활력은 없었다. 다 더위에 시들었고 지쳤고 한계점에서 마지막 숨만 간신히 붙이고 있었다. 그렇게 한계점에서 정지된 풍경 속으로 채운은 차를 몰았다.

가게 안에 고여 있던 열기와 물감 냄새와 메마른 먼지들이 딸랑거리며 갑자기 열린 출입문으로 와 몰려나왔다. 채운은 훅, 하며 한쪽으로 비켜섰다. 극장 지붕 언저리까지 솟은 해가 냉큼 가게 안으로 들어갔다. 레오나르도 디카프리오도 장 르노도 기지개를 펴듯 깨어났다. 아그리파도 밀로의 비너스도 부스스 일어났다.

그들은 지중해 햇살을 받듯 기꺼운 얼굴로 땡볕을 맞이했다. 그러나 벌써 열흘 이상씩 털어내지 않은 비닐의 먼지 때문에 석고상은 개운한 표정이 아니었다. 채운은 저절로 제멋대로 쌓인 먼지를 짜증나는 눈길로 바라보았다. 습관처럼 양동이에 물을 받아 마대 걸레를 빨고 바닥을 쓱쓱 문지르다가 전화기 송수화기를 슬며시 들어보았다. 밤새 잘 잤어요, 인사하듯 전화기는 띠— 소리를 냈다. 채운은 조용히 수화기를 내려놓고 걸레 빤 물을 거리에 뿌렸다. 아직 한낮이 아닌데도 물은 부글부글 끓어올랐다. 채운은 젖은 손을 이마에 대고 하늘을 바라보았다. 구름 한 점 없는 절망적인 하늘이었다.

제일 첫 손님으로 머리를 정수리까지 치켜올려 묶은 야무진 여학생이 목탄을 사갔다. 그 여학생이 나간 뒤로 점심시간이 지나도록 채운은 등받이 없는 의자에 앉아서 아무것도 하지 않았다. 거리의 풍경처럼 정지되어 있었다. '진열대에 엎딘 여인상'이란 제목의 새로운 석고상처럼 채운은 화방의 다른 물건들과 구분이 되지 않았다.

따르릉 따르릉.

결코 채운은 새로운 석고상이 아니었다. 한나절 내내 꺾였던 허리가 후다닥 펴지면서 손은 전화기에 벌써 가 있었다.

「나다. 별일 없는 거니?」

상국이었다. 순간 채운은 땡볕에서 자신 못지않게 강림의 전화를 기다리고 있었을 상국의 지친 얼굴이 떠올랐다. 채운은 기꺼이 힘을 냈다.

「장사가 안돼서 그렇지, 별일 있을 게 뭐 있어요?」

「덥다고 점심 거르지 말고. 이따가 집에서 보자.」

채운은 털썩 전화기를 놓았다. 그러다가 못 미더워 다시 한번 송수화기가 놓여진 상태를 점검하고는 여태처럼 다시 허리를 접어 진열대 유리에 얼굴을 대고 엎드렸다. 여러 날을 그렇게 바깥 풍경에 눈을 주고 있었지만, 여전히 햇빛에 바랜 바깥 거리는 낯설었다.

며칠 뒤척이며 잠을 이루지 못했더니 구부린 허리와 떨구어진 머리로 슬그머니 잠이 찾아왔다. 그렇게 깜빡 잠이 들었다. 채운이 눈을 뜨자 어느새 화방 긴 그림자가 거리에 내려와 있었다. 채운은 잠시나마 그 그림자에 행복했다. 잠속으로 흘러간 시간이 그렇게 좋을 수가 없었다. 배에서 꼬르륵 소리가 났다. 살아 있는 위장은 체념하지 않았다. 채운은 옆의 분식집에다 좀더 맵게 양념한 떡볶이를 주문했다. 분식집 여자가 쟁반에 떡볶이 두 접시를 받쳐 왔다. 무슨 일인지 이 더위에 자꾸 뭐가 먹고 싶다며, 임신한 것도 아니고 팔자도 편치, 하며 한숨 같은 웃음을 웃었다.

「자기 뱃속에서 꼬물거리는 어여쁜 생명이 자라는 기분은 어떨까.」

떡볶이 하나를 집어 먹던 여자가 몽환적인 목소리로 말했다. 채운은 뭐라고 대꾸하려다가 그 여자의 초점 없는 눈빛을 보곤 입을 다물었다.

떡볶이는 정말이지 너무 매웠다. 물을 연거푸 마시면서 먹는데도 콧등에 땀방울이 맺혔다. 채운은 연신 헉헉거렸다.

「너무 맵지? 한차례 손님이 나가고 괜히 화가 나는데 자기가 떡볶이를 맵게 주문한 거야.」

「이런 걸 원했어요. 정신 나게.」

「나도야.」

분식집 여자가 소리 없이 웃었다. 빨간 고추장이 선명하게 묻은 그녀의 입술이 비뚤어지며 처진 눈꼬리가 좀더 처졌다. 여자와 채운은 아무말 없이 먹었다. 열심히 먹다가 쩝쩝거리는 소리가 화방에 가득한 걸 느끼고는 둘이 마주보고 웃었다.

「한낮에 손님이 없을 때 가끔 선풍기 좀 틀어놔. 타 타 타타타, 난 그 소리가 좋아.」

「서울 큰 병원에 가봐요. 불임을 전문적으로 다루는.」

「정자은행에서 정자를 받자고 남편을 설득하는 중이야. 이름도 성도 모르고 얼굴도 모르는데 불결할 이유도 없고…… 그래도 자존심이 상하나 봐. 처음엔 윤리 운운하더니 요즘엔 그런 말도 안해. 하지만 포기하지 않을 거야. 유능한 인재들의 정자들만 보관하고 있다잖아.」

「얼마 전에 엘리트 여대생들의 난자를 구한다는 불임부부 이야기를 신문에서 봤어요.」

「수백 명이 모였다더군. 머리 좋고, 키 크고, 금발에 미모인 유능한 여자들이 말야.」

여자는 표정 없이 풀어진 눈빛으로 밖을 내다보았다. 타 타 타, 선풍기 소리가 그런 여자의 머리 위로 날아갔다.

선풍기 소리가 자신을 망망한 먼바다로 데려갈 것 같다는 옆집 여자가 빨건 양념만 묻은 접시를 들고 나가고 채운은 아직도 입안이 싸하니 남아 있는 매운 감촉을 즐겼다. 무료하고 매사에 자극이 느껴지지 않아 자기 몸에 자해를 해서 자극받는 것을 즐긴다는 펑크족이 생각났다. 어쨌거나 매운 기운이 등줄기를 타고 내려 하루 종일 구부러져 있던 척추를 세웠다. 채운은 쓰릿해져 오는 위장 속에 물 한 컵을 더 부었다.

저녁 무렵이 되도록 전화는 꿀먹은 벙어리였다. 채운은 선풍기를 틀었다. 헬리콥터가 못된 선풍기가 이제 이 집을 송두리째 끌고 먼 먼 세상으로 날아갈지, 옆집 여자 말대로 망망대해를 떠돌아줄지. 그러나 선풍기는 더운 바람만 헉헉 뿜어댔다.

「우리 오랜만에 보목에 가서 자리회 먹자.」

어쩐 일로 상국이 가게에 왔다. 벌써 집에 들렀다가 오는지 옷은 말끔했고, 머리에서 물방울이 막 가신 얼굴이었다. 좀처럼 외식을 하지 않는 상국이었고, 좀처럼 채운의 가게로 나오지 않는 상국이었다. 카페를 할 때도 그랬고, 화방을 연 지 여러 달이 되도록 그랬다. 채운은 그런 상국을 바라보며 떡볶이 먹은 지 얼마 되지 않았다는 말이 나오지 않았다.

보목 포구에 들어서자 짠 바닷바람이 시원했다. 여름 한철 제주 사람들의 애용식인 자리는 제주 남쪽 바다에서만 자라는 작은 물고기였다. 그나마도 서귀포 앞바다와 대정 앞바다에서 잡히는 자리가 조금씩 성정이 달라, 부드러운 것을 좋아하면 서귀포 쪽을, 억센 것을 좋아하면 대정 쪽을 입맛대로 줄을 서면서 먹는 음식이었다. 자리물회, 자리구이, 자리젓. 여름이면 서귀포고 대정이고 포구엔 으레 넘치는 게 자리였고, 집집마다 자리였다. 그러므로 제주 사람들이 얼음 동동 띄운 자리물회 몇 그릇 먹고 나면 여름이 훌쩍 지나가 버리곤 했다.

술배 따로 밥배 따로라더니, 제주 여자인 채운은 자리물회 배는 따로 있었던 모양이다. 떡볶이 매운 기운이 채 가시지도 않았는데, 상국과 함께 자리물회 한 그릇을 뚝딱 비웠다. 그러니 차라리 살 것 같았다.

「입으로 맛난 것이 들어가면 마음이 느긋해지지. 오랜만에 이 집 자리맛 보니 기분이 좋구나.」

채운은 상국이 굳이 말하려는 걸 알았다.

「우리 오랜만에 남조로변 넓은 평원 구경이나 할래요?」

남원에서부터 한라산 중턱으로 그리고 조천까지 곧게 뻗은 남조로는 양 옆에 대평원을 거느리고 있는 길이었다. 채운은 바다를 등지고 곧게 뻗은 길을 내달렸다. 가끔 한가하게 풀을 뜯는 소떼들이 보였고, 때론 길가에서 느릿느릿 걸어가는 소 일가도 만났다. 한없이, 환상 저 너머까지 이어질 듯 뻗어 있는 길을 채운은 달렸다. 자동차 가득 평원 바람과 그 바람에 흔들리는 장사익의 목청이 넘쳐났지만, 그러나 그보다 채운은 상국과 맞닿은 마음 한 줄기를 조심스럽게 가려내고 있었다.

돌아누워도 돌아누워도 찾아오는 환장할 기침은 언제나 끝이 나려는지 \ 밥그릇의 천길 낭떠러지 속으로 비굴한 내 한 몸 던져버린 오늘 \ 삶은 언제나 가시 박힌 손톱의 아픔이라고 아무리 다짐을 놓고 놓아보아도 \ 별자리마저 제 집을 찾아가는 새벽녘까지 \ 내 마른 기침은 멈출 줄 모른다.

채운이 장사익을 좋아한다는 말을 듣고는 2집이 새로 나왔다며 친구가 사준 테이프 첫 곡,「기침」이 차 안에 울렸다. 바람소리에 쓸려 끊기듯 들려오는 장사익의 목소리에는 힘과 한이 묻어 있었다. 장사익은 마치 이 곡이 이렇게 대평원에 쏟아질 것이라도 예견한 듯했다. 상국은 노래가 좋구나 했다. 하긴 강림에게 이 곡을 들려주었을 때도, 정말 환장할 기침이라며 좋아했었다.

「이따가 집에 가서 이 사람 1집도 들려드릴게요.」

채운은 옆에 앉은 상국을 흘끔 보았다. 한없이 내닫는 길에 시선을 박은 상국의 옆얼굴엔 늙은이의 수심이 묻어 있었다.

채운은 마사회 종마장 앞길에서 길을 돌렸다. 더 가다가는 제주시까지 다다를 것이다. 그러나 사실 올라가는 길보다 바다를 향해 내리뻗은 길을 더 좋아했기 때문이기도 했다. 양 옆의 평원과 앞에 펼쳐진 넓은 바다를 향해 달리는 남조로를 채운은 좋아했다. 바다에 비낀 노을이 깔리기 시작했다. 평원의 찔레덤불 위에도 풀을 뜯는 소들의 잔등에도 치잣빛 노을이 물들기 시작했다. 그 노을 지는 평원 위에다 장사익은 노래를 쏟아냈고, 바람은 미친 듯이 차 속으로 달겨들었다. 채운은 뒷목에서 날리는 머리결의 촉감이 좋았다. 먼데 눈길을 둔 상국의 옆얼굴에도 노을이 물들기 시작했다.

「이렇게 극성스럽게 더운 걸 보니, 여름도 다 간 모양이구나. 이 한 고비 너머가 가을이야.」

목에 꽉 잠겼다가 나오는 상국의 소리는 먼데서 들리는 북소리처럼 아득했다.

기다리는 일에 이 세상 누구보다 이력이 난 상국이었다. 나이 먹어가면서 서로의 마음줄에 조금씩 촉수를 댈 수 있는 것이 모녀였다. 그러므로 채운은 구태여 대꾸를 하지 않았다. 목청 좋은 장사익 혼자 너른 들에 대고 노래를 불렀다. 노을 빛 드는 들판 너머로 상국의 눈빛도 채운의 눈빛도 함께 넘어갔다.

집 안은 컴컴했다. 하루 종일 사람 그림자 하나 담아보지 못한 마당엔 키 큰 야자수가 어둠 속에서 장승처럼 서 있었다. 더위에 지친 넓은 잎새는 축 처졌고, 상국이 불 밝힌 마루 불빛을 받아도 시무룩한 몰골이었다.

낮에 잠시 허리를 접고 진열대에 엎드려 잔 잠 때문인지 도통 잠을 이룰 수가 없었다. 밤이 되어도 가시지 않는 더운 공기 속을 채운은 뒤척이고 또 뒤척였다.

지장샘가에서 연신 물을 뿌리며 더위를 쫓던 몇 무리의 사람들도 들어간 지 오래고, 어느 집에선가 컹컹 짖어대던 개도 잠든 지 오래인데, 채운은 잠을 잘 수 없었다. 열려진 창문으로 야자나무 끝에 걸린 이름 모를 별자리가 선명하게 들어왔다. 서울의 탁한 공기에선 어쩌면 보이지도 않을 별이리라. 수만 년을 달려온 저 빛을 어느 도시에선 보고, 어느 도시에선 못 볼 것이며, 어떤 사람은 보고 또 어떤 사람은 하늘 보는 것을 잊었을 것이다.

애써 잠에 연연하지 않고, 떠다니는 잡념들에 잠을 던져버리니까 오히려 아침은 일찍 밝았다. 눈을 감고 이불을 말고 뒤척이다 밝은 날보다 차라리 몸도 마음도 나았다. 그렇더라도 여전히 무거운 눈꺼풀로 강림이 떠난 아홉 번째 아침을 맞았다.

그렇게 뒤채이는 밤을 보내고 열두 번째 맞는 아침에 마침내 전화가 왔다. 그러나 그건 의외의 전화였다. 막 상국이 일터로 나가려는데 울린 벨 소리에 상국도 현관에 멈추었다. 채운은 되도록 천천히 전화기까지 걸어가서 한껏 심드렁한 표정으로 전화를 받았다.

「나야.」

수영이었다! 채운은 순간적으로 상국을 보았다. 상국은 손가락으로 다락방을 가리켰다. 그러나 이내 강림이 아니면서 예사롭지 않은 전화라는 걸 알아챘는지 여전히 현관에 서서 채운을 바라보았다.

「오늘 다섯시 비행기로 내려가려구, 우진이도.」

「…… .」

「여보세요?」

「무슨 일로…… .」

「내려가서 이야기하지.」

채운은 전화기를 놓았다. 그리고 얼빠진 얼굴로 누구냐고 재촉하는 상국을 바라보았다.

「김 서방이 우진이 데리고 내려온대요. 다섯시 비행기라고.」

상국은 신발 한 짝이 현관 바깥으로 나가떨어지게 벗어 던지고 도로 올라왔다.

반가움과 걱정스러움이 묘하게 얽힌 얼굴로 상국은 무슨 일 때문이냐고, 우진이도 함께냐고, 밭에서 집으로 돌아올 시간이니 마침 잘되었다고, 그나저나 무엇을 해먹이냐고, 채운의 앞에서 혼을 빼놓더니 채운의 안색을 살폈다. 그러고는 끝내 오늘은 가게문 일찍 닫고 들어오라는 당부도 잊지 않았다.

채운은 강림이 남겨주고 간 서울 전화번호를 아까부터 만지작거리고 있었다.

사실 처음부터 서울로 전화를 걸 용기가 없다는 걸 알면서도 전화번호를 알고 있다는 것이 갈등이었다. 채운은 전화번호가 적힌 수첩을 도로 핸드백 속에 집어 넣었다. 그리고 이젤에 그리다 만 우진이의 얼굴을 다시 올려놓았다. 얼마나 컸을까. 안아보고 싶은 마음이 굴뚝 같았으면서도 수영이 느닷없이 내려온다는 것이 마음에 걸렸다. 그러지 않으리라 생각을 하면서도 어쩌면 재혼을 하는 데 우진이가 걸려서 맡기려고 오는지도 모르겠다고 생각했다. 그러면서 채운은 친딸도 아닌 자기를 데리고 평생을 홀로 산 상국을 생각했다.

딱 한 번, 채운은 결혼을 앞두고 상국에게 재혼할 것을 권했었다. 홀어머니를 홀로 남겨두고 먼 서울로 시집을 가기가 편치 않았었다. 그러나 상국은 고개를 저었다.

「이 나이에 남자 만나 뭘 하려고? 남자라는 것에 한번 기대고 살아보는 것도 좋지. 하지만 난 아니다. 이 나이에 새삼 남자 만나서 재미질 일도 없겠지만, 난 그저 저 삼매봉 앞바다에 외돌개처럼 혼자 사는 게 제일 좋다. 혼자라는 것이 쓸쓸하지만 홀가분하기도 하거든.」

그러나 채운은 알고 있었다. 백중날 마을마다 당신(堂神)의 신의(神依)를 널어 말리는 마불림제를 할 때, 상국은 장롱 깊숙이 넣어둔 남자의 갈중의를 널어 말리곤 했다. 허물 벗듯 갈옷 한 벌만 달랑 내버려두고 떠난 남자 이야기를 어느 바람결에선가 듣고 있음을 채운은 눈치채고 있었다.

얼마 전까지도 채운은 그게 아버지인 줄 알았다. 그래서 한때는 미워하고 증오하기도 했지만, 사실은 그런 한 남자만 담고 사는 상국의 지순함에 대한 반발이기도 했다. 지순함이 아니고 미련이고 청승이라고 미워했었다. 그럴 때마다 상국은 아무런 대꾸도 하지 않았다. 채운은 그런 상국을 볼 때마다 그리움도 화석이 된다는 걸 알았다.

상국은 알고 있었을 것이다. 강림과 채운이 이미 몸을 섞고 있다는 것을. 그럼에도 상국은 모르는 체 지나고 있었다. 어쩌면 평생 혼자 살아온 자신의 깜냥으론 감히 상상조차 못했을 일이었으련만, 상국은 아무말도 하지 않았다. 어쩌면 아닐 거라고 속으로 무진 애를 쓰고 있을 터였다. 그런 터에 수영이 우진을 데리고 내려온다니, 그것도 마침 강림이 서울에 가서 온다는 날짜가 훨씬 지나도록 나타나지 않는 이 시점에. 상국은 몸이 달뜨도록 희망을 품고 있을 것이다. 오늘 하루, 땅에 건성으로 엎디어 있을 것이다. 마치 떠났던 자신의 남편이 돌아오기라도 하듯이.

채운은 시계를 보았다. 벌써 점심시간이 훌쩍 지나 있었다. 채운은 화방 안을 서성거렸다. 암만 봐도 전화기에 송수화기는 제대로 놓여 있었다.

채운은 밖으로 나갔다. 화방 안이 답답했다. 먹통처럼 묵묵한 전화기가 답답했다. 그녀는 옆 분식집으로 들어갔다. 점심시간이 지나선지 가게 안은 비어 있었다. 분식집 여자는 소설책에 정신을 뺏기고 있다가 채운이 들어가자 활자가 가득 묻은 눈으로 채운을 멍하니 바라보았다.

「떡볶이 남은 거 있어요?」

「점심 여태 안 했어? 또 매운 걸로?」

「아니, 적당히.」

「문 선생 가고 심란해서 그렇지? 뭐든지 잊어야 오는 거야.」

갑자기 전화벨 소리가 울렸다. 채운은 반사적으로 의자에 내려놓은 엉덩이를 들었다. 그러나 여긴 분식집이다. 여자는 전화통에 대고 배달은 안된다고 했다.

분식집 여자는 떡볶이와 김밥 한 줄을 가져왔다. 가끔 이렇게 때가 지나서 오면 남은 음식을 조금 더 얹어주는 게 이웃이 누리는 행복이었다. 채운은 김밥을 떡볶이 양념에 찍어 먹으면서 시계를 보았다. 시장을 봐서 들어가야 할지 말지 갈피를 잡을 수 없어 공연히 시계만 자꾸 들여다보았다. 다섯시 비행기면 집에는 일곱시가 넘어야 도착할 것이다. 우진이가 힘들지 않으려나. 얼마나 컸나. 그러나 수영의 무표정한 얼굴을 떠올리면 외면하고 싶어지곤 했다. 그런 방법이 그 남자 나름의 인내심이란 걸 모르진 않았지만, 대꾸 없는 누군가와 같이 있는다는 것은 지옥이었다. 차라리 화를 내든지 울든지, 그러나 남편은 언제나 무표정했다. 채운은 짐을 정리하던 날 뒷베란다에 뚜껑이 닫힌 채 나란히 놓여 있던 빈 소주병을 생각했다. 연민과 증오가 함께 묻어 있는, 무표정한 뒷모습만큼이나 절망스런 광경이었다.

그렇게 헤어진 그가 이 년이 다되어 가는 지금 왜 온다는 걸까. 아무래도 채운은 수영의 재혼 문제로 생각이 모아졌다. 아니면, 해외발령이라든가, 와서 돌보아주던 시어머니에게 문제가 생겼거나…….

늦은 점심을 다 하도록, 그리고 이렇게 또다시 화방 안을 한 시간 넘게 서성이도록 전화벨은 울지 않았다. 채운은 또다시 송수화기 신호음을 확인하려다 몇 번이고 그만두었다.

천지연 거리 화가 하나가 열려진 문으로 들어섰다. 차린 모습으로 봐서 이제야 출근하는 모양이었다. 그는 눌러 쓴 모자를 살짝 들어올리며 인사를 대신하고는 얼음물 한 잔 얻어먹자며 소파에 털썩 앉았다. 그러면서 이제야 출근해도 누가 뭐라 하지 않는 직장이 멋있어서 그만두지 못하노라며 껄껄 웃었다. 그러나 그 웃음 속에서 채운은 배고픔을 보았다. 그림 그려주고 받는 수입이 전부라는 무일푼의 이 화가가 이제야 출근하는 거라면 그는 며칠 동안 섬 여기저기를 돌아다니다가 배가 고파서 그림 한 장이라도 팔 수 있으려나 하고 출근했을 터였다. 무슨 역마살이 끼었다고 잘나가던 건축 설계일을 집어치우고 이러는지, 채운은 이 남자를 볼 때마다 매번 수수께끼에 매달리곤 했다. 언젠가 그는 자유라고 말했지만, 채운은 자유가 아니라고 생각했다. 자유란 경제 문제에서도 자유로울 때 진정한 자유였다. 일용할 양식을 위해 이렇게 늦게나마 출근해야 하는 일이 자유일까. 거리의 화가는 채운이 주는 얼음물 한 컵을 들이켜고 얼음 수건으로 등이며 배까지 알뜰히 닦고는 일어섰다. 목으로 넘길 무언가를 구하기 위해.

거리 화가를 보내고 채운은 등받이 없는 의자에 앉았다. 햇볕 쨍쨍한 거리는 조용하고 전화도 조용했다. 채운은 타 타 타타타, 선풍기를 틀어볼까 하다가 그만두었다. 시계를 보았다. 그토록 굼벵이 기듯 천천히 가던 하루하루였건만, 오늘은 너무 빨랐다.

따르, 채 한 마디도 다 울지 않은 전화 송수화기가 얼른 들려졌다.

「난데, 내가 거기로 갈 테니까 같이 장 봐가지고 들어가자.」

상국의 목소리는 윤이 났다. 채운은 힘없이 송수화기를 내려놓았다. 그리고 선풍기를 틀었다. 타 타 타타타, 선풍기는 굉음을 내며 돌아가기 시작했다. 채운은 선풍기 바람을 출입문 쪽으로 돌려놓고 진열대에 엎디어 눈을 감았다. 타 타 타타타, 아무리 들어도 옆집 여자 말대로 배를 끌고 갈 동력선보단 헬리콥터가 되려다 만 소리였다. 채운은 그 소리를 들으며 지붕까지 떴다가 내려앉고 마는 비운의 헬리콥터를 생각했다. 잠자리처럼 사뿐히 날아오르고 싶은 헬리콥터는 떴다가는 가라앉고 떴다가는 가라앉았다. 진열대의 차가운 유리는 눈 감은 채운의 얼굴에 착 달라붙어 오르지 못하고 있는 헬리콥터의 진동을 전해주었다.

한낮처럼 쨍쨍한 오후의 햇살을 거두며 상국과 채운은 장을 보았다. 상국은 이 년이란 시간을 훌쩍 잡아당겨 놓은 듯 장을 보았다. 김 서방이 좋아하는 옥돔도 두어 마리 사자, 아, 지난번 보니까 겉절이 한 배추를 좋아하더라, 깻잎은 어떻고, 제주도 돼지고기 로스도 잘 먹었어, 상추는 푸른 것보다 붉은 상추를 더 잘 먹더라, 낼 아침은 시원한 오이냉국으로 하자, 날씨가 여간 더워야 말이지. 상국은 졸졸 따라다니는 채운의 손에다가 김 서방 입맛을 잘도 담아놓았다. 그러고는 참, 잊었구나 하면서 검은쌀 한 봉지 사는 것도 잊지 않았다. 상국은 이마에 땀을 뻘뻘 흘리면서 채운의 손과 자기 손에 검고 흰 비닐봉지를 잔뜩 들게 하고 나서도 뭐 잊은 거 없니, 하고 물었다. 채운은 아무말도 하지 않았다. 채운은 비닐봉지들을 한쪽 그늘에 내려놓고 상국에게 기다리라고 했다. 그리고 슈퍼마켓으로 들어갔다. 채운은 과자 진열대 위를 오랫동안 천천히 훑어보았다. 그러고는 노란 장바구니에 이것저것 과자들과 초콜릿과 아이스크림과 햄 등을 넣기 시작했다.

「채운아, 김 서방 좋아하는 소주도 몇 병 넣어라.」

양손에 채운의 몫까지 낑낑 들고 상국이 슈퍼 안으로 들어섰다. 채운은 아무말 없이 소주 세 병과 사이다 큰 병 하나를 더 넣었다.

상국은 방마다 돌아다니며 문을 활짝 열고 주방에서 소리쳤다.

「김 서방 덮을 이불 말이다, 거 왜 지난번 삼베 사다 다시 시침질 해놓았던 것으로 꺼내 마당에서 팡팡 쳐서 들여놓아라.」

채운은 청소를 하다가 모기향 매트가 충분한지 열어보았다. 따뜻한 곳인 데다 주변에 풀과 나무 들이 많아서 모기가 많았다. 채운은 우진이가 뇌염 접종이나 제대로 했나 걱정스러웠다.

집 안에 고소한 기름 냄새가 진동을 했다. 채운은 잔치집 같은 그 냄새가 마땅치 않았다. 그러나 상국은 커다란 몸집을 가벼이 움직이며, 이마에 흐르는 땀도 잊은 채 지지고 볶았다. 채운은 그런 상국을 리듬따라 출렁거리는 공기의 흐름으로 감지하며 상추를 다듬었다. 상국은 이제 올 때가 되었다며 씻고 화장도 하라고 성화였지만, 채운은 눈을 잔뜩 찌푸리고 눈물을 징징 짜면서 양파 껍질을 깠다.

「엄마아.」

순간 채운은 눈을 들어 사방을 둘러보았다. 상국도 부지런히 움직이던 손을 멈추고 채운을 보았다. 채운은 양파 때문에 눈물범벅이 된 눈을 간신히 뜨고 마당 쪽을 보았다. 올레목에 사람이 보였다. 순간 채운은 들고 있던 양파를 떨어뜨렸다. 상국도 후다닥 가스 레인지 불을 줄였다. 채운은 엉겁결에 싱크대에서 세수를 했다.

상국이 뛰쳐나가고 채운은 눈을 비비며 나갔다.

「엄마다!」

물방울 원피스를 입은 조그마한 계집아이가 채운에게 손가락질을 하며 제 아빠를 바라보았다.

'니 사진을 보면서 엄마라고 뽀뽀를 한다더라.'

채운은 멈칫거리며 달려오지 못하는 우진에게 손을 내밀었다. 아이가 달려와서 채운에게 안겼다. 품안에 난짝 안기는 작고 포동포동한 계집아이였다. 채운은 우진이를 안고 얼굴을 부볐다. 캔버스에서 한 번도 웃지 않았던 우진이가 입을 벌려 웃었다. 채운은 우진의 볼에 입을 맞추었다. 그리고 불끈 안아올렸다. 우진이가 또다시 웃었다. 웃는 아이의 입 속으로 늦은 오후의 햇살이 쏟아져 들어갔다.

채운은 아이를 안고 수영에게 눈인사를 했다. 변함없이 단정하고 말끔한 얼굴이었다.

「아이구, 많이 야위었네, 야위었어.」

상국은 수영의 등을 토닥였다.

잔칫날 같은 저녁상을 물리고 나서 우진이 금방 졸기 시작했다. 아이는 졸다가도 자기에게 닿는 손길이 제 아빠가 아니면 투정을 부렸다. 채운이 조금이라도 더 안아보고 싶어 조는 것을 안을라치면 아이는 귀신같이 제 아빠가 아닌 것을 알아냈다. 그렇게 몇 번 채운과 수영의 품을 오가던 우진은 결국 제 아빠 품에서 잠이 들었다. 채운은 제 방에 펼쳐놓았던 아이 이불에 우진이를 누이고 부엌방에 놓았던 수영의 이불과 자신의 이불을 바꾸었다. 낯선 곳인 데다 아빠마저 옆에 없게 할 순 없었다. 오랜만에 아이를 옆에 두려던 솜털 같은 상상은 날아가 버렸다.

왜 왔냐고 물어야 했다. 이제 그런 사이가 되었다. 그러나 상국도 채운도 묻지 않았다. 수영도 저녁상을 물리고 우진이를 재울 동안 왜 왔는지 말하지 않았다.

「마당은 여전히 아름답네요.」

냉커피를 받아든 수영은 뜬금없이 마당 타령을 했다. 하긴 수영이 좋아하던 곳이었다. 그래서 여름휴가는 번번이, 그래야 고작 두 번이지만, 처가에서 보냈고, 그럴 때마다 마당이 좋다고 감탄하곤 했었다. 그렇더라도 지금 마당 이야기는 썩 어울리지 않았다.

「서울에서보단 훨씬 보기 좋군.」

「별로 장사가 되진 않지만, 화방을 한다네. 그러면서 좀 안정되는 것 같아. 여기 와서도 몇 달 힘들었지. 그때 이야기를 하면 내가 자네 볼 면목이 없어. 하지만 이렇게 우진이까지 데리고 와주니 정말 고맙네.」

상국은 채운이 한동안 카페를 했었다는 말은 하지 않았다. 그리고 거기에다 그토록 질기게 그리고 또 그렸던 그림들을 진열해 놓았었다는 이야기는 하지도 않았다.

「여태 혼자라면서…….」

상국이 조심스럽게 입을 열었다. 수영은 냉커피잔을 돌리며 고개만 끄덕였다.

「저 사람도 이젠 병이 다 나은 것 같고, 우진이도 사진이나마 제 엄마만 찾고요.」

수영은 고개 숙이고 있는 채운을 바라보았다. 채운은 지금 이 순간이 마치 내키지 않는 청혼을 처음 받는 자리처럼 곤혹스러웠다. 변함없이 깔끔하고 단정한 수영을 똑바로 쳐다볼 수 없었다.

「그래, 난 김 서방이 언젠가는 채운일 다시 데리러 올 줄 알았지. 고맙네, 어이구 고마운 거. 그래도 제 엄마, 제 아빠하고 사는 게 아이한테도 좋지. 어른들도 그렇고. 부부로 맺은 인연은 함부로 버리는 게 아니지. 암, 부부연은 아무나 맺는 게 아니야.」

상국은 수영의 손을 잡고 연신 그 손등을 쓰다듬고 다독였다. 채운은 일어났다.

그리고 방에서 곤히 자고 있는 우진에게 갔다. 작은 입을 조금 벌리고 새근새근 자는 우진의 볼에 살짝 입을 맞추었다. 사진 속 엄마만 보면 뽀뽀를 한다는 우진의 볼에다가 채운은 몇 번이고 입을 맞추었다.

「먼저 들어갈게요.」

채운은 빈 냉커피잔을 싱크대에 넣고 부엌방으로 들어갔다. 상국이 난감한 눈짓으로 채운을 붙잡았지만, 채운은 방문을 닫았다.

작은 창으로 들어오는 눅눅하고 찬바람에 눈을 떴을 때, 채운은 그물에 걸린 익사체처럼 온몸이 뻣뻣했다. 어제 웅크리고 앉아 있던 자세로 벽 모서리에 기댄 채였는데, 거미줄처럼 엉킨 상념들이 고스란히 딸려 올라왔다. 너무 많은 생각들이 엉키고 꼬여서 스스로도 무슨 생각을 했는지 정리할 수 없을 지경의 것들이었다.

밖엔 오랜만에 비가 내렸다. 상국은 일을 나가지 않았다. 그리고 가게로 나가려는 채운을 문밖까지 따라나와 손을 붙잡았다. 상국의 손힘은 억셌다. 채운은 그 힘에 놀라 상국을 바라보았다. 상국의 눈은 한 번도 본 적이 없는 어떤 열기로 끓고 있었다.

「여기까지 온 김 서방에게 그렇게 하면 안돼. 천벌을 받는다. 애까지 데리고 온 사람을…….」

그러나 채운은 억센 상국의 손을 뿌리쳤다. 그리고 기어이 가게로 나갔다. 우진이를 화방에 데리고 가고 싶었는데, 제 아빠 팔을 잡고 같이 가자고 했다. 채운은 그런 우진에게 입을 맞추고 이따가 할머니랑 나오라면서 혼자 집을 나섰다. 돌아서면서 일렁이는 수영의 눈빛을 보았지만 외면했다.

하늘을 보고 어차피 오래 올 비가 아닌 줄 알았다. 화방에 도착했을 무렵 비는 벌써 그쳐 있었다. 채운은 옅은 구름이 낀 하늘을 한번 올려다 보고, 우진이를 바닷가 모래밭에서 놀게 하면 딱 좋을 날이라고 생각했다. 그리 햇볕이 강하지도 않았고, 밤새 씻긴 대기도 청량했다.

캔버스 위에서 웃지 않는 우진이를 보았다. 채운은 한숨을 쉬었다. 그녀가 비운 시간이 아이의 얼굴에 고스란히 남겨 있음을 채운은 보았다. 채운은 스케치북을 넘겼다. 한사코 웃지 않으려던 우진이 넘어갔다.

아침부터 채운은 선풍기를 틀어놓고 진열대에 엎드렸다. 타 타 타

타타. 선풍기는 잘도 돌아갔다. 채운은 그래도 여전히 날지도 못하고, 먼바다로 끌려가지도 못하고 진열대에 엎디어 있었다.

스케치북과 그림물감과 오랫동안 걸려 있던 레오나르도 디카프리오를 팔았다. 레오나르도 디카프리오를 사간 여학생은 빳빳한 새 돈을 지갑 속에서 소중하게 꺼내 채운에게 내밀었다. 채운은 미술연필 두 개를 덤으로 주었다. 디카프리오를 여학생이 들고 가버린 자리가 휑하니 허전했다. 채운은 공연히 장 르노의 선글라스에 얼굴을 비쳐보았지만…… 채운은 깜짝 놀랐다. 장 르노의 선글라스에 심드렁하게 늘어진 자신의 얼굴이 비쳐졌기 때문이었다. 당연히 비치지 않으려니 하고 돌아서려던 채운이 얼른 다시 장 르노의 선글라스에 얼굴을 비쳐보았다. 그러나 아니나 다를까. 그것은 어떤 것도 비쳐지지 않는 그림이었다.

타 타 타타타. 헬리콥터가 되지 못한 서러운 선풍기가 돌아가고 채운은 다시 진열대 유리 위에 얼굴을 대고 엎드렸다.

「엄마아!」

채운은 눈을 떴다. 아, 우진이 서 있었다. 선풍기 바람을 맞고, 출입문에서 원피스 자락을 펄럭이며 아이가 입을 크게 벌려 웃고 있었다. 타 타 타타타, 선풍기 바람이 아이의 입 속으로 빨려들어갔다. 채운은 벌떡 일어났다.

수영은 언덕에 서서 바다를 보고 있었다. 흐린 햇살이 그의 정갈한 이마에 떨어졌다. 수영은 우진이를 번쩍 안아올리는 채운을 보고 인사 대신 조금 웃어보였다.

어쩔 수 없었다. 채운은 화방 문을 닫았다. 문을 닫으면서 한 번도 울리지 않은 전화기를 슬쩍 바라보았다.

우진이는 파도보다 더 높이 까르르까르르 웃었다. 입구에서 빌린 커다란 파라솔 기둥을 사이에 두고 채운과 수영은 나란히 앉았다.

「당신이 편해지길 기다렸어. 다시 집으로 돌아와.」

「…….」

「내가 우진이에게 당신 사진을 보여준 건, 우리가 같이 살 수 있다고 믿었기 때문이야. 우린 그 동안 셋이 살았어.」

「…….」

썰물이라 얕아진 물가에서 우진이 첨벙대며 혼자 웃어댔다. 이미 조개껍데기가 잔뜩 들어가 불룩해진 원피스 주머니는 잊은 얼굴이었다.

「함께 차를 타고 다니면 거리에 있는 간판 이름을 읽느라고 정신이 없어. 아무래도 내년엔 유치원에 보낼까 봐. 어머니도 좀 쉬고 싶은 눈치고…… 밖에 나갔다가 집에 돌아오면 제일 먼저 당신 사진에 대고 뽀뽀하는 게 일이야……. 화방이라면 여기보단 서울이 좀더 나을 거고.」

수영은 결코 말이 많은 사람이 아니었다. 채운은 알고 있었다, 지금 그가 있는 힘껏 채운을 설득하고 있다는 것을. 그러나 반듯하고 어여쁜 우진을 보면서, 그리고 이렇게 많은 말을 하며 애쓰는 수영의 모습을 보면서도 채운은 뒷베란다에 얌전히 뚜껑이 닫힌 채 놓여 있던 빈 소주병들이 자꾸 생각났다. 채운은 이렇게 애쓰는 남자에게 무슨 말인가 해야 한다고 생각했지만, 생각들은 자꾸 목구멍 속으로 움츠러들고, 채운은 말없이 모래만 쌓았다가 무너뜨렸다.

「당신이랑 연애하다가 결혼 허락 받으려고 제주도에 내려왔을 때, 그때도 이 중문 바닷가였는데. 그땐 겨울이었지만. 바다 색깔이 얼마나 아름다웠는지 지금도 생생해. 하긴 제주도가 그때 처음이기도 했지만, 여전히 제주도 바다 색깔은 아름다워……. 난 당신이 하루 종일 그림만 그리고 있을 때도 왜 이 아름다운 바다 색깔이 아니고, 다른 바다 색깔을 그릴까 이상했었어. 그때 당신이 그린 바다는 이런 바다가 아니었잖아. 그 여자도 낯설었고.」

채운은 그 여자가 생모였다고 말하려다가 다시 꿀꺽 삼키고 말았다. 왜 그런지 도무지 말이 나오지 않았다. 단정히 잠겨 있던 빈 술병만 눈에 맴돌았다.

「아빠아.」

우진이 손짓했다. 수영은 일어나 아이에게로 갔다. 우진에게 걸어가는 수영의 뒷모습은 여전히 무표정했다.

우진은 한사코 제 아빠하고 샤워를 하고 싶어했다. 이제 엄마가 있으니까 엄마랑 해보라고, 여자끼리라며 설득한 다음에야 우진은 채운과 함께 샤워를 했다.

그런데 아이보다 채운이 선뜻 옷을 벗고 한 욕실에 들어가기가 쑥스러웠다.

우진이가 채운의 등에 비누칠을 해주었다. 작고 부드러운 손이 채운의 등에서 미끄러질 때마다 채운은 아득한 느낌이 들곤 했다. 그러나 아이 얼굴을 씻기고 머리를 감기는 것이 낯설면서도 익숙한 데 채운은 놀랐다. 그 작은 몸뚱아리를 안아서 머리를 아래로 향하게 하고 샴푸를 하고 말간 물이 나오도록 헹구고 또 헹구면서 문득 이만한 나이 때 생모 청비가 죽었다는 생각이 들자 목이 메었다.

우진이는 제 엄마 젖이 쑥스러운 듯 한번씩 툭툭 건드리며 웃었다. 그리고 서슴없이 채운의 볼에 대고 하는 입맞춤. 말갛게 씻긴 얼굴에 벌어지는 웃음. 석류알처럼 쪼르르 열린 열 개 발가락에 비누칠을 하고 또 했다. 그때마다 아이는 간지럽다고 욕실이 텅텅 울리도록 웃어댔다.

아이가 웃을 때마다 집이 살아났다. 뒤란 감귤밭도 더욱 싱싱하게 살아났다. 삼나무도 같이 따라 우우 웃어댔다. 오랫동안 어른들의 침묵들만 쌓이고 쌓였던 집이 이제야 우두둑우두둑 기지개를 켜고 살아났다. 채운은 처음으로 여태 자기가 너무 고요하게 지내왔다는 걸 알았다. 마당에 널린 아이의 앙증맞은 원피스며 오리가 그려진 작은 팬티며 러닝 셔츠 들이 눈부셨다. 채운은 뽀송뽀송 살아나는 집 안의 공기와 바람에 춤추는 마당의 빨랫줄과 아이의 웃음을 한 품에 다 끌어안고 싶었다. 아무도 넘볼 수 없게 꽉 끌어안고 싶었다. 그러나 언제나 그 풍경 속에서 수영은 낯설었다.

「거긴 올라가지 말아요.」

저녁상을 차리는 냄새가 진동할 때 수영은 무심코 다락방 계단을 오르다가 채운의 날카로운 소리에 놀랐다. 상국이 주방에서 깜짝 놀라 뛰어나왔다. 계단 중간에서 어정쩡한 얼굴로 태엽이 다 풀린 인형처럼 멈춰 있던 수영이 무안한 얼굴로 내려왔다.

「미안해요. 큰소리 내서.」

「거긴 남이 쓰는 방이라서 그래. 세를 주었거든. 지금은 서울에 가고 없지만.」

상국이 안절부절못하며 변명을 늘어놓았다. 그러면서 상국은 채운의 옆구리를 아프도록 쥐어박았다. 채운은 매몰차게 자신을 흘끗 째려보는 상국의 눈빛에서 섬뜩한 원망을 보았다. 채운은 순간 상국의 그런 눈빛과 아픈 여운이 오래도록 남는 옆구리에 당황했다. 한 번도 보지 못했던 상국의 매몰찬 모습이었다.

수영이 몰랐다고 미안하다고 했다. 대신 수영은 마당에 나가 담배를 피웠다.

「그렇게 큰소리 낼 게 뭐 있니? 김 서방 무안해 하는 거 봐라. 잘

못도 없이 버림 받은 남자가 자존심 버리고 여기까지 온 거 봐서도 너 그러면 안돼. 그때야 니 몸이 성치 않아서 그랬다 치고, 지금은 니가 받아줘야지. 김 서방이랑 우진이한테 죽을 죄 짓는 거다. 부부로 맺은 인연이고 게다가 우진이까지 있는데…… 천벌을 받지.」

혼자말인 듯 궁시렁거리며 하는 상국의 말에서 섬뜩한 한기가 묻어났다. 그러잖아도 채운의 냉랭함에 내심 발을 동동 구르던 상국이었다. 남자가, 그것도 아무 잘못도 없이 어느날 이혼당한 남자가 고개 숙이고 살림을 다시 합치자고 왔을 때는 그 속이 어떻겠냐고 대놓고 야단을 쳐봤지만, 채운은 요지부동이어서 내심 서운하기도 하고 괘씸하기도 했었다. 상국은 한숨을 푹 쉬었다.

수영은 채운이 안쓰러울 만큼 애쓰고 또 애썼다. 그러나 채운은 수영 앞에만 서면 모든 말문이 닫혔다. 피부의 모든 숨구멍조차 죄다 닫혀버린 느낌이었다.

불가항력. 그래, 불가항력이었다. 채운도 어쩔 수 없는 힘에 끌리고 있었다.

「미안해요.」

사흘째 되던 날, 채운은 수영에게 그렇게 말했다.

「사랑해. 널 잊지 않을게. 우린 또 만날 거야.」

채운은 우진이를 꼭 안았다. 품에 난짝 안기는 우진이는 억세게 조여오는 채운의 품에서 불안한 입맞춤을 했다. 우진은 아주 조금 울었다. 그리고 채운의 볼에 익숙한 입맞춤을 하고 떠나갔다. 그래도 자꾸 뒤를 돌아보면서 손을 흔들어댔다.

엄마가 뭔지도 모를 것이 엄마라고 손을 흔들며 울었다. 그렇게 수영과 우진이 가고 난 뒤, 며칠 동안 상국은 채운에게 냉랭했다. 제대로 눈도 마주치지 않았고, 말도 하지 않았다.

채운은 채운대로 아무것도 하지 않았다. 하루 종일 소파에 앉아 있거나 방에 쭈그리고 앉아 있거나 자거나 했다. 며칠째 화방 문도 열지 않았다. 찜통 더위에 문을 꼭꼭 닫고서 땀 한 방울 흘리지 않은 메마른 얼굴로 앉아 있기만 했다.

어느날은 상국이 일 나갈 때 보았던 모습 그대로 앉아 있곤 했다. 입술은 까칠하게 말랐고 눈은 퀭하니 비어서 아무것도 담기지 않았다.

「우진이가 나보고 엄마라고 불렀어. 난 왜 그 소리가 이상하지? 그 작은 입에서 나오는 그 소리가 신통해서 죽겠는데 한편으론 소름이 끼쳤어. 내가 어떤 아이의 엄마래. 그래도 다시 그 소리를 듣고 싶어. 전화해 볼까? 아니야, 난 그 엄마 소리가 이상했어.」

채운은 소파 위에 다리를 세워 가슴에 바짝 붙여서 무릎으로 턱을 받치고는 혼자소린지 상국에게 하는 소린지 중얼거렸다. 상국은 가슴이 철렁 내려앉았다. 언젠가 들어본 소리였다. 그래, 들어본 소리였다.

청비가 육지 물질 나갔다가 돌아왔을 때, 채운은 반 년 만에 돌아온 청비를 보고 엄마라고 불렀다. 돌도 되기 전에 뛰어다니던 채운은 다른 아이 같으면 낯설어서 가지도 않을 청비를 보고 대뜸 엄마라고 했던 것이다. 그때 청비가 그랬었다, 상국과 오랜만에 나란히 누워서.

「저게 날보고 엄마라고 부르는데, 왜 소름이 돋았는지 몰라. 내가 누군가의 엄마였다는 걸 처음 안 것 같았어. 저 아인 왜 나보고 엄마라고 부르나 잠깐 아득한 기분이 들었다니까. 징그럽고, 서럽고. 난 아무래도 엄마 될 자격이 없는 거야.」

그래도 그해 물질 나갔다 돌아온 청비의 손엔 온통 아이 물건밖에 없었다. 리본이 달린 체크 무늬 원피스며 새하얀 타이즈며 채운이가 네 살이 되어서야 신을 수 있었던 반짝반짝 황홀한 빨간 구두며, 장난감 들.

상국은 소파 위에 올려진 채운의 벗은 발을 잡고 울었다. 핏기 없이 새하얀 채운의 발은 냉랭했다. 상국은 청비가 죽은 이후 처음으로 넋 놓고 울었다.

「정신차려, 이것아. 제발 정신 좀 차려. 니가 왜 이래야 되니. 정신 차리고 남들처럼 행복하게 살아. 니 생모가 이런 널 보면 얼마나 가슴 아프겠어. 자기 팔자도 펀치 못했는데, 딸마저 그런다면 어떻겠냐고. 채운아, 제발 정신 좀 차려라. 니가 조금만 마음을 돌리면 돼. 김 서방도 김 서방이지만 우진이를 생각해. 그 어린것이 널 찾아왔잖니. 이제 니가 맘 다부지게 먹고 제발 정신차려.」

「엄마, 나 아무렇지도 않아. 그냥 이렇게 며칠 있고 싶을 뿐이야. 그 아이가 남기고 간 웃음이 이 집 어딘가에서 자꾸 울려. 그 소리를 가만 듣고 있는 것뿐이야. 난 괜찮아. 내일까지 이 웃음소리 좀 더 듣다가 가게문 열게.」

상국은 쯧, 하고 돌아섰다. 남겨진다는 일에 대해서 모르는 바도 아니었다. 그러나 상국은 채운이 수영에게 마음을 돌리기를 바랐다.

「김 서방이 널 잊지 않게 하려고 무진 애쓴 것 같더라. 하긴 같이 살 생각이었다니 그렇기도 하고. 그 어린것이 대뜸 널 보고 엄마다 하는데 내가 다 찡해지더라. 우진이를 위해서도 김 서방하고 합칠 생각을 좀 해라. 너 이런 마음이 괜한 거겠니? 핏줄이 당기는 거야.」

채운은 아무말도 하지 않았다. 아이가 엄마다, 하던 그 순간이 아릿하게 가슴에 새겨졌다. 그러나 그것은 텔레비전 드라마에서 보던 탤런트를 백화점이나 거리에서 우연히 봤을 때, 저도 모르게 소리치던 바로 그 모습이었다.

그렇더라도, 아무리 그렇더라도 채운은 활짝 웃던 우진이를 지울 수 없었다. 그 조그만 손으로 채운의 등에 비누질하던 그 감촉이 생생하게 남아 있었다. 환하게 웃는 아이의 입 속으로 빨려들어가던 저녁 햇살과 밀려왔다 밀려가는 바닷물 앞에서 신기해 하며 까르르 웃던 모습과 졸음에 겨워 눈을 비비며 하품을 하던 앙증맞은 입…….

채운은 더욱 몸을 움츠렸다. 며칠 제대로 음식을 삼키지 못한 몸은 한없이 작게 웅크려졌다. 비가 오려는지 열린 창으로 들어오는 바람에 습기가 잔뜩 배어 있었다. 상국의 말대로 한 고비 넘긴 더위는 이제 비가 한 번씩 올 때마다 눈에 띄게 수그러들 것이었다.

7

이여싸나　　이여싸나
산이 높아　　못 오겠거든
말을 타선　　건너오오
물이 깊어　　못 오겠거든
배를 타고　　건너오오.

워낙 성품이 바지런하고 강단이 있어 자리를 털고 일어나긴 했지만, 팔십이 넘은 나이에다 생각보다 오랫동안 자리보전을 했던 터라 설씨는 예전 같지 못했다.

몸처럼 마음도 약해졌는지, 그새 금기시 되었던 제민의 죽음 이야기를 몇 번이나 해서 홍로의 가슴을 미어지게 만들곤 했다. 그래서 그런지 홍로는 요즘 들어 어머니 설씨의 유택을 어떻게 해야 하나, 앞당긴 걱정에 붙들리곤 했다. 그러면서 잊었다고, 잊은 척하고 지내온 일들이 아직 펄펄 살아 있음을 뼈저리게 깨우쳤다.

제민의 일은 삼십여 년 전 그랬던 것처럼 여전히 아픈 상처로 그 자리에 있었던 것이다. 그렇게 아직 선뜻 꺼내볼 수 없을 만큼 딱지가 앉지 않은 채여서 홍로는 내놓고 생각하는 것조차 두려웠다. 그래서 안간힘으로 설씨의 약한 마음에서 삐져나오는 제민의 문제를 덮어두었다. 이래저래 마음이 신산스러운 데다 설씨도 예전 같지 못해서 아침 점심으로 드나들면서 보살피고, 집으로 들어오길 간청하고 있던 터에 사라마저 다시 눕고 보니 홍로는 맥이 빠지기 시작했다. 설씨가 일어난 자리에 사라가 다시 자리 펴고 누운 것은 지난 초여름 느닷없이 날아온 한 통의 편지 때문이었다.

강림이 제딴엔 이리저리 재고 살펴서 결혼하고 싶은 여자 이야기를 했지만, 다른 거 다 제치고 홍로와 사라의 가슴에 얹히는 내용은 어쩔 수 없었다. 세 살이나 연상인 데다 이혼녀라니!

당장 사라는 전화를 한 시간 이상이나 붙잡고 호통을 치고 울고불고 난리를 치다가 결국 그날로 내려간다는 걸 간신히 붙잡아 놨더니, 덜컥 눕고 말았던 것이다.

곧 닥칠 방학만 목 빼고 기다리고 있는 사라는 갈수록 몸피가 줄어들어서, 예전의 귀티는 없었으며 한 줌에 쥐일 늙은이 몰골이었다. 이미 가파른 벼랑으로 내려선 나이라서인가, 사라의 시들어감은 하루가 달라서 주변을 애태웠다. 그런 처지였으니, 홍로는 강림의 결혼 문제는 오히려 뒷전이었다. 의사 말로는 가벼운 뇌출혈이라고 했지만, 어쩐지 사라는 몸을 털고 일어설 기미를 보이지 않았다.

「아무래도 니 형한테 올라오라고 해야겠다.」

「그러잖아도 제가 전화했어요. 형 때문에 엄마가 편찮으시다고요.」

「근데?」

「잠시 좀 생각을 정리하시게 내버려두라고요. 형 생각은 확고해요.」

「이게 생각을 정리하는 거라니?」

「엄마가 편찮으신 게 심상치 않다고 말했는데도…….」

「아니, 어떤 여자길래 결혼 문제에는 눈도 깜짝 않던 애가…….」

「저…… 이런 말은 안 드릴려구 했는데…….」

「…….」

「형은 이미 그 여자랑 살고 있는 눈치던데요.」

홍로는 벌떡 일어났다. 그러고는 이내 등뼈를 허물어뜨리며 주저앉았다. 한 번도 맏이라고 해서 특별히 위해준 일도 기대한 일도 없었지만, 그래도 마음 자리 어느 구석에선가는 맏이라는 별 다른 생각이 있었던 모양이었다. 맏이라는 놈이, 맏이가, 홍로는 두 손으로 머리를 감쌌다.

두 아들을 키우면서 한 번도 남들만큼 속을 썩여본 적이 없었다. 어머니 설씨 말대로 자식복이 있어선지 뭔지 모르겠지만, 대학을 들어갈 때도 그랬고, 더 어려서도 일일이 손을 필요로 하지 않는 아이들이었다. 둘이서 숙제도 하고, 용돈을 모아서 무슨 짓인가도 꾸몄지만, 늘 홍로나 사라를 기쁘게 했다. 홍로와 사라가 강림이 초등학교 때까지 남의 식당일에 매달려 있었을 때도 저희들끼리 때론 끼니도 해결하고 빨래까지도 하던 아이들이었다. 들꽃처럼 저희들끼리 튼튼하고 바르게 자랐다.

다만 한 가지, 서른이 넘도록 도통 결혼에는 관심을 보이지 않던 강림이 은근히 걱정되긴 했지만, 그래도 믿는 구석이 있었다. 제자랍시고 드나들던 앳된 처녀들은 둘째 치고라도, 어쩌다 같은 동아리라며 집으로 찾아오는 사람들 중에는 홍로가 탐낼 만한 아가씨들도 꽤 있었고, 그렇게 어울리다 보면 젊은 남녀가 무슨 일인들 벌이지 않겠느냐는 느긋한 마음이었다. 딱히 자기 자식이어서가 아니고, 강림은 잘생겼고, 허우대 멀쩡했으며 성격 또한 좋았다. 그런 준수한 젊은 남자를 주변의 많은 여자들이, 그저 동료라고 밀쳐둔 여자들일지라도, 그냥 지나치지 않으리라는 믿음이 있었다.

느닷없이 제주도로 내려간다고 했을 때, 그때 이미 뭔가가 틀어지고 있다는 걸 눈치챘어야 했다. 그러나 홍로는 적극적으로 말리지 못했다. 어쩐 일인지 강림이 제주도에 반해서 방학만 되면 그 섬으로 떠돌아다니는 것을 보면서 마음 한 켠으로 섬뜩한 느낌이 들었지만, 일이 이렇게 얽힐 줄은 몰랐다.

홍로는 사라에게조차도 제주에 대한 이야기는 일체 하지 않았다. 사라도 삼십 년 넘게 살아오면서 홍로가 고향 이야기를 하는 걸 들어보지 못했다. 목포에서 태어나고 자랐다는 간단한 말로 모든 것이 끝이었다. 그래서 어쩌다 텔레비전에서 목포에 대한 이야기가 나와 반가운 마음에 홍로의 옆구리를 찌르면 홍로는 무표정했다. 사라는 홍로의 고향 목포를 그런 무표정으로 가슴에 아주 조금 얹어놓았을 뿐이었다.

처음 섬을 떠나오던 날, 홍로는 설씨와 약속했었다. '이제 우리 기억에서 제주도는 없다' 라고. 제주를 버리고 처음 목포에 떼배 닻을 내린 이후로 정말로 제주도는 없었다. 버린다고 버렸다. 철저하게 버린다고 버렸다. 그러나 강림이 대학 때 제주도로 졸업 여행을 떠난다고 했을 때, 맷돌 하나가 가슴에 턱 얹혔었다.

방학을 하자마자 홍로는 수시로 제주에 전화를 걸었다. 의사는 심하지 않은 뇌출혈이라고 했지만, 어쩐지 사라가 점점 더 시들어가는 것도 한몫 했다. 강림은 곧 올라간다는 말만 하고는 올라오지 않았다. 급기야 홍로는 전화통에 대고 부르르 화를 냈다.

「당장 엄마가 죽어가는데도 그 여자가 더 중하단 말이냐? 여자야 많다만, 네 핏줄이고, 네 어민 이 세상에 더 없다. 다른 일도 아니고, 네 일 때문에 저렇게 덜컥 누워서 일어날 줄 모르는데, 네가 그래도 사람이냐?」

강림은 마지못해 올라왔다. 까맣게 그을러서 더욱 탄력 있는 젊음을 통통 튕기는 얼굴로 올라온 강림은 사라를 보고 말을 잊었다. 그러나 그보다 홍로가 더 놀랐다. 예전의 강림이 아니었다. 어딘지 낯익으면서도 낯선 기운이 강림에게서 느껴졌다. 갯내 펄펄 나는 이 젊은 남자의 강인한 생명력 앞에서 홍로는 어지럼증을 느꼈다. 저녁무렵 물질을 끝내고 나오는 해녀들을 언덕배기 먼발치에서 기다리던 한 청년의 모습이었다. 당동산 으슥한 그늘에서 허기지도록 대낭피리 불어대던 젊은 남자의 우수였다.

아, 홍로는 질긴 끈 한 자락을 보았다.

요즘 홍로는 거울 속에서 가끔 아버지 제민의 얼굴을 보았다. 알 수 없는 먼 윗대에서 제민, 제민에게서 홍로, 홍로에게서 강림에게 이어지는 그 질긴 핏줄의 흔적을 보았다.

「엄마가 이토록 편찮으시다곤 생각 못했어요.」

강림은 사라 곁에 무릎을 꿇었다. 사라는 메마른 손을 뻗어 강림의 손을 쥐었다. 반 토막씩 잘려나오던 말이 이젠 제대로 나오게 되었지만, 그래도 말수가 부쩍 줄어든 사라였다.

「강림이구나. 잘 왔다, 잘 왔어.」

사라는 강림의 부축을 받고 베개에 기대 앉았다. 요즘에는 잘 쓰지 않는 지팡이가 방 한쪽 구석에 세워져 있는 것을 강림이 힐끗 보고는 사라의 손을 다시 꼭 잡았다.

「괜찮아. 이젠 지팡이 안 짚고 걸을 수 있어. 니가 왔으니 조금만 더 운동하면 다시 카운터에 앉아서 일도 할 수 있을 거다.」
「엄마, 미안해요.」
「그러니 살아 있을 때 잘하라고 했지?」
사라는 오랜만에 활짝 펴진 얼굴로 농담을 했다.
강림이 온 다음 날, 사라는 한사코 우겨서 미장원에 가서 퍼머를 했다. 아직 늙을 나이가 아니라며 유쾌해진 사라는 강림의 손을 잡고 운동도 더 열심히 했고, 수영장에도 꼭 한번 가자고 다짐을 받아놓기도 했다. 뽀시락뽀시락 살아나는 사라를 보고 설씨는 그제야 사라답다며 한숨을 놓았다.
「어머니도 그 연세 되도록 혼자 벌어먹는데, 제가 벌써 누우면 되겠어요? 전 어머니보다 더 오랫동안 제 밥벌이는 제가 할 거예요.」
「오냐, 내 눈이 보통 눈이더냐? 일찌감치 자리보전하고 누워 있을 여잔 내 며느리가 아니지.」
눅눅하게 고여 있던 집안 공기에 활기가 차기 시작했다. 그저 맏이인 강림이 왔다갔다 하는 것만으로도 집이 달라보였다.
그러나 홍로는 문득문득 불안해지곤 했다. 뭔가가 오고 있었다. 아주 멀리서, 혹은 곧 닥칠 만큼 가까운 거리에서 뭔가가 오고 있었다. 강림은 아직 편지로 통보했던 그 여자 이야기를 하지 못하고 있었고, 누구도 먼저 그 이야기를 꺼내길 주저하고 있었다. 사라는 강림이 아주 올라온 걸로 애써 믿는 눈치였다. 강림이 방학이 끝나면 곧 돌아가리라는 걸 모르지 않으면서 마치 제주도 일을 아주 정리하고 올라온 듯이 행동하기 일쑤여서 강림을 곤혹스럽게 만들곤 했다. 그런 면에선 홍로도 마찬가지였다. 빨리 올라오라고 그토록 성화를 부릴 때는 언제고, 막상 강림이 오자 문제를 꺼내길 두려워하고 있었다. 생각해 보면 한 번도 자식들과 심각한 마찰을 빚은 적이 없었으므로 이런 갈등이 낯설기도 했다. 그러나 무엇보다 홍로는 느끼고 있었다. 두려운 무언가가 있다는 것을. 강림이 절대로 자기 주장을 굽히지 않으리라는 것을.

한밤중이었다. 아래층에서 소곤소곤 이야기가 오랫동안 이어졌다. 홍로는 잠옷 차림으로 계단 중간쯤에 웅크리고 앉았다. 유림과 강림이 가게에서 술잔을 기울이고 있었다. 둘은 그랬다. 열 살이라는 터울이 있었으니 서로 소원하기도 하련만, 둘은 어려서부터 서로가 친구이자 형제이자 부모였다. 홍로는 그것이 언제나 대견했다. 그러나 지금 홍로는 그런 두 아들의 모습에서 소외감을 느꼈다.

「난 형을 이해하지만, 형도 엄마 아버지를 이해해야 돼.」

「이해하지만, 받아들일 수는 없어. 어차피 결혼은 내 문제고, 난 그 여자에게서 운명 같은 걸 느껴. 핏물같이 진하고 거부할 수 없는 어떤 느낌이야. 어떻게 설명해야 할지 잘 모르겠다, 이런 감정을. 너도 사람이든 일에서든 운명이라는 느낌을 받아본 적 있니? 사랑이라고 표현하기엔 너무 무거운 어떤 것 말야.」

홍로는 계단에 걸터앉아서 무릎을 떨었다. 그는 애써 터져나오는 한숨을 꾹꾹 눌러 삼켰다.

「글쎄…….」

「그 여잘 보면 햇살 같은 따뜻한 느낌이야. 그러나 그 이면에 어떤 힘을 느껴. 그게 뭔지 모르지만, 난 그걸 운명이라고 생각해 봤지, 정확한 건 아니야.」

세운 무릎에 팔꿈치를 대고 손으로 머리를 감싸고 있던 홍로는 두 손을 아래로 툭 떨어뜨렸다. 다리에 힘이 빠지면서 구부렸던 허리가 힘없이 옆으로 넘어갔다.

운명이라니!

「운명이라…… 아냐, 난 정말 잘 모르겠다. 형이 너무 순정파라서 그럴 거야. 사랑을 나눌 수 있는 여자가 쌔고 쌨는데, 무슨 운명까지야. 다시 한번 돌이켜 봐. 이렇게 떨어져 있을 때.」

「여기서도 난 그 여잘 느낄 수 있어. 분명 매일 화방 진열대에 고개 떨구고 내 전활 기다릴 거야.」

「큰일이다. 엄마 아버진 전혀 긍정적이지 않은데. 도대체 어떻게 생긴 여자야?」

더이상 앉아 있을 수가 없었다. 온몸에 힘은 빠지는데 땀이 비오듯 쏟아지고 담배 생각도 간절했다. 홍로는 맨발 뒤꿈치를 들어 이층으로 올라왔다. 그는 욕실에 들어가 찬물을 끼얹었다. 벗은 몸으로 변기에 앉아 담배를 피웠다. 명치끝에 얹힌 맷돌이 담배연기에 끌려 목 언저리까지 치받쳐 올라왔다. 홍로는 켁켁거리며 기침을 했다. 눈앞이 어지러웠다. 어둠 속에서 하얗게 올라가는 담배연기를 보고 하염없이 앉아 있었다.

'어머니와 사라를 어떻게 설득시키나.'

그러나 홍로 스스로도 납득이 가는 일이 아니었다. 그럼에도 홍로는 더이상 어찌할 수 없는 일이라는 걸 느낌으로 알 수 있었다. 먼데서 달려오는 것 같던 불안이 강림의 입을 통해 이미 발등에 떨어져 있음을 알았다. 세 살이나 많은 데다 이혼녀라니! 그런 여자에게서 운명을 느낀다니! 홍로는 다시 담배 한 대를 꺼내 불을 붙였다. 도대체 어떻게 생긴 여자길래. 홍로는 그 여자가 눈앞에 있다면 당장이라도 한 방 갈기고 싶었다. 가만 있다가도 불끈불끈 치밀어오르는 울화를 참기 어려웠다. 그것도 하필이면 제주도에서…….

어느새 홍로는 세 개비째 담배를 물었다. 그러나 홍로는 세 개비째 담배를 도로 집어넣었다. 그는 저절로 말라버린 몸에 다시 한번 물을 끼얹고 푸푸 소리를 내어 세수를 했다.

옷을 입는데, 아래층에서 문단속하는 소리가 들렸다. 홍로는 얼른 안방으로 들어가 사라 곁에 누웠다. 눈에 띄게 사라는 좋아지고 있었다. 얼마 전까지만 해도 옆에 누워 있어도 사라에게서 온기를 느낄 수 없었다. 그래서 홍로는 두려운 마음으로 사라의 손을 잡아보곤 했었다. 그러다 희미하게 느껴지는 온기, 생명의 흔적이 있음을 확인하고는 가슴을 쓸어내리곤 했다. 지금 사라는 고른 숨을 쉬며 평안히 잠에 빠져 있다. 홍로는 가로등 불빛에 비친 사라의 얼굴을 들여다보았다.

홍로는 한숨을 쉬었다. 그저 관에 못이 쳐지고, 묏등에 푸른 풀이 돋아나야 자식 걱정에서 놓여지는 것이려니. 아니 젯밥 먹으러 와서도 자식 걱정을 하려는지.

홍로는 제민을 생각했다. 그 먼 곳에서 이곳까지 제상이나 찾을 수 있으려나. 혼백이나 제대로 있으려나. 조상 묻고 태 사른 땅에 삼십 년 넘도록 찾아가지 못하는 자식을 걱정하려나.

유림과 강림이 각자 방으로 들어가는 소리를 듣고도 한참을 홍로는 뒤척였다.

또 한바탕 뒤집어질 일을 어떻게 수습하나, 제발 사라에게 무슨 일이 없어야 될 텐데. 어쩌면 홍로는 강림의 결혼 문제보다 사라가 보일 반응이 더 걱정이었다.

사실 강림에게 편지를 받고 사라가 쓰러지면서 홍로는 어떻게 숨 쉬며 살았는지 아득했다. 그리고 처음으로 홍로는 어머니 설씨가 혼자 살아왔음에 대해 곰곰이 생각해 보았던 것이다. 홍로가 이제 갓

스물이었을 적 혼자가 된 설씨였다. 그때 겨우 사십대였을 설씨에게 남은 것이라곤, 때를 기다리며 넘보는 집 앞 나무 위의 까마귀와 빚쟁이들의 눈빛밖에는 없었다. 자식이 많아 울타리가 되어주는 것도 아니었고, 늘 속에 가둔 불만으로 부르터 있는 아들 하나가 다였다. 겨우 마흔네댓의 여자에게 남은 것이란 게 그거였다니. 홍로는 더욱 자주 어머니 설씨를 찾았다. 가난한 남편에 기대어 이십여 년, 홀로 사십 년 산 스산한 한 여자를 조금이나마 이해하는 마음으로 설씨를 찾았다. 같이 늙어가는 이 즈음에야 겨우 어미의 속을 아주 조금 들여다볼 수 있게 된 미련한 아들에 대해 속죄하는 마음으로 손을 잡아보았다. 팔순 넘도록 스스로를 책임지고 있는 이 강건한, 한 번도 아들의 미련을 탓하지 않은 의연한 한 여자의 손을.

홍로는 아침상을 물리고 바로 어머니 설씨를 찾았다. 설씨는 아직 경로당으로 출근하기 전이었다. 홍로가 가자 막 씻은 얼굴로 문을 열었다. 벌써 아침상을 물렸는지 싱크대는 깨끗했다.

「아침은 잡수셨어요?」

「몇 신데 여직 안 먹어.」

「저, 어머니 뭐 좀 의논드릴 일이 있어서요.」

설씨는 사라의 안부를 묻고, 강림의 이야기를 꺼내며 찻물을 끓였다. 열평 남짓한 아파트에 이른 햇살과 커피향이 퍼졌다. 언제나 정갈하고 긴장감마저 감도는 깔끔한 아파트였다. 한 번도 흐트러지거나 먼지가 쌓인 것을 본 적이 없었다. 설씨는 뜨거운 커피를 쟁반에 받쳐 내왔다. 금색으로 도색된 모란 무늬가 있는 오래된 양은쟁반과 사라가 십수 년 전 살림을 몇 개 더 장만하면서 버린다는 걸 주워놓은 호박 무늬가 있는 찻잔이었다.

「그래, 아범 눈빛을 보니 쉬운 얘긴 아닌가 보지?」

홍로는 정말로 설씨에게 꺼내도 될 문제인지 다시 머뭇거렸다. 온갖 풍상 다 겪고 의연하게 살았다지만, 노인은 노인이고, 더구나 지난번 제민의 제사 지내고 앓고 난 뒤로 많이 허약해진 팔순의 노인이었다. 작은 키는 한층 더 작아졌고, 세월이 무자비하게 훑고 지나간 흔적인지 두 다리 사이는 자꾸 넓어져 조금씩 '오'자로 벌어지고 있었다. 청양고추처럼 작고 야무졌던 어머니 설씨도 세월의 무게에 눌리고 있는 게 역력했다.

「왜, 강림이 그 여자하고 결혼하겠다고 계속 우겨?」

「아니, 어머니가 그걸 어떻게.」

「지난번 에미가 쓰러진 것도 강림이 편지 때문이었다면서.」

「누가…….」

「나도 그 소리 듣고 많이 생각해 보았어. 아무래도 아범이 한번 제주도에 가봐야겠다고. 왠지 난 자꾸 강림이 할아버지가 시키는 짓인 것 같아서 말야. 생전 안 뵈던 사람이 지난번 제사 때 꿈에 그 큰 새로 나타난 것도 그렇고. 강림이 구태여 제주도까지 선생질하러 간 것도, 거기서 여잘 만난 것도 아무래도 심상치 않아.」

「어디 가서 점이라도 볼까요?」

「새삼스럽게 무슨. 그 사람이 시키는 짓이라면 나쁜 짓은 아닐 것이고…… 어쨌거나 지금쯤은 한번 내려가 보는 것도 나쁘지 않을 것 같아. 어차피 내가 살았을 때 마무리해야 될 일이고.」

「그래도…… 나이도 많고, 이혼한 여자라는데…… 어멈이 또 넘어질까 봐 걱정도 되고…….」

「아무래도 맏며느린데 마음에 걸리지. 나도 그래. 하지만 강림이가 철없는 애는 아니고.」

「글쎄 말이에요. 자식 키우는 사람이 남의 자식 말하는 거 아니라더니, 우리 강림이가 이런 문제로 속썩일 줄은 몰랐어요. 한 번도 부모 속상하게 한 적이 없더니, 이렇게 덜컥 큰일을 저지르네요.」

「그러니 내 더욱 강림이 할아버지 생각이 난다니까. 에구 쯧, 제주도까지 가서는…… 제 아버지 태 사른 땅인 줄 알 까닭이 없으련만, 왜 하필 거기에 마음이 끌려서는…….」

「저도 가끔 그런 생각이 들면 등골이 오싹해져요. 사람이 비밀을 갖고 산다는 게 여간한 일이 아니네요.」

홍로는 청비 이야기가 목구멍에 걸리는 걸 삼켰다. 한 번도, 설씨에게도 꺼내본 적이 없는 이름이었지만, 어쩌다 망령처럼 입 안에 고이곤 하는 이름이었다. 오랫동안 잊었는 줄 알았는데, 언젠가 강림이 가져온 그림을 보고도 그랬고, 지금도 청비 이름이 문득 떠올랐다. 지금은 남의 여자가 되어서 잘살고 있길 바라지만, 홍로는 어쩐지 제대로 시집갔을 것 같지 않고 남의 첩이 되었을 것 같은 불안한 예감이 들곤 했다. 사람이 나이가 들면서 굽어지는 게 척추뼈만이 아닌 모양으로 예전에 특히 제주에 있을 때 못했던 일들이 가끔 한 번씩 떠올라 홍로 가슴을 쓰리게 하곤 했다. 젊어서는 사느라고 아등바등해서 그랬는지 몰라도 갈수록 예전 일에 더 마음이 쓰이는 건 무슨 심산지 몰랐다.

홍로는 아침부터 쩔쩔 끓는 더위를 머리에 이고 돌아왔다. 강림이 가게에 내려와 있었다. 손님방 쪽마루에 웅크리고 앉아 있는 모습을 보고 홍로는 흠칫 놀랐다.

영락없는 젊었을 적 자신의 모습이었다. 순간 제주도에 버리고 도망온 모든 업보를 저놈이 지는 게 아닐까 하는 불안이 등줄기를 타고 내렸다. 그러면서 반은 건성으로 들었던 어머니 설씨의 이야기가 간절하게 다시 와 닿았다. 그래, 어머니 꿈도 그렇고…….

홍로는 다리로 뜨거운 기운이 쭉 빠져나가는 것 같았다. 홍로는 강림 옆 쪽마루에 털썩 주저앉으며 담배를 꺼냈다. 강림이 얼른 불을 당겨주었다.

「너도 담배 피우니?」

사라는 담배를 끔찍이 싫어해서 아들 둘 다 담배를 제대로 배우지 못했다.

중·고등학생만 되면 피운다는 담배를 아들 둘은 대학에 들어가서도 어쩌다 한두 개비씩 눈치껏 피우는 게 고작이었다.

「조금요.」

홍로는 슬쩍 강림의 옆얼굴을 바라보았다. 녀석이 어느새 서른하나였다. 홍로는 강림이 내미는 재떨이에 담배를 비벼 끄고 샤워를 해야겠다며 일어났다.

사라는 마루에서 운동을 하고 있었다. 강림이 온 이후로 사라는 모든 게 적극적이었다. 얼굴이 벌겋게 되어서 땀을 흘리며 운동을 하고 있던 사라가 웃었다.

「아침부터 슬쩍 사라진 걸 보니 어머니한테 다녀왔수?」

「음.」

홍로는 방으로 들어가 속옷을 챙겨들고 욕실로 들어갔다. 차가운 물줄기에 몸을 맡기고 한참을 넋 놓고 서 있었다.

아침부터 비가 왔다. 홍로는 부쩍 오늘이 며칠인가를 챙기는 날이 많아졌다. 곧 강림이 제주로 내려갈 날이 닥칠 것이다. 그때 사라를 어떻게 해야 하나가 걱정이었다. 아직 강림의 결혼 문제에 대해 누구도 이야기하지 않았다. 사라가 강림이 올라온 걸로 모든 문제는 끝이 났다는 듯 믿고 행동했기 때문에 선뜻 강림의 결혼 문제를 꺼내기가 쉽지 않기도 했다.

「개학날이 다가오는데 강림이도 슬슬 내려갈 준비를 해야지?」

일부러 사라가 있는 자리에서 홍로는 강림에게 물었다. 수박을 먹던 강림이 눈을 크게 뜨고 사라 눈치를 보았다.

「어딜 내려가? 올 때 학교도 옮긴 거 아니니?」

「여보, 선생이 학교를 그렇게 쉽게 옮겨다니면 학생들이 헷갈려서 공부를 어떻게 하겠어. 이제 강림이한테 반년밖에 배우지 않았는데.」

「그럼 또 거기로 내려간단 말이니?」

「참, 당연한 일이잖아. 얘가 지금 방학이니까 내려와 있지.」

사라는 데친 나물처럼 풀이 죽었다. 강림도 사라 눈치만 보고, 홍로도 숨을 죽였다.

「안되겠어요. 내가 내려가서 우리 강림이 밥도 해주고 그래야지. 얘가 홀애비처럼 혼자 밥해 먹고 사니까 그 여시 같은 것이 결혼하자고 덤비는 거라구요. 혼자 사는 남자 집에 드나들면서 밥해주고 빨래해 주면서 애 마누라처럼 구니까 마음이 약한 우리 강림이도 넘어가구요. 여보, 이번에 강림이 내려갈 땐 나도 함께 내려가야겠어요.」

「얘가 무슨, 앤 하숙하잖아.」

앓고 난 뒤로 사라는 어린애 같은 구석이 생겼다. 가끔 자기만의 생각에서 빠져나오지 못하고 그것이 객관적인 사실인 양 믿어버리는 일이었다.

사라는 일어나 서성거리기 시작했다. 이젠 걸음도 반듯해져서 거의 정상이었다. 다만 오래 걷지 못하거나 무거운 것을 들지 못하는 정도의 장애만 남아 있었다.

서성거리던 사라가 갑자기 걸음을 멈추었다.

「이제 너도 서른이 넘었으니 부모가 이래라 저래라 일일이 간섭하고 싶지 않다만, 그래도 그 여잔 안된다. 나이가 너보다 세 살이나 많다면 여자 나이 서른넷인데, 아이구 그 나이면 할머니다. 거기다가 이혼까지 했던 여자라니.」

갑자기 정색을 하며 사라는 강림을 바라보았다. 돌변한 사라의 태도에 강림도 홍로도 놀란 눈으로 사라만 바라보았다.

「엄마.」

홍로가 강림에게 눈짓으로 말렸다. 강림은 더 하고 싶은 이야기를 삼켰다. 강림은 하려던 말 대신 한숨을 푹 내쉬며 일어나서 아래층으로 내려갔다.

「난 정말이지 그런 여잘 내 큰며느리로 삼고 싶지 않아요. 우리 강림이가 어때서…….」

「누가 중매한 것도 아니고 지가 좋다고 그런 걸 우리가 어떻게.」

「글쎄, 죽었다 깨나도 안되는 건 안돼요. 학교도 옮길 수 없다면 그만두라고 하든지 해야지 원. 부모하고 떨어져서 재가 외로워서 저래요.」

「…….」

「재 꿈이 그림만 그리는 거라고 했잖아요. 우리가 먹여 살리면 돼요. 저는 지 좋은 그림만 그리면 되구요. 정말 그 여잔 안돼요.」

「결혼은 우리가 하는 게 아니고…….」

「아무리 그래도 우리 식구가 되는 일이에요. 자기 마누라를 얻는 일이지만 내 며느리를 얻는 일이라구요. 당신 그런 앨 며느리로 삼고 싶어요?」

「난 상관없어. 자기가 좋다는 여자와 결혼하는데 뭘. 지 소견 멀쩡한 애잖아. 여태 속썩인 일도 없구. 얼마나 좋으면 저러겠어.」

서성거리며 벌겋게 달구어졌던 사라 얼굴이 순간 백지장처럼 하얘지더니 소파에 털썩 주저앉았다. 홍로는 반사적으로 일어나 사라 손을 붙잡았다. 손이 얼음장처럼 차가웠다. 홍로는 아래층에 대고 강림을 부르면서 사라의 몸을 주물렀다. 다급한 홍로 소리에 뛰어올라온 강림도 사라를 주물렀다. 맥놓고 앉아 있던 사라는 긴 한숨을 토해냈다. 그러면서도 강림을 잊지 않았다.

「정말이지 그 여잔 안돼.」

사라가 방으로 들어가 눕고 강림은 소파에서 담배를 피웠다. 열린 창으로 비가 들이쳤다. 비 젖은 도로를 차들이 질주하는 소리가 들렸다. 강림은 일어나 창문을 닫았다. 창 밖에서 비는 연신 유리를 때리며 들어올 기회를 노렸다. 강림은 유리창을 때리는 비를 바라보며 담배를 피웠다. 사라와 함께 방으로 들어갔던 홍로가 나와서 곁에 섰다.

「그렇게 좋니?」

강림은 아무말도 하지 않았다. 사라 앞에서 대놓고 반대하진 못하고 있지만 홍로의 마음도 사라와 같을 거라는 걸 강림은 알았다.

「내려가면 당분간 올라오지 않겠어요.」

「사랑이란 건 시간이 지나면서 잊혀지기도 하지.」

「이해 못하실 거란 거 알아요. 당분간 그냥 내버려두세요.」

「글쎄다. 그런다고 뭐가 해결되는 건 아니지.」

「어머니도 시간이 지나면 누그러지실 거예요. 또 전 제주가 좋아요. 꼭 그 여자 일만이 아니더라도 여기 올라올 생각이 없어요.」

홍로는 가슴이 뜨끔했다. 애비가 어쩔 수 없어 버렸던 섬이었다. 잊어버리려 무수히 애썼던 지난 삼십여 년이었다. 그런데 강림이 단숨에 되돌아가서 여기가 좋아요, 하고 있는 것이다. 홍로는 며칠 전

어머니 설씨 말이 생각났다. 아무래도 니 아버지가 시키는 짓이라는. 그러나 왜? 삼십여 년이 지난 지금에 왜?

「내일은 엄마랑 수영장에 가야겠어요.」

「그래라. 이제 수영을 해도 될 것 같다. 집에만 있는 것도 그렇고. 그러다 차츰 혼자도 다닐 수 있을 거다. 옆에 금은방집 여자도 있고.」

빗줄기는 점점 더 굵어졌다. 유리창을 때리는 비는 금방이라도 두 사람에게 달려들어 흠뻑 적셔놓을 듯 맹렬했다. 홍로는 맹렬한 빗줄기에 가슴을 열어놓고 서 있었다. 강림은 주머니 속의 담배만 만지작거렸다.

「피워라. 나도 한 대 주고.」

강림이 홍로에게 담뱃불을 붙여주고 내려갔다. 계단에 앉아 담배를 피우거나 손님방 쪽마루에 웅크리고 앉아 담배를 피울 것이다. 고개를 숙이고 내려가는 강림의 뒷모습을 보면서 홍로는 문득 언덕에 앉아서 저물도록 바다만 바라보다 돌아오던 자신의 모습을 보았다. 먼데서 물질 끝내고 돌아오는 해녀들이 시야에서 사라지고도 한참을 그렇게 앉아 있다가 집으로 돌아오면 어머니 설씨는 한숨을 쉬곤 했었다. 제민이 청비를 만나느냐고 쉰 소리로 물을라치면, 재 몸에서 맨날 나는 게 갯낸데 새삼 뭘 묻냐며 역정을 내곤 하던 설씨였다.

푸른 담배연기가 흩어져 올라갔다. 곧 저녁 손님이 들 시간이었다. 홍로는 아래층으로 내려갔다. 강림이 쪽마루에 앉아 멍하니 밖을 내다보고 있었다. 그런 강림을 볼 때마다 가슴 한켠이 무너져 내렸다. 어쩌면 그 여자를 며느리로 맞게 될 것 같은 예감 때문이었다. 저렇게 구부정하게 하염없이 앉아본 적이 있었으므로.

8

설운 어머니　　날 서어올 적
어느 바다　　미역국 먹고
바람 불 적　　물결 일 적마다
흔들리며　　못 사는구나

냉동실 문을 열다가 발견한 아이스크림 때문에 채운은 마음이 상했다. 우진이 주려고 사다 놓았던 아이스크림이었다. 우진이 가고 나서 여기저기 널려 있던 소소한 장난감과 몇 개 다 먹지 못하고 놓고 간 과자 때문에 한동안 울적했더랬는데, 느닷없이 냉동실에 턱 들어앉은 아이스크림은 채운의 가슴에 못을 쳤다. 냉커피를 마시려고 얼음을 찾던 채운은 그 아이스크림을 떠먹으며 울었다. 한꺼번에 많이 먹으면 안된다며 아이스크림 한쪽 귀퉁이에 치워두었던 먹다만 초콜릿을 오래도록 빨아먹으며 채운은 우진의 얼굴을 떠올렸다. 저녁 햇살을 입 안 가득 넣고 환하게 웃던 아이의 얼굴이 채운의 가슴에서 달콤하고 아릿하게 녹았다. 어디선가 「엄마아」 하고 원피스 치맛자락을 펄럭이며 나타날 것 같았다. 거리에 다니는 조그만 계집아이를 만나면 작은 손가락으로 채운을 가리키며 「엄마다!」 할 것 같아 외면하곤 했다. 채운은 가슴을 오므렸다. 빈 가슴이었다. 바닷가에 갔던 다음날, 땡볕이 내리쬐는 섭지코지에 갔다가 우진을 가슴에 안고 말을 탔었다. 제주에 살면서도 말을 타보지는 않았다. 그런데 우진은 말을 보는 순간 대뜸 말이라며 타자고 졸라댔다. 채운은 처음 말에 타보는 그 낯설음보다는 우진이를 안고 출렁거리던 느낌이 좋았다. 겁도 없이 와 와, 소리를 지르며 엉덩이를 들썩이던 그 작은 계집아이의 촉감. 옅은 땀내와 비누 냄새.

울며 '안녕'을 하고 우진이 가버리고 나서 며칠 아이의 환영에서 벗어나지 못했었다. 그러나 아이에 대한 그리움이 차곡차곡 접혀지면서 채운은 다시 화방 문을 열었다. 휴가 갔었냐며 분식집 여자가 인사를 했을 때도 채운은 우진을 반쯤은 가슴 깊이 묻어두었었다. 그런데 느닷없이 이렇게 또 아이스크림 통에 우진이 숨어 있었던 것이다. 그리고 앞으로도 간간이 이렇게 예고하지 못한 장소에서 우진이 나타날지 모르겠다는 생각에 채운은 몸을 떨었다. 아이에게 무슨 짓을 한 걸까.

푸른 어둠이 마당에 풀어져 내렸다. 채운은 소파 등받이에 턱을 괴고 마당을 바라보았다. 금방 우진이가 잔디를 밟으며 통통통 달려올 것 같았다.

채운은 몸을 돌려 텔레비전을 틀었다. 작은 계집아이가 제 아빠와 뭐라고 계속 이야기를 하면서 아빠를 당황하게 만드는 화면이 나왔다. 채운은 그 계집아이의 재잘거림을 꺼버렸다.

허리에 주먹이 하나 들락거리는 치마를 입다가 전화를 받은 건 채운이 막 나가려던 늦은 아침이었다. 더위를 피해 저녁 비행기 표를 예약했다는 전화였다. 그렇게 강림이 다시 돌아온 것은 채운이 더위에 지치고, 우진이 생각에 납작 눌려 있다가 뽀시락거리며 조금씩 살아날 무렵이었다. 주책없이 자꾸 돌아가는 치마를 허리띠로 졸라매고 나서면서 채운은 달력을 보았다. 개학날이 낼 모레였다. 신발을 신으려던 채운은 현관 옆에 걸려 있는 거울에 얼굴을 다시 한번 비춰보았다.

턱선이 더 가팔라진 데다 핏기가 없는 게 사흘 동안 피죽 한 사발 못 얻어먹은 얼굴이었다. 채운은 도로 방으로 들어가 화장을 고쳤다. 볼터치로 화색 있는 얼굴로 만들고 입술도 좀더 선명하게 다시 칠했다. 본래 화장을 하는 둥 마는 둥하는 편이라 변변한 화장품 하나 없었다. 하지만 그렇게라도 하고 나니 좀전보단 생기 있게 보였다.

채운은 차를 주차장에 세우고 화방과 반대 방향으로 거슬러 올라가 좀 화사한 립스틱 하나를 샀다. 채운은 오랫동안 먼지를 뒤집어쓰고 있는 석고상들을 끄집어내서 먼지를 털었다. 옆의 분식집 여자가 그런 채운을 보고 웃어주었다.

「단장을 하는 거 보니 오늘 문 선생 오는구나?」

「없는 동안에도 꿋꿋하게 잘살았다는 걸 보여주려고요.」

「그럼 뭐해. 얼굴이 반쪽인데.」

「정말 그렇게 더 말랐어요?」

「두말하면 잔소리지. 누군 좋겠네. 정든 님이 오고.」

분식집 여자가 걸레 빤 물을 버리고, 그 위에 채운도 물을 뿌렸다. 바로 며칠 전만 해도 이렇게 물을 뿌리면 다글다글 끓어오르더니, 물은 빠르게 아래로 흘러가 버렸다.

채운은 거리 화가 성연이 새로 그려다 놓은 맥 라이언의 산뜻한 얼굴을 바라보았다. 그러면서 머리를 저렇게 짧게 자르면 좀 산뜻해지려나 생각하며 늘 어정쩡한 단발머리인 뒤통수를 손으로 한번 훑어보았다. 그러나 머리를 잘라버릴 용기는 없었다. 그러다 채운은 문득 쓸쓸한 생각이 들었다. 제법 자라 있어서 야무지게 묶고 왔던 우진이의 머리. 이틀 아침을 채운은 우진의 머리를 빗기고 땋아주었다. 우진은 아빠가 묶은 것보다 훨씬 예쁘다면서 좋아했었다. 양갈래로 땋아서 머리 양쪽에 동글게 말아올려 붙여놓은 것을 보고는 자꾸 거울을 들여다보았었다. 차에서도 자꾸 거울을 보고, 머리가 헝클어진다며 꼿꼿하게 앉아 있던 우진이가 생각나 채운은 한숨을 내쉬었다. 수영은 머리 빗기기가 어려우니 잘라주지 그러느냐는 채운의 말에 고개를 저었다. 엄마 없는 티를 내고 싶지 않다며.

시간은 천천히 흘러갔다. 이제 더위도 한풀꺾였건만, 시간은 더위먹은 팔순 노인의 걸음걸이였다. 자꾸 돌아가는 치마가 속상해서 점심때 김밥에 오뎅국물을 더 먹었더니 식곤증이 몰려왔다. 채운은 느린 시간의 걸음 속에 고개를 떨구고 졸았다.

해가 설핏해질 무렵, 채운은 아침에 산 립스틱을 발랐다. 그러나 그 색깔이 너무 튀어서 도로 지우고 말았다. 공연히 서성거려지는 발을 묶어두었지만, 눈은 어느새 출입문만 바라보았다. 채운은 등받이 없는 의자에서 다시 엉덩이를 들었다.

그러나 이내 다시 주저앉아 책을 들여다보았다. 내용도 없는 글을 두세 쪽쯤 읽으면서 자꾸 가슴을 다독거리는데 딸랑거리는 종소리와 함께 강림이 들어섰다. 그러나 그토록 들썩거리던 엉덩이는 의자에 붙어 일어설 줄 모르고 눈만 둥그렇게 뜬 채 강림을 보았다. 그리고 둥그렇게 뜬 눈으로 대책 없이 고여드는 눈물. 채운은 얼른 일어나 냉장고로 몸을 돌려 얼음 수건을 꺼냈다. 그러면서 잽싸게 주책없는 눈물을 닦아냈다.

「덥죠?」

채운은 얼음 수건을 강림에게 내밀면서 담담하게 물었다.

「다시 고향에 돌아온 기분이에요.」

강림은 채운이 내민 수건으로 얼굴을 닦았다.

「어디 우리 마나님 한번 안아보구요.」

강림은 어린애 같은 웃음을 지으며 채운을 끌어안았다. 채운은 그런 강림의 모든 것, 어린애 같은 웃음, 넓은 가슴, 그의 체취 등이 너무 낯익어서 둘이 정말 오랫동안 살아온 부부였다는 착각에 빠졌다.

채운은 화방 문을 일찍 닫았다. 둘은 좀 이른 저녁을 먹고 천지연에서 산책했다.

짙푸른 난대림숲과 물소리와 땅거미가 지면서 색등이 밝혀지기 시작하는 길을 두 번이나 걷고, 야외 공연장 나무토막 의자를 나란히 붙여 앉았다.

「가보니까 엄마가 생각보다 많이 편찮으셨어요.」

「온다는 날짜에 안 오길래 무슨 일이 있구나 했어요.」

하늘에 반달이 떴다. 채운은 흐르는 물살에 일그러지며 떠내려가지 않고 있는 반달을 보았다. 채운은 일어섰다. 강림도 따라 일어섰다. 옆에 따라붙는 강림의 체온이 느껴지는데, 채운은 불쑥 외롭다는 생각이 뼛속까지 스몄다. 막상 기다리고 기다리던 강림이 이렇게 왔지만, 채운은 아직도 무언가를 더 기다리고 있는 자신을 보았다. 아직 끝나지 않은 기다림이 막연히 느껴졌다. 강림의 팔이 다가와 채운을 감싸안았다. 강림의 품은 넓고 따스했다. 그러나 채운은 어느 구석인가 뚫려 있는 허전함을 보았다.

「그새 너무 말라서 허깨비를 안고 있는 느낌인데요. 이제 내가 왔으니 살도 좀 찌고 웃어요.」

항구엔 깃발을 꽂은 채 서로 빈 몸을 부대끼며 배들이 쉬고 있었다. 멀리 한치잡이 배 불빛이 일렁였다.

식탁은 다시 환해졌다. 강림은 다시 우스갯소리로 돌아왔다. 여름이 끝나고 있었다. 버짐이 필 정도로 지쳤던 여름이 고단한 날개를 접고 있었다. 채운은 타타타 돌아가던 선풍기를 치워야겠다고 생각하면서도 그냥 내버려두고 있었다.

강림이 서귀포로 돌아온 지도 벌써 보름이 지났지만, 채운은 막연한 그리움에 시달렸다. 문득 누군가를 붙잡고 오랫동안 보고 싶었던 양 목놓아 울고 싶었다. 한낮에 그리 덥지 않은 날씨에도 가끔씩 찾아와 선풍기를 틀어놓는 분식집 여자가 괜히 고마웠다. 타 타 타타타.

채운은 짐을 쌌다.

「며칠 여행 갔다 올게요.」

아침밥을 먹던 강림도 상국도 느닷없는 채운의 말에 놀랐다. 상국은 채운의 느닷없음이 주는 불안에 반쯤 맥을 놓았다.

「여행 가고 싶어요? 그럼 주말에 나와 함께 가요.」

「아니요. 오늘 가고 싶어요.」

「채운 씨.」

「어디로 가니?」

「그냥요.」

「채운 씨, 무슨 고민 있어요?」

「얼마나 있을 거니?」

체념한 듯 상국이 물었다. 절에 간 색시처럼 마냥 얌전하고 차분하다가도 한 번씩 튀어나오는 채운의 느닷없는 행동을 겪을 때마다 상국의 가슴은 뭉턱뭉턱 무너져내렸다. 하지만 말릴 수 없다는 걸 알기에 상국은 더이상 아무말도 하지 않았다.

상국의 단호한 체념에 강림도 더이상 말을 하지 않았다. 강림은 서늘한 채운의 눈빛 때문에 더이상 무엇을 묻지도 못했다. 여태껏 보아왔던 그녀와 너무도 다름에 전율을 느꼈다.

강림이 어색한 인사로 출근을 하고, 상국은 채운을 불러 앉혔다.

「우진이한테 가니?」

「아뇨, 정하지 않았어요. 걱정하지 마세요. 그냥 답답해서 그런 거예요. 전화 자주 할게요.」

상국은 채운의 눈빛에서 청비를 보았다. 짙푸른 소(沼)가 일렁이는 눈빛.

채운은 작은 여행가방을 어깨에 메고 아주 느리게 걸었다. 그녀는 아파트 놀이터 의자에 앉았다. 늦여름 오후 햇살이 그녀의 늘어진 어깨 위로 떨어졌다. 초조함에 키 까불듯 떨어대는 두 무릎 사이로도 햇빛은 쏟아졌다.

아이는 없었다. 문득 그리움이 치받쳐 달려왔던 용기도 서울 상공을 날면서 사라졌다. 그래도 우진이를 보고 싶은 마음은 간절한데, 이 년전 나왔던 그 아파트 문을 다시 열 수 없었다. 채운은 쓰린 가슴을 가만 들여다보며 땅거미가 발목을 적실 때까지 놀이터 의자에 앉아 있었다. 그러다 채운은 명치끝에 무언가가 턱 걸리는 걸 느꼈다. 저쪽에서 수영이 걸어오고 있었다. 반듯한 걸음걸이에 앞을 똑바로 주시한 채 흐트러짐 없이 걷는 모습이 여전했다. 채운은 저도 모르게 모자를 푹 내렸다. 모자 챙 밑으로 가까이 걸어오던 수영의 하반신이 방향을 바꾸는 게 보였다. 채운은 약간 고개를 들었다. 수영은 아파트 입구 계단을 오르고 있었다. 계단을 오르면서도 수영의 등은 반듯했다.

수영은 늘 반듯했다. 당장 재활용품으로 내놓을 신문도 네 귀를 반듯이 맞춰서 노끈으로 야무지게 묶어야 했고, 침대보에 주름 하나 잡혀 있으면 그 손이 가만 있질 못했다. 손톱깎기는 언제나 같은 자리에 같은 모습으로 놓여 있어야 하고, 지갑 속에는 천원짜리 만원짜리가 앞뒷면 고르게 제대로 분리되어 차곡차곡 자리를 잡고 있어야 했다. 아침은 정확히 여섯시에 일어나서 여섯시 삼십분에 식사를 시작하고 여섯시 오십분에 양치질하고, 일곱시 오분 안에 넥타이 바르게 매고, 네 귀가 딱 들어맞게 개켜진 손수건을 넣고 현관 앞에 나가야 했다.

채운은 후, 한숨을 뱉었다. 도저히 버리고 온 아파트 문 앞에 설 용기가 나지 않았다. 풀 먹인 삼베 같은 질서가 엄존할 아파트 속으로 단 한 발도 들이밀 수 없었다.

채운은 무겁게 엉덩이를 들었다. 그러나 이내 다시 주저앉았다. 우진이가 제 아빠 손을 잡고 나왔다. 시어머니가 그 뒤를 이어 함께 나왔다. 노란색 반바지를 입은 우진이 뭐가 좋은지 펄쩍펄쩍 뛰었다. 셋은 나란히 걸어 아파트 단지를 빠져나갔다. 채운은 눈도 깜빡이지 않고 우진이의 뒷모습을 보았다. 앙증맞은 노란 엉덩이가 가끔씩 깡총깡총 뛰었다. 채운은 그 모습이 끝 모를 그리움의 정체라는 걸 아프게 깨달았다.

일주일 만에 채운은 허깨비 같은 모습으로 돌아왔다. 상국은 그런 채운을 보고 전율을 느꼈다. 영락없는 청비였다. 채운은 돌아오던 날부터 며칠 잠에 빠져 살았다. 낮에 잠시 눈을 떴을 때도 소파에 멍청히 앉아 있는 게 고작이었다.

「어머니, 채운 씨 저대로 두면 안되겠어요. 병원에 데리고 가야겠어요.」

그러나 상국은 내버려두라고 했다. 약으로 다스릴 것이 아니었다. 스스로를 소진시켜서 더이상 안달할 힘조차 남아 있지 못하게끔 최저점에 이를 때까지 기다리는 수밖에 없었다. 바닥까지 내려간 뒤에야 뭔가가 보일 터였다.

사흘 동안의 긴 잠에서 부스스 깨어난 채운은 늦은 아침 화방 문을 열었다. 그러나 얼굴엔 한 줌의 온기도 없었다. 얇은 스웨터를 걸친 바싹 마른 몸에서 마른 풀내가 났다.

채운은 화방 문을 열어 고임대로 고여놓고, 언덕에 서서 바다를 보았다. 넋 놓은 바다는 저 혼자 가만 엎디어 있는데, 문섬 소나무 숲에서 이는 바람이 햇살을 간지럽히는지 바다 위에서 자지러지며 까르륵까르륵 잔물결이 일었다. 채운은 옅은 가을내 풍기며 햇살 속에 떠다니는 바람 속에서 우진이의 포동포동한 엉덩이를 찾아냈다. 포슬포슬한 늦여름 햇살을 튕겨내며 명랑하게 튀어오르던 우진이의 엉덩이. 채운은 명랑했던 우진이의 엉덩이가 떠올라 빙긋 웃었다. 할머니와 제 아빠 사이에서 하늘로 뻗쳐오를 듯 가벼웠던 그 아이의 뒷모습.

일주일 동안 아파트 놀이터에서 딱 세 번 우진이의 뒷모습을 보았다.

「그 동안 많이 아팠구나.」

분식집 여자가 어느새 곁에 와 서 있었다.

「나 낼 모레 서울 가기로 했어. 드디어 남편을 설득시켰지. 그런데 남편이 뭐라는 줄 알아? 정자도 수입하면 어쩌냐는 거야. 그래서 양코가 나오거나 흑인이 나오면 코미디도 그런 코미디가 없을 거라고 옆구리를 찔렀지. 운이 좋으면 남편에게서 가능성을 찾을 수 도 있을 거고. 귤 철 되기 전에 서두르는 거야.」

「좋으시겠어요……. 그래요, 아이는…… 아이는 어쨌든 행복이겠지요.」

「그런데 실은 하나도 안 좋아. 이제 마지막 남은 희망 하나를 꺼내 쓰는 기분이거든. 왜 그런지 막다른 골목으로 달리고 있다는 기분이 자꾸 들어. 늦도록 잠을 못 자는 남편을 보면서 가엾다는 생각이 들고.」

채운은 분식집 여자를 가만 바라보았다. 채운은 처음 우진이가 뱃속에 들어섰을 때의 절망감을 떠올렸다. 그때 채운에게 새 생명은 새로운 갈등에 불과했다.

이토록 갈망하고 초조한 기다림 끝에 달린 기쁨이 아니었던 것에 새삼 죄의식을 느꼈다. 그리고 지금에야 이토록 절절한 그리움에 쩔쩔 매는 것이 죄의 대가가 아닌가 생각했다.

분식집 여자가 점심 손님을 다 치렀는지 지친 모습으로 들어왔다. 그러고는 습관처럼 철 늦은 선풍기를 틀었다. 타 타 타타타. 고개를 맘껏 뒤로 젖혀 바람은 천정으로 흩어져 날리고, 선풍기 소리는 그녀의 지친 어깨 위를 맴돌다 떨어지길 반복했다. 뱃속에 생명을 담고 싶어 환장하겠다는 여자는 늘 추운 어깨였다. 채운은 그런 여자를 바라보았다. 서울의 유명한 불임 전문 클리닉에만 가면 만사가 해결될 듯이 그 일에 매달리더니, 막상 예약까지 해놓은 지금, 여자의 표정엔 그늘이 여전했다.

「잘하는 짓인지 모르겠네……. 만약에 아이가 태어난다면 그 아이에게 말야.」

「생물학적인 게 뭐 그리 중요하겠어요? 일단 엄마 뱃속에서부터 정서적으로 편안하고 안락하면 되지요. 제대로 태어났어도 엉망인 환경에서 자라는 것보단 몇 배 낫지 않겠어요. 일단 아이가 태어나고 기르다 보면 아저씨도 새롭게 정도 들고 그럴 거예요. 옛말에 낳은 정보단 기른 정이라는데 하물며 엄마 뱃속에서부터 함께 있어왔는데요. 걱정 말아요.」

「나도 남편을 그렇게 설득했지만, 그런 나도 이렇게 걱정이 되네.」

「그러지 말고 떡볶이 아주 맵게 해서 조금만 먹을래요? 아주 조금만요. 그냥 매워서 딴 생각 나지 못하게요.」

「그럴까?」

분식집 여자는 느리게 일어났다. 채운은 여자가 나가고 선풍기를 껐다. 갑작스런 고요에 채운은 현기증을 느꼈다. 그러나 이내 타 타 타타타. 환청처럼 가슴속에서 선풍기 소리가 들렸다.

저녁 무렵 강림이 화실로 나왔다. 강림의 손에 장미 한 다발이 들려 있었다. 그의 얼굴은 어린아이처럼 상기된 웃음이 묻어났다. 그런 강림의 얼굴을 보자 박하사탕처럼 싸하니 맑고 청량한 기운이 들어 등허리가 저절로 펴졌다. 그러나 다시 고이는 근심 한 자락.

화방 문을 닫고 둘은 언덕 아래로 내려갔다. 길을 내려가 조금만 더 걸어가면 천지연이었다. 채운은 칠십 년대 어름의 시간이 그대로 고여 있는 듯한 골목길을 구불구불 돌아 천지연에 가는 걸 좋아했다. 긴긴 세월의 켜를 한 켜 한 켜 조심스럽게 헤집으며 걷는 것이 천지연으로 가는 또다른 즐거움이었다. 그러나 채운은 언덕 아래 큰 길을 건너 나폴리 호텔 뒷길로 해서 막바로 천지연 길로 접어들었다.

「서울에 갔더랬어요. 차마 집에 들어가지 못하고 우진이 뒷모습만 몇 번 훔쳐보다 왔어요.」

강림이 채운의 어깨를 바짝 당겨 안았다. 채운이 강림의 팔을 어깨에서 걷어냈다.

「강림 씨가 서울에 갔을 때 우진이하고 그 사람이 왔다 갔어요.」

「보고 싶으면 언제든지 가서 보세요.」

「다시 합치자고요. 확답을 못해줬어요. 하지만 우진이가…….」

「…….」

「우진이가 내 명치끝에서 내려오지 않아요. 평생 그럴 것이라는 생각을 지울 수 없어요. 무슨 명목으로 그 아일 내게서 내려놓겠어요.」

「누구도 우진일 채운 씨에게서 지우거나 빼앗지 않을 거예요. 하지만 채운 씨 삶도 소중하잖아요.」

「그 아일 내려놓을 수 없는 게 내 삶일 수 있다는 생각을 했어요. 조선시대가 아니라고 말하지 말아요. 그냥 엄마라는 존재가 아이를 위해 무슨 일인가 해야 한다는 생각을 하고 있을 뿐이에요.」

오후의 비스듬한 햇살을 받은 천지연은 관광객들로 넘쳐났다. 채운은 잠수함 선착장 쪽으로 발길을 돌렸다. 방파제 끝까지 다 가도록 둘은 말이 없었다. 썰물인지 새섬으로 가는 길이 열려 있었다. 그 좁은 바닷길목 때문에 새섬은 곧 죽어도 섬이다. 길다랗게 목을 뺀 거북이 같은 그 섬은 썰물이 되면 고삐에 묶인 듯이 얌전했다가 물이 들고 파도가 치면 곧바로 바다로 달려갈 듯한 거북이 되었다.

하지만 그 거북은 한 번도 바다로 헤엄쳐 나가지 못했다. 수백, 수천 년 동안 그랬다. 곧 죽어도 섬이라서일 것이다. 둘은 방파제 끝에 앉았다.

「내가 엄마라고 생각한 적이 없었다는 게 이상해요. 하지만 내가 생각하고 안하고가 문제가 아니라, 내가 누군가의 엄마였다는 거예요. 이제야 그걸 깨달았다는 게 부끄럽지만요.」

「엄마이기 이전에 인간이에요. 어차피 그 아인 채운 씨 아이예요. 부인할 수 없는 일이잖아요. 하지만 그 질긴 끈 때문에 채운 씨 인생이 엉뚱한 곳으로 끌려가길 원치 않아요. 탯줄이 끊어지는 그 순간이 바로 각자의 인격으로 환원되는 순간이었어요. 때때로 평생을 탯줄이 끊어졌다는 걸 애써 모른체하며 서로의 영역에 발을 담그고 애면글면 살아가는 사람들도 있지만, 그건 착각일 뿐이죠. 어차피 삶은 각자 앞에 놓인 몫만큼만인걸요.」

「그렇게 명쾌하게 설명될 수 있는 일이라면 얼마나 좋을까요. 나도 예전엔 그랬는데요.」

강림은 담배를 피웠다. 채운은 강림이 언제나 박하사탕 같은 남자라고 생각했지만, 담배를 피울 때만은 이상하게 서른한 살 올곧게 먹은 한 남자라는 생각이 들곤 했다. 채운은 담배를 피우는 강림의 모습을 바라보았다. 목젖 너머에서 아릿한 기운이 울컥 넘어왔다.

아침 밥상에 수상한 기운이 감돌기 시작했다. 채운은 늦게까지 작업했다는 이유로, 상국이 일을 나갈 때까지 늦잠을 자는 데다 저녁에는 이런저런 약속으로 늦게 들어오기 일쑤였다. 상국은 채운의 얼굴을 볼 수 없는 날이 많아졌다. 강림은 상국과 마주앉은 식탁에서 애써 즐거운 표정이었지만, 상국은 아침마다 늘 입맛이 없었다. 강림은 강림대로 늦은 밤 술 취한 고양이처럼 들어왔다. 그런 다음날은 강림도 아침상에 앉지 않았다. 가끔씩 아침상에 마주앉은 강림도 더이상 애써 우스갯소리조차 하지 않았다. 어쩌다 일찍 집으로 돌아온 날은 다락방에서 내려오지 않았다. 상국은 무슨 일이 있느냐고 물어보고 싶은 마음이 굴뚝 같은데, 어쩐지 입이 떨어지지 않았다. 어쩌다 얼굴을 마주친 채운은 지나치게 침착해진 얼굴이어서 뭐라

물어볼 말이 생각나지 않았다. 그러나 채운의 지나친 침착함은 태풍의 눈 같아서 마음이 편치 않았다. 상국은 어느날 느닷없이 떨어질 청천벽력을 머리에 이고 사는 것 같았다.

가을 햇볕이 따가운 어느날, 수영은 또다시 불쑥 전화를 걸어서 채운을 놀라게 했다. 채운은 송수화기 너머로 담담하게 들려오는 수영의 목소리를 들었다. 우진이를 잠시 맡길 수밖에 없는 사정 이야기를.

얼마 전에 우진의 할머니가 급작스럽게 돌아가셨다고 했다. 이제 오로지 수영이 혼자 힘으로 모든 것을 해결해야 하는데, 일주일 출장 명령이 떨어졌다. 가족들은 모두 슬픔 속에 있고, 우진이도 할머니만 찾는다. 그러니 우진이를 맡아줬으면 좋겠다고. 채운은 바로 얼마 전에 본 시어머니의 뒷모습이 마지막이었다는 게 이상했다. 시어머니는 참 무던한 사람이었다. 싫다 좋다 내놓고 말하지 않는 것은 남편 수영과 같았다. 하지만 만질 수 없는 곳에 따뜻한 온기가 참 많은 사람이었다. 그래서 수영의 침묵은 늘 답답하고 버거웠는데도 시어머니의 말없음에선 그런 감정을 느끼지 못했다.

채운은 가슴이 떨려왔다. 다시금 우진에게서 나던 옅은 비누 냄새가 떠올랐다.

손가락으로 채운을 가리키며 「엄마다!」 소리치던 작은 계집아이. 포슬포슬한 햇살을 통통 튕겨내던 그 작은 엉덩이.

채운은 공항으로 나갔다. 곧게 뻗은 산업도로를 침착하게 달렸음에도 공항에 도착하니 아직 이십 분이나 남았다. 채운은 자기 손목시계와 공항 시계를 번갈아 확인하고, 행여나 시간을 당겨 비행기에 탔을까 봐 쏟아져나오는 사람들 무리를 유심히 살펴보았다. 그러나

아, 비행기는 너무 천천히 날아왔다. 채운은 계속 서성대며 시계를 보았다.

우진이다! 채운은 마음속으로 크게 소리치며 커다란 가방을 들고 나오는 수영에게 안겨 있는 우진에게 달려갔다. 우진은 채운이 벌리는 팔 안으로 안겨왔다. 할머니 손길이 닿지 않아선지 좀 야윈 것 같았다.

「일본에 일주일 가 있어야 돼. 빠르면 좀 일찍 올 수도 있고, 사정이 생기면 좀더 있을 수도 있어. 전화할게. 그리고 우진이는 잘 때 꼭 토끼 인형을 끌어안고 자. 가방 속에 넣어놨어. 칫솔질은 혼자 하는 걸 좋아하지만 가끔 당신이 해줘야 돼. 그리고 치마를 입을 땐 꼭 속바지를 입어야 하고. 제 할머니가 그렇게 습관을 들였어. 오이를 마요네즈에 찍어 먹는 걸 좋아해. 과자는 너무 많이 주지 말고. 특히 요구르트는 매일 아침마다 하나씩 먹였어. 장이 별로 튼튼한 편이 못돼서 변 보는 게 힘들어. 애가 제일 좋아하는 이야기는 '아기곰 푸' 이야기니까 요긴할 때 써. 예를 들어서 이를 닦지 않으려고 할 때, 아기곰 푸도 이를 잘 닦았다든가 하고 말야.」

수영은 우진의 물건이 담긴 가방을 주차장에 세워진 채운의 차에까지 들어다 주면서 끊임없이 우진이 이야기를 늘어놓았다. 그러고도 마지막으로 혹시 다 못한 이야기가 있을까 봐서라며 편지봉투를 내밀었다.

우진이는 수영에게서 떨어지지 않으려고 했다. 수영은 우진에게 손가락 일곱 개를 펼쳐 보이며 일곱 밤만 엄마하고 잘 놀고 있으면 온다고 몇 번씩 다독거렸다.

그래도 끝내 울음을 보이고 마는 우진을 떨어뜨려놓고 자꾸 돌아보며 갔다.

채운은 우는 우진이를 안고 어르면서 수영을 느꼈다. 출장 가방을 들고 축 처진 어깨로 뒤를 돌아보던 모습에 괜히 마음이 상했다.

채운은 '곰돌이 푸'를 몰랐다. 수영이 말한 아기곰 푸 이야기를 해주려고 했지만, 이야기를 할 수 없었다. 시무룩하게 앉아 있는 옆좌석의 우진이를 보면서 어떻게 해줘야 할지 난감했다. 이 예쁜 계집아이를 위해 이 세상에 있는 모든 것을 다 해주고 싶은데 아무것도 할 수 없어서 마음이 무거웠다.

채운은 가방을 풀어놓고 나와서 제일 먼저 서점으로 달려갔다. 가서 '곰돌이 푸'가 나오는 이야기책을 사고, 그 외에도 우진이가 좋아할 만한 책 몇 권을 샀다. 그리고 아이가 한사코 잡고 늘어지는 사과가 그려진 책도 하나 샀다. 화방에서 채운은 '곰돌이 푸'를 큰 소리로 읽어주었다.

화방은 아이가 종일 갇혀 있기엔 너무 좁은 곳이었다. 그렇다고 언덕배기 찻길에 혼자 풀어놓기도 안심이 되지 않았다. 우진은 힘들고 짜증이 날 때마다 제 아빠를 찾았다. 채운은 진땀이 났다. 그래도 품에 한 번씩 꼭 안을 때마다 느껴지는 느낌. 이 천사가 내 속에서 나온 아이라니.

문득 강림이 올 시간이 되었다는 걸 알았다. 번번이 다른 약속이 있다며 혼자 집으로 돌려보내는 게 요즘인데, 그래도 강림은 퇴근길에 꼭 화방으로 왔다. 그런 강림에게서 더이상 박하사탕 향기는 나지 않았다. 하지만 사탕 냄새 대신 담배 냄새가 배기 시작한 강림에게 자꾸 더 끌려들어가고 있는 자신을 보았다. 채운은 더 센 힘으로 점점 조여오는 주인의 고삐에 맞서 자꾸 더 엉덩이를 빼는 조랑말처럼 강림에게서 멀어지려고 노력했다. 하지만 냉정해질수록 속에 고이는 슬픔은 더 깊어졌다. 언젠가 그 깊어지는 슬픔이 둑을 무너뜨리고 쏟아져 내릴까 봐 채운은 전전긍긍했다.

채운은 한참을 보채다가 소파에 앉아 그림을 그리는 우진을 보았다. 도대체 일일이 설명을 해야 하는 일 앞에선 난감해지고 마는 채운이었다.

'저 아인 설명을 필요로 하지 않아. 내 아이니까.'

채운은 입 속으로 중얼거렸다. 그러면서도 채운은 자꾸 시계를 들여다보았다.

딸랑딸랑.

진열장에 엎디어 건너편 소파에서 그림을 그리고 있는 우진을 넋 놓고 보고 있던 채운은 그 소리가 우진이 장난을 치는 소리려니 하고 있었다. 낮에 한동안 심심하다며 연신 문을 여닫으며 방울소리를 들었던 것이다. 그러나 지금 우진은 눈앞에서 그림을 그리고 있는데. 순간, 채운은 벌떡 상체를 세웠다. 강림이 멈칫 우진에게 눈을 박은 채 서 있었다. 채운은 우진과 강림을 번갈아 쳐다보았다.

「니가 우진이구나?」

강림은 어색한 얼굴 근육을 풀어내며 우진이를 번쩍 안았다. 채운은 둘이 마주보고 웃는 것을 보면서 닮았다고 생각했다. 그러면서 새롭게 들어선 갈등의 생명체 생각에 씁쓸해졌다.

몸이 예사롭지 않다는 걸 안 건 불과 열흘 전이었다. 아침 저녁으로 서늘했던 기운이 점점 더 길어지는데, 몸은 한더위 때보다 더 늘어졌다. 무엇보다 화방 안에 고여 있던 물감 냄새가 견딜 수 없었다. 팔레트를 빨고 물감들을 거두고, 화판들을 다 거두어내도 예민한 후각은 오래 전 구석진 곳에 고여 있던 물감내를 용케도 찾아냈다.

채운은 아침에 가게로 가면 문을 열어놓고 고여 있던 냄새가 다 빠지도록 밖에서 바다를 바라보았다. 그러다 문득 달거리를 걸렀다는 생각이 들었다.

오, 맙소사. 채운은 화방으로 들어가 핸드백 속의 수첩을 꺼냈다. 둔중한 무엇이 머리를 치고 지나갔다. 눈앞의 달력이 아득하게 지워졌다. 맙소사.

채운은 토하고 싶었다. 속에 고여 있는 모든 것들, 심지어 온갖 내장들도 말끔히 다 토해버리고 싶었다. 채운은 열었던 화방 문을 도로 닫고 병원으로 달려갔다. 누군가의 엄마라는 것이 아직도 낯설고 버거운데 또다시 들어선 새 생명이라니.

대책도 없이 또다시 죄를 짓고 싶지 않았다. 그러면서 분식집 여자 생각에 더욱 화가 났다. 자신의 뻔뻔한 자궁에 진저리가 쳐졌다.

그러나 채운은 병원 문도 열어보지 못하고 돌아왔다.

「우진이 온다고 왜 말 안했어요?」

채운은 갑자기 할말이 생각나지 않았다. 둘이 꼭 닮은 웃음을 달고 바라보는 눈빛에 어리둥절할 뿐이었다.

「채운 씨.」

채운은 강림이 부르는 소리에 넋 나간 표정을 거두었다.

「돌아가세요. 강림 씨가 참견할 일이 아니에요.」

하지만 둘은 금세 서로에게 반했다. 우진은 저 혼자 그렸던 그림을 강림에게 자랑했고, 강림은 잘도 받아주었다. 그러더니 채운을 내놓고 둘만 천지연으로 산책간다고 나섰다. 말렸지만 강림은 들은 체도 하지 않았다. 그렇다고 겨우 서로 낯익어진 우진에게 큰소리를 칠 수도 없었다. 채운은 강림의 어깨에 무등을 타고 멀어지는 우진의 뒷모습을 지켜보았다. 옆으로 길게 늘어지는 높다란 그림자를 오래도록 보고 뒤돌아서는데, 등뒤에서 상국이 채운을 불렀다. 집에다 풀어놓은 우진의 가방을 본 모양이었다. 얼굴이 발갛게 상기된 게 급하게 달려온 표정이었다.

「문 선생이랑 금방 천지연에 내려갔어요.」

「문 선생이랑?」

순간 상국의 표정이 일그러지면서 실망이 스쳐 지나갔다. 어쩌면 수영도 같이 있으려니 하는 기대를 안고 왔던 모양이었다. 상국의 눈빛과 어깨가 한 자쯤 축 처졌다.

해가 지면서 제법 소슬한 바람이 불었다. 우진은 졸립다고 투정을 부리면서 자꾸 제 아빠를 찾았다. 채운은 수영에게 들은 대로 아이에게 토끼 인형을 안겨주고 토닥거려 주었지만, 아이는 쉽게 잠들지 못하고 칭얼거렸다. 업어서 집안을 서성거리다 아이가 잠이 든 것 같아 내려놓으면 금방 깨서 울어댔다. 그러더니 결국 우진은 강림의 품에서 잠이 들었다. 상국도 채운도 우진을 재우는 데 진을 다 빼앗겨 지쳤다.

「제 아빠랑만 있어버릇해서 그런가 보다.」

상국이 궁색한 변명으로 강림의 노고에 고마움을 표했지만, 채운은 상국의 어두운 표정을 놓치지 않았다.

「미안해요.」

재스민 향기가 나는 다락방은 고요했다. 창문 너머로 밤배 불빛 몇 개가 깜박였다. 오랜만에 올라온 강림의 다락방은 편안했다.

「뭐가요? 이런 건 미안한 게 아니에요.」

그저, 오늘 우진이를 돌봐줘서 고맙다는 인사나 하자고 올라온 다락방이었다. 그래서 차 한 잔 마시고 금방 내려오겠다고. 그러나 채운은 긴 여행을 마치고 내 집에 돌아온 나그네처럼 강림이 내미는 재스민 차에 목이 메였다. 아차 싶었는데 꽁꽁 뭉쳐두었던 속엣말을 내비치고 말았다.

「두려워요, 일주일이. 저 애와 난 너무 자주 헤어져요.」
우진은 봄볕 같았다. 그저 가까이 바라만 보고 있으면 저절로 행복해졌다. 더구나 강림과 우진이 머리를 맞대고 무언가를 그리거나 수군대는 모습을 보노라면, 채운은 정말로 둘이 부녀지간 같아서 깜짝깜짝 놀라곤 했다. 강림은 부쩍 더 일찍 퇴근을 해서 우진과 찰흙놀이를 하거나 그림물감 범벅이 되도록 둘이 물감 놀이를 하거나 바닷물에 풍덩 빠져 돌아오거나 했다. 어린애 같은 강림의 웃음과 우진이 함께 벙글거리며 웃는 모습에 채운은 천천히 빨려들어갔다. 이제 더이상 없는 약속을 만들지도 못했다.
「이상하죠? 왜 둘이 닮았다는 생각이 들죠?」
상국은 채운을 보며 말없이 웃었지만, 상국도 그 말에 동조하고 있다는 걸 채운은 알았다.
「김 서방이 저걸 떨어뜨려놓고 일이 손에 잡히려나 모르겠다. 에미 몫까지 다 했던 사람이라.」
채운은 힐끗 상국을 보았다. 넓은 어깨와 네모진 얼굴, 그 어디에서도 순정스런 면을 찾을 수 없었지만, 어쨌든 상국이 바라는 바는 한결같았다. 뙤약볕에 바싹 그을린 얼굴 골골이 잡힌 주름살 사이로 스며든 걱정을 숨길 수 없었다. 채운은 상국의 손을 가만 잡았다. 나무등걸 같은 손바닥이 따스했다.
채운은 우진과 샤워하는 것이 좋았다. 벗은 몸으로 우진을 담뿍 안아서 머리를 감길 때 닿는 살의 감촉. 채운은 그럴 때마다 우진의 엄마라는 것을 생생하게 느꼈다. 뽀드득뽀드득 소리가 나도록 깨끗이 씻어놓으면 우진이 발그레한 입술을 쭉 내밀어 채운의 볼에 입맞춤하는 것이 샤워의 마무리 기쁨이었다.
그러나 기쁨의 갈피마다 문득문득 채워지는 불안감. 대책 없는 새 생명의 잉태. 축복보단 갈등이 먼저인 그것. 어쩌면 수영은 출장을 가지 않았을지 모른다는 의구심 등이 두서 없이 문득문득 고개를 들었다.

지난 여름 담담하게 돌아가던 수영의 얼굴 한 귀퉁이에 서리던 근심을 채운은 보았다. 수영은 알았을 것이다. 이미 채운이 자기에게서 마음이 떠났다는 것을. 그는 쉽게 자기 마음을 내비치는 사람은 아니었다. 하지만 쉽게 포기할 사람도 아니었다. 수영은 대학 이학년 때부터 채운도 알지 못하는 사랑을 끊임없이 보내왔었다. 채운이 수영의 사랑을 눈치챈 것은 대학을 졸업하고 나서였다. 사랑한다는 말 한 마디 없이 채운의 사랑을 얻은 사람이었다. 눈치채지 못할 세심한 배려와 우연을 가장한 필연과 한 번도 빗나가지 않은 따스한 눈길로 수영은 오 년 동안의 짝사랑을 이룰 수 있었었다.

그러나 채운은 냉랭하게 식은 수영의 등을 보았다. 채운은 돌아선 수영의 싸늘한 등이 잊혀지지 않았다. 그럼에도 수영은 채운을 붙잡고 싶어했다. 아이의 엄마로서. 한때 사랑한 여자로서.

우진은 선풍기 바람에 날리는 머리칼을 빗질하느라 정신이 없었다. 그 작은 손으로 채운의 머리까지 알뜰하게 빗겨주어야 아무말 없이 채운의 품에 안겨서 선하품을 했다.

채운은 비누 냄새 퐁퐁 풍기는 우진과 뽀시락거리는 토끼 인형을 안고 자장가를 불렀다. 채운은 우진의 살 냄새를 맡으며 우진의 곁에 같이 누웠다.

아침 일찍 오는 전화는 늘 조금씩 불안이 배어 있다. 더구나 다른 친척들이 있거나 형제가 있는 것도 아닌데, 느닷없이 아침상 받기 전에 오는 전화는 늘 그랬다. 갑자기 밤새 누가 교통사고를 당했다거나, 오랫동안 의지하고 살아온 누구네 집 노인네가 밤새 안녕하지 못하고 돌아가셨다든가 하는 식으로, 새벽참에 걸려오는 전화는 늘 나쁜 소식만 전해주었다.

비가 오는 금요일 아침이었다. 우진이는 요란한 전화벨 소리에 아침잠을 다 자지 못하고 일어났다. 식탁에 수저를 놓던 채운이 우진이에게 달려가고, 생선을 굽던 상국이 후다닥 전화를 받았다. 그리고 마침 다락방에서 내려오던 강림에게 송수화기가 넘겨졌다.

「아버지가요?」

선잠 깬 우진이를 안고 나오다가 채운은 강림의 놀란 눈과 부딪쳤다. 다시 가스 레인지 있는 곳으로 돌아가던 상국도 놀란 눈으로 뒤돌아보았다.

「몇 시 비행기요?」

순간 채운의 가슴에 안겨 있던 우진에게로 떨어지는 상국의 복잡한 눈길을 채운은 얼른 거둬냈다. 채운은 우진의 등을 다독이며 방으로 도로 들어갔다. 방에서 우진이를 안고 서성이면서 채운은 강림이 상국에게 하는 말을 들었다.

「내일 낮에 아버지가 내려오신다고요. 채운 씨도 보고 또 다른 일도 있다고 하시네요.」

채운은 우진이를 좀더 세게 끌어안았다. 그러나 우진은 한번 깬 잠을 도로 자려고 하지 않았다. 채운은 품에서 빠져나오려고 발버둥치는 우진을 좀더 끌어안았다.

「아버지가 오시겠다는 건 우리 결혼을 반은 승낙하신 거예요.」

강림은 우진을 안고 있는 채운을 안았다. 그러나 어쩐지 채운은 강림의 눈을 마주볼 수가 없었다. 그러면서 뱃속의 생명체 때문에 억지로 승낙을 얻어내고 싶지 않다는 생각이 굳어졌다. 당분간은 아무도 모르게 하고 싶었다.

수영과 결혼할 때도 양가의 허락을 받고 했다. 그러나 지금 강림의 입에서 나오는 승낙이란 말에 채운의 자존심은 무너졌다. 강림의 입엔 연신 웃음이 묻어 있었다. 상국도 채운도 식탁 앞에서 간신히 허리를 곧추세우고 앉아 있는데, 강림은 평소보다 더 많은 우스갯소리를 했다. 채운은 선잠 깬 우진이가 밥을 잘 먹지 않는다는 핑계로 먼저 일어났다.

상국은 강림이 출근한 뒤 밭으로 나가면서 무언가 채운에게 말을 하려다가 도로 접었다. 채운은 그런 상국의 뒤통수에 대고 우진과 함께 손을 흔들었다.

「우리 우진이 엄마가 업어줄까?」

채운은 우진을 업고 싶었다. 우진의 따스한 체온을 고스란히 등에 싣고 정처없이 어디론가 걷고 싶었다. 채운은 우진을 업고 마루를 서성였다. 밖엔 조용히 실비가 내렸다.

「아기곰 푸가 있었는데 어느날 토끼가 찾아왔어. 누가 토끼의 당근밭을 다 망쳐놨기 때문이야.」

「그거? 그건 두더지야. 두더진 땅속을 마구 파고 다녀.」

우진은 채운의 등에 얼굴까지 딱 붙이고 가느다란 팔로 채운의 목을 꼬옥 감았다.

「그러면 아기곰 푸의 꿀은 누가 다 먹었을까?」

「그야 아기곰 푸지. 푸는 꿀을 너무 좋아해. 이빨을 잘 닦아야 하는데 내 칫솔은 아기곰 푸가 그려져 있어.」

넓은 야자수 이파리 위로 조용한 비가 내렸다. 마당 잔디에 빗방울이 조롱조롱 매달려 있었다. 채운은 우진을 내려놓고 옷을 갈아입었다. 우진에게도 긴팔 셔츠를 하나 더 입혔다.

비가 와서 그런지 차의 출발이 무거웠다. 고철 덩어리를 움직이는 느낌이었지만, 조금 달리자 곧 괜찮아졌다. 채운은 피아노 소품 테이프를 꽂았다. 와이퍼가 차창에 떨어지는 빗물을 착착 밀어내는 위로 피아노 곡 「은파」가 퍼져나갔다. 채운은 내리는 비만큼 차분하게 차를 몰았다. 딱히 방향을 정하고 간 건 아니었지만, 도착하니 보목 포구였다. 우진은 일찍 깬 아침잠 때문인지 의자에서 잠이 들었다. 채운은 뒷좌석에 두었던 숄로 우진을 덮어주고, 음악 소리도 좀 낮추었다.

비는 한동안 더 내릴 모양인지 바다 저편에 비안개가 자욱했다. 안개에 싸인 바다 너머에 모든 것을 묻어두고 채운도 의자에 깊숙이 누웠다. 채운은 자신이 눈을 뜨고 있는지 무얼 보고 있는지도 몰랐다. 간간이 피아노 소리가 들렸다. 안개 너머 바다로 빨려간 채운의 눈빛은 오래도록 그곳에서 나오지 않았다.

종일 조용히 내리던 비가 저녁 무렵부터 수그러들기 시작하더니 바람이 불기 시작했다. 비에 젖어 축 늘어진 야자수 이파리와 장난이나 치자며 슬쩍슬쩍 불던 바람은 한밤중이 되면서 미친 듯이 내달리기 시작했다. 성난 들짐승의 포효 소리 같은 바람은 신이 내린 신장대처럼 삼나무 가지를 흔들어대며 울부짖었다. 머리맡까지 달려와 울부짖는 바람소리에 채운은 잠을 이룰 수 없었다. 바람은 요령을 흔들며 뛰고 도는 무당처럼 채운의 집 주위를, 채운의 머리맡을 어지럽게 돌아다녔다. 채운은 바람소리에 묻힌 우진의 고요한 숨소리에 귀를 기울이며 잠을 청했다. 그러나 잠은 요령 끝에 매달린 헝겊 조각처럼 바람에 펄럭이며 쉬이 제자리를 찾지 못하고 자드락거렸다. 채운은 내일이면 올 강림의 아버지를 생각했다. 어느날 문득 수심 깊은 눈을 보이던 강림의 얼굴도 함께 떠올랐다. 우진에게 떨어지던 상국의 근심스런 눈초리가 바람소리에 다시 살아났다. 허락받지 않은 새 생명체에 대한 생각도 바람 끝에서 꾸물꾸물 살아났다. 채운은 옅은 한숨을 쉬며 모로 누웠다. 우진이 새근거리며 자고 있었다.

밤새 바람소리가 얼크러지던 무거운 머리로 주방에 들어가니, 상국은 언제 일어났는지 벌써 식탁을 다 차려놓았다. 무거운 머리를 이리저리 흔들며 들어서는 채운에게 잘 잤느냐며 웃는 상국의 얼굴이 푸석했다. 먹는 일말고는 더이상 손댈 게 없는 식탁이었으므로 채운은 곧장 욕실로 들어가 샤워를 했다. 엉클어진 머리칼이 물줄기에 얌전하게 정리되었다. 무거운 눈꺼풀 위로 찬물이 떨어지자 훨씬 가벼워졌다.

날씨가 화창했다. 언제 그랬느냐는 듯이 삼나무 가지는 다시 얌전했고, 비에 씻긴 공기는 더욱 투명해져서 달콤한 과일 향내 은은한 가을날이었다. 지난밤의 광기 어린 바람소리와 눅눅한 공기는 감쪽같이 없었다. 새색시 연분홍 명주 한복 같은 햇살이 충만한 토요일 아침이었다.

9

서울 서울　　어떤 게 서울
한술 밥을　　열 놈이 먹어
서럽게 사니　서울이더라.

아무래도 옛말이 그르진 않았다. 노인네 하루 아침 안녕이라더니, 지난번 앓아누운 뒤로 그래도 당차게 일어나 혼자 잘도 꾸려가던 설씨가 또다시 앓아눕고 말았다. 감기였다. 하긴 요즘은 젊은 사람도 감기를 한 달씩 앓는다고는 하지만, 홍로는 어머니 설씨가 한번씩 앓아누울 때마다 미뤄둔 숙제가 가슴에서 덜컥거려 불안했다. 그래서 설씨의 감기보다 더 찬 바람이 홍로의 가슴을 헤집기 시작했다. 삼십여 년이나 미뤄둔 일을 더이상 미룰 수 없다는 절박함이었다. 어머니 설씨가 살아 있을 때 해야 할 일이었다. 그건 설씨도 잘 아는 일이었다.

홍로는 설씨가 이층으로 옮겨와 누워 있는 내내 손에서 담배를 뗄

수 없었다.

생각해 보면 그 동안 바람 찬 언덕배기 초가삼간에서 다 낡은 외경첩에 의지한 외문짝을 여닫으며 살아온 것 같았다. 이제 한 차례 바람이 스치고 가면 기어이 그 문짝이 달아나버릴 것 같은 위태함이 극에 달해 있었다.

홍로는 강림의 작업실에서 늦도록 담배를 피우거나 반쯤은 졸면서 앉아 있거나 했다. 강림이 옮겨간 물건들 때문에 작업실은 좀 어수선해지고 체온을 담지 못해 휑뎅그렁했지만, 그래도 낮엔 푸짐한 햇살이 들어오고 밤엔 쏟아져 들어오는 네온 불빛이 달빛보다 더 휘황했다. 스프링이 꺼진 한 짝짜리 소파에 깊숙이 묻혀 있으면, 어디선가 소곤소곤 다정한 소리가 들리는 것도 같고, 오랫동안 잊었던 파도소리도 들리는 것 같았다. 그리고 그림, 그림이 있었다. 설씨의 언짢음 때문에 강림이 한쪽 구석으로 치워두었던 그림이었다. 비록 문 뒤쪽이어서 어쩐지 숨겨놓은 것 같았지만, 그러나 맞은편 창에서 들어오는 햇살도 다 받아들이고, 네온사인 불빛에 흠뻑 취할 수도 있는 곳이었다.

때때로 새벽이 되도록 강림의 작업실 소파에 묻혀 있다 보면 캔버스 속의 여자가 걸어나와서 다정하게 말을 거는 것도 같았고, 또 때론 서럽게 우는 것도 같았다.

그러면 오싹한 한기가 들어 다음엔 이렇게 청승을 떨지 말아야지 했다가도, 어느결엔가 또 작업실 소파에 앉아 담배를 피우곤 했다. 그곳에서 담배를 피우면 두려우면서도 편안하고, 서러우면서도 아릿한 기쁨이 느껴졌다. 반쯤 졸면서 앉아 있었는데도 누군가와 오랫동안 이야기를 나눈 것처럼 기분이 좋아지기도 했다. 그러나 언제나 찐득하게 고여 있는 것. 버리고 온 고향, 제주도.

설씨는 앓아누운 지 스무날 만에 기운도 좀 회복되고 밥도 먹기 시작했다.

「저만이라도 한번 다녀와야겠어요. 강림이 일도 있고…….」

이미 홍로의 결심을 알았다는 듯이 설씨는 퀭하니 들어간 눈으로 홍로를 깊숙이 들여다보며 고개를 끄덕였다. 퀭한 두 눈에 옅은 가을 햇살이 묻어 쓸쓸했다.

사라는 기어코 같이 따라나서겠다고 성화였다. 그러잖아도 강림이 개학해서 내려갈 때 따라나서겠다는 걸 억지로 달래고 얼러서 주저앉혔던 터에 이제 홍로가 제주에 간다니 당연히 두 손 들고 덤빈 것이다. 지난 방학 때 강림이랑 수영도 다니면서 사라는 힘든 일을 못하는 것 말곤 거의 정상이었다. 더이상 못할 일도 없었고, 막을 이유도 없었다. 그러나 홍로 혼자만의 일이 있었다. 그건 삼십여 년 전 설씨와 홍로의 약속이었다. 세상에는 무덤까지 갖고 가야 할 이야기가 있다. 설씨가 묻히고, 홍로마저 묻힌다면 이제 그 이야기는 누구의 머릿속에도 남아 있지 않아야 할 일이었다. 행여 그 이야기의 단 한 올이라도 사라의 가슴에, 자식들의 가슴에 남겨지길 원하지 않았다.

「내 자식 일인데 어째 에미를 쏙 빼려구 그래요? 빠지려거든 당신이 먼저 빠져요.」

「글쎄, 식당일도 있고 어머니도 완쾌된 게 아닌데, 둘이 한꺼번에 빠지기도 그렇고…….」

「정 그리 식당일이 걱정이면 당신이 나중에 가요. 내가 먼저 갈 테니.」

똘똘 뭉친 오래 묵은 한을 들어내 보일 수도 없고, 한사코 가겠다는 사라를 보며 홍로는 드디어 신경질을 냈다.

「아니, 거기다 작은집이라도 차려논 사람처럼 왜 그래요? 정말 이상하네.」

끝내 사라는 눈물바람까지 보였지만, 홍로의 결심은 무너지지 않았다. 무너질 수 없는 일이었다. 툴툴거리며 가방을 싸는 사라를 보고 홍로는 강림의 작업실로 와서 담배를 피웠다. 깊숙이 한 모금 빨아 푸른 연기를 길게 내뱉고 나자 울울했던 마음이 좀 진정되었다.

안방에는 한쪽 귀퉁이에 가방을 놓고 사라가 모로 누워 있었다. 모로 누운 사라의 이불 위로 아직도 노기가 어려 있었다. 홍로는 사라 곁에 누워 손을 뻗었다. 사라는 완강했다. 그래도 홍로는 사라의 등을 품었다.

어느새 세워진 사라의 등도 슬몃 무너지며 숨소리가 고른데, 홍로는 쉽사리 잠들지 못했다. 홍로는 살그머니 일어났다. 사람 냄새가 배지 않은 작업실은 차고 습했다. 그래서 휘황한 불빛이 넘쳐나는데도 늘 고적한 느낌이 들었다. 홍로는 정해진 일처럼 스프링이 꺼진 일인용 소파에 앉아서 담배를 피웠다. 벽 쪽에 세워진 여자가 그런 홍로를 물끄러미 바라보는데, 홍로는 하마터면 속에 고여 있던 하소연을 쏟아놓을 뻔했다. 덕지덕지 딱쟁이가 껴서 더이상 아픔도 모르는 일처럼 잊혀졌다가 이렇게 느닷없이 벌건 생채기로 다가오기를 수십 번 하던 옛 이야기를.

새벽녘에야 겨우 잠이 들었다가 눈을 뜬 건 이른 아침이었다. 홍로는 밤새 피워댄 담배 때문에 쓰레기통처럼 엉망이 된 입을 헹구려고 일어났다. 그러다 머리를 단정히 빗고 거실에 앉아 있는 설씨를 보고 깜짝 놀랐다. 이른 새벽빛을 등에 지고 소파 위에 양반 자세로 꼿꼿하게 앉은 설씨는 푸석했지만, 착 가라앉아 함부로 가까이할 수 없는 침착함이 고인 얼굴이었다.

「간밤 꿈이 심상치 않더라. 가서 여의치 않으면 강림이 일만 보고 오너라.」

홍로는 무심결에 사라가 아직 자고 있는 안방 쪽을 바라보았다.

「행여 필요할까 싶어서 맨 위에 따로 넣어두었다만, 무리는 하지 말아라. 니 아버진…… 아니다. 조심해서 갔다 오너라.」

사라는 홍로가 떠날 때까지도 퉁퉁 부은 표정이었다. 평소에 홍로에게 불만이 있을 때마다 설씨에게 부리던 애교 섞인 투정도 하지 않았다.

「평생 남들 다 가는 제주도 구경 한번 시켜주지 않던 사람이 그래 자기 혼자 뾰루룽 가다니, 다음에 난 하와이를 혼자 갈거유. 강림이하고 유림이 앞세워서.」

「아니 제주 관광 못해서 그러는 거야, 지금?」

「둘 다요. 내 그 여자 만나면 우리 순진한 강림이 꼬셔낸 대가를 단단히 치르게 한 다음에 홀가분한 마음으로 제주도 관광이나 하려고 했더니.」

홍로는 허허 웃었다. 이미 사라의 화는 풀린 것이다. 설씨도 쯔쯧거리며 웃었다.

일부러 창가를 피해 앉은 비행기 안에서 홍로는 애써 눈을 감고 있었지만, 가슴에서 부풀며 방망이질해 대는 심장 소리에 자꾸 큰 숨을 내쉬었다. 이렇게 한 시간이면 닿을 곳을 사흘 노 저어 와서는 삼십 년 넘도록 되돌아가지 못했었다.

홍로는 감은 눈꺼풀 속에서 난마처럼 얽히는 온갖 생각들 때문에 자꾸 눈을 깜박였다.

「이 바다에 모두 다 버리자. 우린 이제부터 한 살처럼 살자. 우리 핏속에 이제 제주는 없는 거야. 몽땅 남김없이 바다에 다 버리거라.」

그렇게 버렸던 세월이 고스란히 떠올랐다. 삼십여 년 수장된 채 썩지 못한 아픔이었다.

비행기 트랩을 내려서면서 홍로는 주위를 두리번거렸다. 제주였다. 가장 멀리 도망치고 싶었던 한 청년이 버리고 떠났다가 이제 중늙은이가 되어 돌아오고야 만 제주였다.

강림이 끌고 온 차를 타고 나오면서 홍로는 자꾸 둘러보았다. 살았을 때도 제주시는 멀고 요원한 곳이었지만, 여기가 제주라는 것은 확실히 알 수 있었다. 공기에 떠도는 냄새가 벌써 제주인 것이다. 태를 묻은 사람만이 느낄 수 있는 고향의 냄새였다.

「아름답죠? 제가 괜히 반했겠어요? 여긴 정말 한국이 아니라는 생각이 들더라니까요.」

자꾸 두리번거리는 홍로를 보며 강림은 의기양양했다. 자기가 반해서 내려온 것이 당연한 일이 아니냐는 듯이. 홍로는 그런 강림의 옆모습을 보면서 생각에 잠겼다. 아름다움이기보다는 무언가로부터의 끌림이었을 거라고.

강림은 서귀포에 도착하자마자 제일 먼저 천지연으로 차를 몰았다. 자기가 가장 반한 곳 중의 하나라며, 들뜬 기분을 감추지 않았다. 홍로는 뛰는 가슴을 몰래 누르며 천지연을 돌았다. 강림은 그런 홍로를 다시 태우고 서귀포 시내를 한 바퀴 돌았다.

변했을 거라고 생각은 했었다. 하지만 홍로는 너무 놀랐다. 이십 년 동안 자랐던 고향땅이 이토록 변했다는 것에. 갈대밭 무성했던 곳이 주차장이 되었고, 단정하고 길다란 여관 자리엔 토막 나무가 앉아 있었으며, 천지연의 그 작은 소롯길은 깔끔하게 돌로 포장되어 넓은 길로 변해버렸고, 돌담과 밭뿐이었던 곳에는 온통 건물이 들어서 있어 정신이 없었다. 머릿속으로 자꾸만 옛날 모습을 떠올려보지만, 당장 매일이다시피 나와보았던 서귀포 포구 앞의 모습에서도, 그 포구에서 긴 자갈밭길을 걸어오던 큰 가름 앞길의 모습에서도 예전을 찾아볼 수 없었다.

그래도 이제 중앙 로터리라는 이름으로 된 큰 가름 네거리와 흙담 소나무와 그 앞의 초등학교가 이정표가 되어 기억 속의 지도를 더듬게 해주었다.

그러나 정말 강림의 제주도행은 설씨의 말대로 '끌림'이라고밖엔 더 설명할 수 없다는 걸 다시 한번 뼈저리게 느꼈다. 그건 당혹감이었으며, 아픔이었으며, 숨막힘이었다. 시내를 한 바퀴 돌고 하숙하고 있다는 집으로 들어서는데, 오, 맙소사! 그곳은 바로 지장샘 위였다.

그건 꿈이었다. 지장샘 위에 집을 짓고, 그곳 땅에 엎디어 사는 일. 단지 꿈이었다, 이룰 수 없어보였기에. 감귤원에서 매인 일꾼으로라도 일할 수 있기를 얼마나 소망했던가.

애써 태연하려고 했지만, 홍로는 자꾸 목울대가 빽빽하게 아파왔다.

예전 같으면 생각도 못할 잔디가 깔린 마당에는 야자수 긴 그림자와 향긋한 바람말고는 아무도 없었다. 긴장된 청결함과 네모난 햇볕이 거실에 길게 늘어진 집안은 인기척 없이 조용했다. 오랫동안 집을 떠났다가 일 나간 어머니가 비운 집에 돌아온 느낌이었다. 낯설면서도 익숙한 체취와 꼼꼼한 걸레질이 느껴지는 낡은 가구와 기다림이 묻어 있는 정적. 사그락거리며 속삭이는 듯한 바람소리가 간간이 들려왔다.

「난데요. 지금 막 집에 도착했어요. 그리로 갈게요.」

강림은 다락방에 짐을 풀어놓자마자 전화기부터 잡았다. 홍로는 그런 강림을 보면서 강림의 결혼 문제 때문에 왔다는 걸 생각해냈다.

「여기서 머니?」

「금방이에요. 아까 천지연에서 나오던 길에 들르려다가 갑자기 들이닥치면 놀랄까 봐. 바로 그 부근이에요.」

「이따가 보면 되지 왜 그렇게 서둘러.」

「빨리 보고 싶지 않아요? 제발 이쁘게 봐주시고, 엄마도 설득해 주셔야 돼요. 알았죠?」

강림은 마치 홍로가 이미 자기 편이 되어서 제 에미 방패막이로 나섰다는 듯이 이야기했다. 홍로는 서른도 훌쩍 넘어버린 아들에게서 느껴지는 아이스러움을 근심스럽게 바라보았다.

홍로는 집을 나서면서 지장샘을 흘끗 바라보았다. 예전과 다른 모습이었지만, 물만은 여전히 철철 나오는 모양이었다.

「지장샘이라고 하는데요. 전설에 의하면…….」

강림은 홍로의 눈빛을 보더니, 지장샘에 대한 이야기를 하기 시작했다. 오십 년도 훨씬 전에 알고 있었던, 딱히 누군가로부터 들었는지도 모르게, 당연히 알고 있는 그 이야기를.

「그런데요, 사람들 말로는 여기를 지킨다는 그 할아버지가 가끔 진짜 사람 모습으로 나타나서는 앞일을 예언해 주기도 한대요. 하지만 어떤 사람들은 그냥 떠도는 도사라고도 하고, 저쪽에 있는 금강도 신도라고도 해요. 어쨌든 그런 이야기가 아직도 살아 있는 걸 보면 역시 아름다운 시골이에요, 그쵸?」

차는 흙담 소나무를 빠르게 스쳐 달렸다. 볼링핀이 커다랗게 올려진 신식 건물과 가게 들이 예전의 가난한 메밀밭 유채밭 위에 들어

앉아 있었다. 십 분도 안돼서 강림은 번화한 거리 주차장에 차를 세우고 성큼성큼 걸어갔다.

한때 고픈 배를 움켜쥐고 멍하니 바라보았던 바다 한쪽을 일별하고 돌아서는데, 젊은 여자가 꾸벅 인사를 했다. 아직 바다를 다 거두지 못한 눈길로 여자를 바라보던 홍로는 가슴이 서늘하게 식어내리는 느낌이었다.

「고채운이에요. 여기서 화방 하고 있어요. 그림도 그리구요.」

강림은 홍로의 손을 잡아끌어 화방 안으로 들어갔다. 강렬한 바깥 햇빛 때문에 안은 어두웠다. 어둠 속에서 홍로는 채운을 다시 보았다. 강림보다 세 살이나 위라는 여자는 그러나 마른 얼굴과 차분한 인상 때문인지 강림이보다 더 어려보였다. 홍로는 채운의 얼굴을 보면서 처음 자신의 등줄기를 서늘하게 했던 이유가 무엇일까 생각해보았지만, 알 수 없었다. 홍로는 채운이 내민 주스잔을 받아들었다.

「제주엔 처음이시죠? 며칠 묵으면서 구경도 하세요.」

홍로는 말없이 빙긋 웃었다. 그러면서 사라의 부탁을 생각해 보고는 마음이 답답했다.

'야무지게 혼내야 돼요. 어디 감히 총각을 넘보냐구요. 연상에 이혼녀인 처지를 알라고 분명하게 못을 박아야 한다구요. 요즘 젊은것들은 그러지 않으면 제 편한 대로 한다니까요. 아무리 좋은 시대라곤 하지만 안되는 것은 죽었다 깨나도 안된다구요.'

「올해로 서른넷이라구?」

「네.」

채운은 작은 소리로 말하면서 눈을 내리깔았다. 홍로는 그런 채운을 보면서 다시 가슴 한 귀퉁이가 서늘해지는데, 강림이 홍로를 흔들었다.

「아버진 채운 씨 취조하러 오신 거예요?」

「취조하러 온 게 아니고 알러 왔다, 이놈아. 사실 집에선 색시를 반대하고 있어요, 알죠?」

「죄송합니다. 반대하시는 게 당연…….」

「뭐가 죄송이고 뭐가 당연이에요? 아버지, 그런거 저런거 다 빼고 사람 하나 보자고 오신 거 아니에요? 그런 거야 이미 알고 있는 사실이잖아요.」

「그렇다는 거야. 알고는 있어야 하잖아. 니 에민…….」

「아버지.」

「그래요. 처음 얼굴 보는 자리에서, 서두를 것 없으니 천천히 이야기해 봅시다.」

채운은 숙인 고개를 들지 않았다. 홍로는 고개 숙인 채운의 모습이 어딘가 낯익어서 불편했다. 강림은 저녁 먹기 전까지 가까운 데 구경이나 가자며 홍로를 잡아끌었다. 홍로는 강림의 손에 끌려 다시 차를 탔다. 열어놓은 차창으로 고향의 바람이 들어왔다. 오랜만에 허파 가득 정다운 냄새가 배인 바람을 집어넣었지만, 즐겁지는 않았다.

홍로는 강림이 데리고 간 지삿개 바위에 앉아 소라와 소주 한 잔을 했다. 절절하도록 낯익은 바다 내음에 자꾸 목이 메어서 소주잔으로 꾹꾹 눌러앉혔다. 그러나 그보단 내일 일이 더 걱정이었다.

염치 불구하고 다락방보다는 안주인이 내주는 부엌방에 자리를 편 것은 이렇게 일찍 집을 나서기 위함이었다. 홍로는 어젯밤 미리 보아둔 집 뒤란의 삽을 찾아들고 어스름한 새벽길을 나섰다. 변하긴 했지만 꿈에도 잊지 못한 길이었기에 어둠 속에서도 발걸음은 신속했다. 긴장으로 목덜미가 뻐근했지만, 스스로 내뱉는 가쁜 숨소리가 뒤쫓아오는 남의 발소리 같아서 자꾸 서둘러 걸었다. 뽀시락거리는 비닐봉지 소리도 공연히 마음에 걸렸다.

홍로는 주위를 두리번거렸다. 분명 예전의 자리다 싶었는데 변해버렸다. 홍로는 좀더 위로 올라갔다가 다시 내려왔다. 아무리 보아도 예전의 그 자리였다. 그러나 그곳은 이미 귤밭이었다! 서둘러 올라온 무릎에서 힘이 빠져나갔다. 홍로는 돌멩이 위에 잠시 앉아서 숨을 가다듬었다. 담배 생각이 간절했지만, 참았다. 마을제를 지내던 곳이 귤밭이라니! 홍로는 자리를 털고 일어났다. 이대로 포기할 순 없었다. 홍로는 다시 한번 주위를 살피고, 기억을 더듬었다. 앞뒤 나무들과 뒷동산의 산모양 등을 꼼꼼이 살폈다. 두방망이질 치는 가슴에서 연신 뜨거운 김이 솟구쳤다. 그러나 이미 변한 모습에선 어떤 확신도 가질 수 없었다. 할 수 없이 홍로는 짚이는 쪽 땅을 살펴보았다. 그런 다음 홍로는 손에 퇴퇴 마른 침을 뱉고 돌멩이 뒤쪽의 땅을 파기 시작했다. 제주도 땅이야 파고 파도 돌멩이 천지지만, 그때도 지금도 삽날에 챙강챙강 걸리는 돌멩이가 신경에 거슬렸다. 사위가 뿌옇게 밝아오기 시작하자 홍로는 더욱 빨리 삽질을 했다. 부지런한 까마귀가 벌써 잠 깨어 까악까악 우짖으며 홍로 머리 위에서 날았다. 멀리 바다가 감청색으로 깨어나고 있었다. 그러나 조급한 마음과 달리 삽 끝엔 돌멩이만 걸려나왔다. 홍로는 다시 주위를 살폈다. 아무것도 걸리는 게 없었다. 하긴 제단이 귤밭으로 변했을 때는 땅이 얼마나 뒤집혀졌겠는가. 홍로는 땅을 파던 삽을 내려놓고 무릎을 꿇었다. 속에서 뜨거운 눈물이 솟구쳐올랐다. 아직 아침거리를 장만하지 못했는지 까마귀가 까악까악 울어댔다.

홍로는 설씨가 사라 몰래 넣어준 한지와 북어와 청주를 꺼냈다. 한라산인지 귤나무인지 허공인지 분간할 마음도 없이 절을 하고 술을 한 잔 따르고 나니 또다시 설움이 북받쳐올랐다. 그날 이른 새벽보다 더한 설움이었다.

아버지 제민의 죽음을 안 건, 이름 모를 들꽃들이 지천으로 흐드러지게 피던 저녁이었다. 설씨도 홍로도 다들 앉아서 먹을 수 있는 형편이 아니었으니, 아픈 제민을 홀로 두고 남의 밭에 하루 종일 엎어져 있어야 했다. 그렇게 하고도 겨우 하루 한두 끼 채울 수 있었다. 제민 앞으로 들어가는 약값과 얻어 쓴 빚이 대추나무 연 걸리듯 걸려 있어 숨통이 트이지 않았다.

남의 밭에서 흘린 땀으로 목욕을 하고, 고픈 배를 끌어안고 들렁모루에 앉아 대낭피리를 불다가 어지러운 머리로 집에 들어서니, 설씨가 토방에 넋 놓고 앉아 있었다. 이미 사위는 캄캄한데, 어둠 속에서 어깨가 무너진 채로 앉아 있는 설씨를 보는 순간, 홍로는 알았다.

「아궁이 막아라.」

「누굴 불러올까요?」

「한참 된 거 같다. 내가 만진다고 만져놨는데…….」

수의랄 것도 없이 빨아놓은 갈옷을 새로 입히는데, 통증 때문에 구부린 제민의 식은 몸이 채 펴지지 않아 땀이 뚝뚝 떨어졌다.

초혼은 호사였다. 목욕재계도 호사였다. 뜬눈으로 구석에 쭈그리고 앉았다가, 찬 기운이 마당에 내리고, 샛별이 유난히 반짝일 무렵 홍로는 살금살금 옆집에 가서 지게를 가져왔다. 제대로 염도 못한 제민을 이불 홑청으로 감싸 지게에 태우고, 설씨는 옷보따리에 삽 하나 들고 따라나섰다. 눈치 빠른 동네 개가 짖을 때면 온몸이 절반으로 수축되어 감각이 없었다. 가파른 비탈길을 오를 때마다 헉헉 뱉어지는 숨소리에 스스로 놀라며 주위를 돌아보면, 보통이 하나 든 설씨가 어서 가라며 손짓을 했다.

처음엔 동산 위쪽 목초지 한쪽에 묻으려고 했다. 하지만 올라가는 길은 너무 가팔랐고, 자갈들에 차이며 넘어질 듯 걷는 길은 너무 멀었다. 벌써 동쪽 하늘이 뿌옇게 밝아오기 시작했다.

「아무도 모를 거다. 마을제를 지내는 장소니까 없애지도 않을 거고. 장소가 푸근하고 딱 좋다.」

설씨는 앞서가던 홍로를 불러 세워 포제동산 제단 쪽으로 잡아끌었다. 마을제를 지내는 장소라 밖에서 쉽게 노출되지 않으면서도 그곳에서는 읍내가 환히 내려다보여서 땅을 파면서 망을 보기도 좋았고, 묏자리로도 좋을 듯싶었다. 어차피 내년 정월에나 제를 올릴 거였고, 그사이 구태여 누가 여기까지 와서 살필 일도 없었다.

잠 자던 산새가 놀라 쭉 포르르 쭉 포르르 울어댔다. 머리 위의 반달이 어찌나 차가운지 홍로는 이마에서 땀이 흐르는데도 등골이 시렸다.

어둠 속에서도 설씨와 홍로는 제민을 묻은 자리를 살폈다. 다섯 걸음 뒤쪽에 동서로 가지가 더 벌어진 소나무가 있었고, 어림짐작으로 보건대 들렁모루에서 곧장 내려오는 선상이었다. 그래도 행여나 싶어서 설씨와 홍로는 낑낑거리며 주위에서 제일 큰 돌을 들어 상석처럼 묘 앞자리에 뉘어놓고, 표식 삼아 그 돌 밑에 작은 돌을 네 개 받쳐놓았다.

멀리 바다 쪽 하늘이 뿌옇게 밝아오기 시작했다. 마음이 다급해지기 시작했다.

설씨와 홍로는 지게도 삽도 한쪽에 내버려두고 구르듯 산을 내려왔다. 일부러 마을 앞길을 피해 돌아 내려오느라고 돌에 넘어지고 잡초에 할퀴었지만 감각도 없었다. 그저 아직 반짝이는 샛별이 있는 게 고마울 뿐이었다.

둘은 포구로 내달렸다. 칡덩굴로 묶어둔 고무신 속에서 땀에 젖은 발이 자꾸 미끄러졌다. 포구는 아직 조용했다. 멀리 포구가 보이면서 설씨도 홍로도 제일 바깥쪽에 묶여 있는 떼배부터 살폈다. 홍로는 턱까지 받치는 숨을 내리누르며 바닷가 집들을 살폈다. 마을은 이른 새벽빛 속에서 고요했다. 다행이었다. 먼저 내달려 온 설씨가 바쁘게 손짓을 했다.

철썩철썩 노 젓는 소리에 심장이 얼어붙을 듯했지만, 죽어라고 노를 저었다. 서쪽으로 이울어진 반달이 희미했다. 한참을 저어가다 고개를 드니, 바닷가 마을이 푸른 새벽빛 속에 잠겨들고 있었다. 섬이 멀어지고 있는 것이다. 울컥 핏물 같은 눈물이 솟구쳤다.

설씨는 소금에 버무린 좁쌀밥 한 덩이를 내밀었다. 내키지 않았지만, 홍로는 두 덩이를 먹었다. 무조건 북쪽으로 내젓는 노가 불안했고, 배 임자가 발동선을 대고 쫓아올지 안심이 되지 않았다. 뿌옇게 날이 밝기 시작했다. 홍로는 설씨와 노를 교대했다. 눈을 떠보니 바다 한가운데 태양이 뜨겁게 떠 있었다. 지금쯤 배 임자는 입에 거품을 물고 한바탕 난리를 쳤을 터이고, 마을에선 차마 저버리지 못한 인정으로 이리저리 돈이며 곡식들을 빌려준 빚쟁이들이 발을 동동 구르고 있을 터였다.

그러나 홍로는 다 버렸다. 중간중간 떠 있는 섬들에 들르고 싶은 욕망을 묶어두고, 한숨 안 쉬고 사흘 동안 노 저어 달려온 바닷속에다 버려두었다. 섬들이 좀더 자주 나타나면서 고기 잡는 어부들에게 방향을 물어 용케도 목포에 닻을 내리는 순간 둘에게 더이상 제주는 없다는 걸 알았다. 홍로도 설씨도 까맣게 탄 빈 껍데기로 육지에 올랐다.

홍로는 뿌옇게 밝아오는 한쪽 하늘을 보며 담배를 피웠다. 진녹색 알알이 달린 귤 사이로 서귀포 시내가 밝아왔다. 고구마밭, 조밭이었던 가난을 다 잊은 듯 시내의 불빛은 휘황했다. 예전에 동산에서 보면 보이던 버섯 같은 초가집들이 아직 눈에 선한데, 저 불빛은 어디에서 피어나는가.

홍로는 다시 부엌방에 누웠다. 설씨에게 뭐라 설명을 해야 하나. 상전벽해라더니. 빈속에 벌써 두 개비째 피운 담배 때문인지 속이 쓰렸다.

「아버지, 편히 주무셨어요?」

홍로는 일어나 앉았다. 그러나 선뜻 나갈 마음이 생기지 않았다. 어젯밤 첫 대면에서 상국은 홍로에게 낯이 익다고 했다. 낯이 익다며 홍로의 얼굴을 들여다보는데 등줄기가 섬뜩했다. 홍로도 그런 상국을 어디선가 본 듯했지만, 찬찬히 생각할 여유가 없었다. 이제 홍로는 또다시 기억을 더듬는 듯한 상국의 눈빛 앞에 서야 한다는 게 두려웠다. 그런 속도 모르고 강림은 떡 하나 공짜로 얻어먹은 놈처럼 아침부터 연신 벙긋거렸다. 홍로는 그런 강림을 보며 상국의 눈빛만큼이나 어려운 난제 하나가 떠올랐다.

어제 저녁, 셋은 갈치국을 사 먹었다. 강림이 다른 걸 먹자고 하는 걸 홍로가 우겨서였다. 오랜만에 맛보는 갈치국이 너무 정겨워서 목울대가 얼얼했다. 그래서 채운에게 별로 말도 하지 못하고 고개 처박고 한 그릇 비우고 집으로 돌아왔는데, 거기 그 계집아이가 있었다. 제 외할머니와 함께 있는 그 아이를 보면서 홍로는 강림에 대해 화가 났다. 어린 딸까지 있는 여자와 사랑에 빠지다니. 순간 굳어지는 홍로의 얼굴을 보았는지 채운의 표정도 어두워졌다.

「내일이면 제 아빠가 데려갈 거예요. 한 번도 이러지 않았는데,

돌봐주던 할머니가 바로 얼마 전에 돌아가시는 바람에…….」

채운은 아이에 대해 변명하는 상국을 못마땅한 얼굴로 바라보았다. 그리고 거기에 대해 보상하듯 아이를 번쩍 안아 볼에 뽀뽀를 하며 자기 무릎에 앉혀놓았다.

홍로는 어설픈 아침 인사를 얼렁뚱땅 얼버무리고 욕실로 피했다. 그리고 마루에 차려진 아침상에서도 상국의 눈빛과 마주칠까 조바심 쳤다. 그러나 똘망똘망한 눈빛의 계집아이와 마주쳤을 땐 몇 숟갈 넘어간 밥알이 일제히 곤두서는 느낌이었다.

아침을 먹고, 강림은 여자에게서 자동차 키를 받았다.

「아이 이야기는 하지 않았잖니.」

「그게 무슨 상관이에요? 설령 채운 씨가 그 아이를 맡아 키운다 해도 별 상관이 없지만, 맡아 키우지도 않을 앤데요. 저도 얘기만 듣고 처음 봤어요. 예쁘잖아요.」

「아무리 젊은 애들 사고방식이 자유롭다지만, 그래도 안되는 건 다 이유가 있어서 안돼온 거야. 어른들이 나이 먹은 건 공으로 먹었다디? 그 여자도 그렇다. 그렇게 멀쩡한 딸을 내버려두고 개가할 생각을 하다니.」

「아이 인생도 있지만, 이제 서른 넘긴 여자의 인생도 인생이에요. 살아온 날보다 어쩌면 앞으로 남은 날이 더 많은 인생을 위해 새로운 선택을 할 수도 있는 거 아니에요? 아버진 엄마하고 생각이 다를 거라고 생각했어요.」

어딘지 알 수 없는 거리엔 제법 자란 야자수가 나란히 심겨 있어, 마치 다른 나라에 온 것 같았다. 홍로가 살았을 적엔 이런 야자수는 없었다. 홍로가 거리에 눈을 오래 두고 있자, 강림은 여기가 보목이에요, 라고 퉁명스럽게 말을 했다. 최소한 관광 가이드 역할은 하겠다는 듯이. 홍로는 고개를 끄덕였다. 여기가 볼목리구나.

「성산 일출봉을 갔다가 도로 집으로 돌아가려구요. 오늘 아이 아빠가 우진이를 데리러 온대요. 그 동안 한 일주일 일본 출장 갔었대요. 아이 때문에 채운 씨가 공항까지 태워다 줘야 돼요. 그사이 잠깐 제가 차를 쓰자고 한 거예요. 어차피 아이 물건도 챙기고 정신없을 테니까.」

「그 남자 봤니?」

「아뇨.」

「그 셋이 있는 모습을 한번 보거라. 조금 삐그덕거렸을지 모르지만, 거기서 가족의 모습을 볼 거다.」

「아버지.」

「아버지 하지 마라. 살다 보면 다들 삐그덕거리면서 살아. 나도 니 에미하고 안 좋은 때도 많았다. 하지만 고비만 넘기면 다들 잘살아. 그런데 그 고비를 넘기기 전에 사랑이네 뭐네 해서 니가 끼여든 걸 거다. 그 여자 고집 어지간하겠더라. 쉽지 않겠지만…… 아무리 그래도 아이가 있는데.」

「그 사람하곤 끝났어요. 이번에도 헤어진 다음 처음 연락이 온 거라구요.」

「글쎄 아무리 사정이 그렇다고 해도 그 여자가 아이 생모니까 연락을 한 거잖니.」

「아이야 지 핏줄이니까 어쩔 수 없지만, 부부야 헤어지면 남이죠. 남이 된 지 오래 됐어요. 살면서도 남이었대요. 남인 채로 일년 넘게 살았대니까 서로가 확인할 거 다 확인한 사이 아니겠어요?」

「결혼도 안해보고 어찌 그리 잘 아니?」

「이게 그냥 돌무더기 같지만, 실은 성이에요. 왜구들이 하도 쳐들어오니까 방어하기 위해 쌓은 거래요. 환해장성이라구요.」

강림은 차창 밖으로 펼쳐진 돌들을 보며 설명을 했다. 그것 때문에 여태 잘도 보이던 바다가 보이지 않았다. 예전에 살면서도 몰랐던 이야기였다. 그러나 그렇더라도 가장 중요한 이야기를 하고 있는데, 환해장성인지 뭔지라니. 홍로는 문득 어떤 수단과 방법을 동원해도 강림을 설득시킬 수 없다는 걸 알았다. 순간 사라의 얼굴이 떠올랐다. 홍로는 한숨을 쉬었다. 그 한숨에 돌무더기에서 돌이 하나 굴러떨어질 법도 한데, 성이라는 그 돌들은 차창 밖으로 빠르게 스쳐 지날 뿐이었다.

홍로도 강림도 입을 다물었다. 홍로는 입으로는 강림의 결혼 이야기를 하면서도 마음속에선 새벽에 벌어졌던 허망한 일들이 정리가 되지 않아 혼란스러웠다.

마을 포제를 지내던 장소라 그렇게 사라질 줄은 꿈에도 생각지 못했다. 매년 정월에 지내는 마을제가 얼마나 큰 일이었던가. 온 마을이 일주일 전부터 몸가짐 조심하며 정성을 드리던 일이 아닌가. 행여 흉사가 있을라, 분쟁이 있을라, 스스로들 칠대 독자처럼 조신하게 몸을 처신하고, 제물을 모았으며, 일년 안녕을 위해 진심으로 빌지 않았던가.

제민을 거기에 암매장했다는 걸 알 사람은 아무도 없을 터였다.

그러나 지금 와 생각하면, 이웃에서 훔친 지게와 삽을 그대로 버려두고 왔다는 것이 마음에 걸리기는 했다. 느닷없이 다 죽어가는 사람을 데리고 온가족이 사라졌다는 것도 미심쩍어할 일이라는 것이 마음에 걸렸다.

홍로는 다시 한숨을 내쉬었다. 아무것도 해결된 것이 없었다. 가망도 없었다.

홍로는 당장이라도 돌아갈까 싶었지만, 강림을 생각해 다음날 아침 일찍 돌아가야겠다고 마음먹었다.

멀리 성산 일출봉이 보였다. 강림은 차를 주차시키고 앞장섰다. 관광 안내원처럼. 열댓 살 때 누군가를 따라와 보고 처음이었다. 홍로는 기억 속에서 그때 이 먼 곳까지 왜 왔던가 헤아려보았지만, 끝내 기억해 낼 수 없었다. 홍로는 강림의 등짝을 보며 휘이휘이 산등성이로 난 계단을 올랐다. 해가 머리까지 올라와서 더웠다. 가을이라곤 하지만, 한낮의 태양은 아직 뜨거웠다.

홍로는 긴팔 점퍼를 벗어 들었다. 눈부시게 푸른 잔디가 심겨진 분화구를 멍청하게 바라보았다. 어째서 마을제를 지내던 동산이 귤밭이 되었을까, 생각할수록 속이 쓰렸다.

사실 생각해 보면 어머니 설씨는 아버지 제민이 죽기 전부터 제민의 죽음 이후를 궁리해 둔 게 분명했다. 아버지가 돌아가셨는데도 당장 마을에 알리지 않은 거하며, 아궁이 막으라는 소리는 할 정도였으면서도 아버지 시신을 어둠 속에 방치해 둔 거 하며, 남들 다 자는 늦은 밤에 조밥을 넉넉히 해둔 거하며, 조밥을 할 동안에 옆집에 가서 지게를 살짝 가져오라고 한 거하며 모든 게 그랬다. 하긴 밤늦게 조밥을 짓고 지게를 가져오라고 할 때 이미 홍로도 무언가 심상치 않은 일이 있으리란 걸 알았다. 하지만, 그 길로 집을 나서서 영영 돌아오지 못할 거라는 생각이 스친 건 한밤중에 앉은 채로 깜박 졸고 있는 홍로를 흔들어 깨웠을 때였다. 스물 넘도록 남의 집 일로 돌아친 깜냥도 깜냥이지만, 설씨가 꾸려놓은 보따리와 어둠 속에서도 빛나는 비장한 눈빛이 그것을 말해주었다. 문득 바깥 물질 나간 청비가 생각났지만, 그건 입도 뻥긋 못할 일이었다. 그래도, 그래도 이토록 감쪽같이 포제동산이 감귤밭으로 변할 거라는 건 몰랐다. 정말이지 몰랐다. 삼십 년 넘도록 제민의 마지막이 가슴에 묻혀 있을 줄은.

「일단 집으로 가서 채운 씨 공항 보내고, 우린 딴 데 더 구경해요.」

강림은 표정 없이 달랑달랑 따라다니는 홍로의 수심 찬 얼굴을 흘끗 보았다.

「안전벨트 하세요. 힘들어요? ……차 주고 나와서 우리 맛있는 거 사 먹어요. 제가 그 동안 맛있는 집을 많이 알아놨거든요.」

강림은 왔던 길과 다른 길로 돌아갔다. 비록 차창 밖으로 보는 제주지만, 짧은 시간 동안이나마 많은 풍경을 감상하라면서. 어딜 봐도 예전의 제주는 아니었다. 그러나 홍로는 가슴 가득 채워지는 제주의 바람을 알았다. 그리움과 쓰라림이 배어 있는 제주의 공기.

잔디가 고운 마당에는 젊은 남자가 담배를 피우고 있었다. 순간 홍로도 강림도 그가 우진의 아빠라는 걸 알았다. 강림도 홍로도 저도 모르게 그 남자를 살폈다.

단정하고 준수한 남자였다. 집 안에선 이미 갈 준비를 끝냈는지 채운과 우진이 가방을 현관에 내놓은 채 소파에 앉아 있었다. 홍로는 곧장 부엌방으로 들어가 가방을 쌌다. 가방이라야 밤에 입고 잤던 옷만 집어넣으면 되었다. 가방을 들고 나오자 채운과 나란히 섰던 강림이 놀라 달려왔다.

「더이상 있을 일도 없다. 갈란다.」

강림은 말도 안된다며 말렸다. 아이 가방을 들고 있던 채운도 더 있다 가시라고 했지만 홍로는 더 있고 싶지가 않았다. 생각해 보니 어젯밤 밤새 불어제끼던 바람도 마땅치 않았고, 지장샘이 졸졸 흐르는 소리도 서글펐으며, 머리맡을 어지럽히던 삼나무 그림자도 새삼 무서웠다. 이 나이에 나무 그림자에 무섬증을 느낀다는 것도 불쾌했다.

「지금 가시면 비행기 표도 없어요.」

「기다리면 나온다. 내 맘이 벌써 가라고 손짓했어. 가자. 이 아이 가는 길에 같이 가면 되겠구나. 두 번 걸음도 안하고.」

홍로는 성큼성큼 마당으로 내려섰다. 할 수 없다는 듯이 강림도 채운도 따라나왔다. 상국이 섭섭하다며 깍듯한 인사를 해왔다. 채운이 운전석에 앉았고, 강림이 조수석 문을 열었다.

「니가 운전해라.」

채운이 마지못한 듯 우진과 함께 뒷자리로 옮기는 동안 홍로는 갑자기 생각났다는 듯이 상국을 향해 돌아서서 물었다.

「참, 이 마을엔 포제를 지내지 않나요?」

「예, 한 삼십 년 됐지요, 안 지낸 지가.」

「그래요? 왜?…….」

「글쎄요. 소문엔 그곳에 어느 몹쓸 사람이 암장을 했다고…….」

「아, 예. 그럼 마을제를 지내던 곳이 무덤이 됐습니까?」

「아니지요. 오래 전에 귤밭으로 변했지요.」

「아버지, 빨리 타세요.」

「그래, 알았다. 아니, 오다 들으니까 몇몇 사람들이 마을제 이야기를 하길래.」

「다시 부활시켜야 한다고 말들은 있는 모양인데, 잘 모르겠네요.」

「참, 그 임자는 누굽디까?」

「아버지이.」

「무슨 임자요?」

「그 시신 임자요.」

「잘 모르겠네요. 임자가 나섰다는 이야기도 없었고. 오랫동안 방치됐다가 귤밭이 됐으니까, 밭을 만드는 과정에서 유실됐지 싶네요. 근데, 왜 그런…….」

「아뇨, 아까 사람들 이야기를 언뜻 들었더니 궁금해서요. 그럼, 공연히 폐만 끼치고 갑니다.」

삼십 년 세월이 녹아내린 얼굴에서 자꾸만 옛 흔적을 찾아내려는 상국의 눈빛을 뒤로하고 홍로는 차에 올랐다.

조수석에 앉은 홍로는 자꾸 눈 언저리를 닦아냈다. 뒷자리에선 우진이가 오랜만에 만난 자기 아빠에게 연신 재잘거리며 수다를 떨었다. 홍로는 목울대가 뻑뻑하게 아파서 자꾸 한숨을 쉬었다.

제민은 평생 가난했다. 물려받은 땅도 없었거니와, 그나마 있던 뜬땅 조금 마련한 것도 손톱이 닳도록 일하고, 다리에 가래톳이 서도록 산으로 들로 쏘다녀서 마련한 것이었다. 딱히 사농바치(사냥꾼)랄 것도 못되는 일거리로 겨울을 나고 여름엔 버섯을 채취하는 일이 전부였다. 그도저도 안되면 오랜 친구인 기철이네 뱃일에 짬짬이 끼어서 입에 풀칠이나 하고 살았다. 그래도 성품이 밝고 온화한 데다 큰 허우대와 잘생긴 외모 때문에 어린 홍로의 기억 속엔 늘 풍족한 모습으로 남았다. 봄이면 섯보리 밥도 없어서 집집의 처마 밑에 넘치는 양에로 아린 배를 채웠지만 제민의 우스갯소리와 옛날 이야기로 고픈 배를 잊을 수 있었다. 가을에 지붕을 얹는 날이면 동네 집줄은 죄다 돌렸고, 이른봄 집집마다 나서서 케담을 정리하는 날이면 으레 윤기 나는 목청으로 한소리 뽑아올렸으며, 남의 집 도새기 엉덩이가 푸짐해지면 며칠 전부터 입가에 웃음을 달고 다니며 공연히 좋아라 했고, 그 일로 설씨가 눈을 흘기기라도 하면 홍로를 끌어안고는 누구네 집 도새기 큰 거 보니 잔칫날이 코앞인데 안 즐거운 사람이 이상하다며, 홍로를 가운데 끼고 농담하길 좋아했다. 가진 거라곤 손바닥만한 뜬땅이 전부였어도 매사에 낙천적이어서 자리보전하고 눕기까지 싫은 소리 한 번 안하고 홍로를 키웠으며, 늘 냉정하고 염치 잘 차리느라 조신한 설씨의 입에서 한번씩 박장대소할 웃음을 끌어내기 일쑤였다. 제민이 앓아누운 뒤로 홍로가 늘 품에 끼고 다니며 불어제껴서 설씨를 속상하게 했던 대낭피리도 아버지 제민에게서 전수받은 솜씨였다.

연신 지절대던 우진이마저 잠들자 차 안은 무거운 침묵뿐이었다. 각자 자기 쪽 창으로 고개를 돌린 사람들은 돌아앉은 부처였다. 차는 무거운 침묵을 싣고 굽이굽이 한라산을 돌았다. 한라산 속살을 헤집고 난 오솔길 너머로 선연한 단풍 몇 잎이 햇살에 빛났다. 돌아앉은 사람들은 몸부림치며 익어 있는 단풍을 무심한 눈길로 슬쩍 스쳤다.

주차장에 차를 대고, 강림은 표를 구하러 나섰다. 시간을 맞춰 왔는지 우진과 그 아버지는 출구로 향했다. 홍로는 멀리서 그 가족을 바라보았다. 채운이 우진을 꼭 안았다. 그러고는 목에서 목걸이를 빼서 아이에게 정성스럽게 걸어주었다.

홍로는 그 모습을 뚫어지게 바라보았다. 심장이 빠르게 파닥거렸다. 우진이 우는 소리가 들렸다. 채운이 우진을 다시 안아주었고, 곧 남자가 우진을 안고 출구로 나갔다. 어쩐지 자꾸 가빠지는 가슴을 홍로는 눌렀다. 긴 한숨을 토해냈지만, 여전히 숨쉬기가 힘들 정도로 호흡이 빨라졌다.

「다행이네요. 이십 분 뒤에 출발하는 비행기가 있어요.」

「같은 비행기니?」

「아뇨, 저쪽은 대한항공이고 아버진 아시아나예요.」

홍로는 어쩐지 다행이라고 생각하면서도 섭섭했다. 그 목걸이를 다시 한번 보고 싶었다. 홍로는 머릿속이 복잡했다. 좀더 같이 기다리겠다는 강림을 뿌리치고 미리 출발 대기실로 나섰다. 눈이 빨갛게 부은 채운이 인사를 했지만, 받았는지 어쨌는지 기억하지 못했다.

그랬다. 성산 일출봉에서 집에 돌아왔을 때, 홍로는 채운의 목에 걸린 목걸이를 보았다. 그 목걸이를 보는 순간 섬광 같은 무언가가 머릿속을 헤집으며 스쳐갔다.

그러나 무언지 잘 몰랐다. 다만 당장 서울로 올라가야겠다는 느닷없는 결심이 섰다. 그리고 내내 알 수 없는 무언가가 마음을 옥죄고 있었다. 그러나 홍로는 알았다. 그것이 상국의 입에서 마지막으로 확인한 제민의 무덤 때문이란 걸. 하지만 지금 홍로는 그 문제말고 무언가가 더 있었다는 걸 확실히 알았다. 목걸이었다. 차에서도 자꾸 그 목걸이를 돌아보고 싶었지만, 이미 붉어진 눈자위를 감추느라 차창으로 고개를 돌려야 했고, 가족이 탄 뒷자리를 뒤돌아볼 어떤 핑곗거리도 생기지 않았던 것이다.

비행기 안에서 홍로는 벌떡 일어나려다가 안전벨트에 걸려 도로 주저앉고 말았다.

그건 둘만의 결혼 선물이었다. 유채꽃 첫날밤을 보냈던 다음날, 홍로는 청비에게 무언가를 해주고 싶어서 미친 듯이 들로 바닷가로 쏘다녔었다. 해주고 싶은 마음은 굴뚝 같은데, 해줄 게 없는 환장하게 서러운 가난. 홍로는 칡덩굴 껍질을 얇게 벗겨내 비벼서 꼬았다. 그런 다음 청비가 간간이 가져다 주었던 작은 전복껍데기를 가운데 끼우고 양쪽으로 보말껍데기를 서너 개 끼워서 목걸이를 만들었다. 지천으로 널린 칡덩굴이었고 조개껍데기여서 초라했지만, 청비는 기쁘게 받았다. 청승맞다고 설씨가 늘 못마땅해 했던 커다란 청비의 눈에 기쁜 사랑이 그렁그렁 맺혔다.

홍로는 일어서서 당장 비행기를 돌리라고 하고 싶었다. 암만 생각해도 그 목걸이었다. 요즘 세상에 칡덩굴로 목걸이를 만드는 사람이 어디 있겠으며…… 그러나 무엇보다, 오 맙소사, 강림이 가져온 그림. 그 그림을 그린 게 채운이랬다.

그러나 홍로는 다시 도리질을 했다. 설령 같이 보낸 사흘 밤에 홍로의 씨앗이 떨어졌다 하더라도, 채운의 엄마라는 여자를 보지 않았던가.

난마처럼 얽힌 생각의 타래들에 쓸린 가슴에는 핏물이 고였다. 점점 숨쉬기가 어려웠다. 지나던 스튜어디스가 물을 가져다 주었다.

홍로는 공항 의자에 앉아서 한참을 쉬었다. 곧장 집으로 돌아갈 마음도 힘도 없었다. 모르고 살았지만, 지난 삼십여 년은 남들 앞에 놓인 것처럼 차분히 흘러간 게 아니었다. 얽히고 뒤틀리고 상처투성이로 엎어지고 깨지며 흘렀던 것이다. 얽힌 실타래의 시작은 삼십여 년 저쪽에 있었다. 제민의 시신은 감쪽같이 유실되었으며, 비록 구덕혼사였지만, 첫번째로 결혼한 여자는 삼십여 년을 아프게 살았을 것이며, 설씨와 홍로의 가슴은 삼십여 년 동안 아무도 모르게 썩어 문드러져왔다.

홍로는 흡연실에서 오래도록 담배를 피웠다. 오랫동안 묻어두었던 청비 생각이 꼬무락꼬무락 피어올랐다.

홍로는 등짝이 흠씬 젖은 지친 몸으로 갈비집 문을 열었다. 간 지 하룻밤 사이에 초죽음이 되어 돌아온 홍로를 보고 사라가 놀라서 달려나왔다.

「멀미하고 탈이 좀 나서 그래.」

이층으로 올라와 자리를 깔아주는 사라를 아래층으로 내보내고,

홍로는 설씨 방으로 건너갔다. 사라의 호들갑 때문에 나와보았던 설씨는 홍로를 보고 굳은 표정으로 방안에 앉아 있다가 홍로를 맞았다.

「어머니!」

「됐다. 내 얘기했잖니. 니 아버진 새가 되었다. 새가 되었어.」

「죄송합니다. 아무리 그래도 진작에 찾아보았어야 했는데.」

「더이상 그 이야기는 말자. 대신에 나 죽거든 화장이나 하려므나.」

「어머니.」

「아냐, 그래야 내 맘이 편하다. 가서 쉬어라. 많이 힘들어보인다.」

홍로는 더이상 할말도 없었고, 설씨 얼굴을 마주보고 앉아 있기도 힘들었다.

제민의 문제는 서로가 상처였다. 홍로는 사라가 펴놓은 자리에 누웠다. 너무 피곤해서 손가락 하나 까딱하기 싫은데, 감은 눈동자 속으로 온갖 상념들이 또렷이 살아났다. 그리고 공항에서부터 줄곧 떨칠 수 없던 목걸이에 대한 의문은 갈수록 더 커졌다.

언제 잠이 들었나 보았다. 홍로는 소스라쳐 놀라 일어났다. 온몸이 땀으로 젖어 있었다. 사라가 옆에서 고른 숨소리로 잠이 들어 있었다. 홍로는 살며시 방을 빠져나왔다.

마루에 나오니 시계는 새벽 세시가 넘어 있었다. 홍로는 담배에 불을 붙였다.

꿈이었다. 아무래도 목걸이에 대한 생각에 너무 골몰했나 보았다. 시퍼런 바다였다. 홍로는 기분 좋게 헤엄을 치고 있었다. 어제 보았던 바로 그 제주 바다였다. 오랜만에 어렸을 적처럼 즐겁게 물살을 가르며 놀고 있는데, 느닷없이 커다란 상어가 내달려왔다. 같이 놀던 친구들은 벌써 다 어디론가 도망가 버렸는데, 홍로만 동그마니 남아 있었다. 그런데 느닷없이 누군가 손을 내밀었다. 자세히 보니 손이 아니라 목걸이었다. 홍로는 죽을 힘을 다해 목걸이를 잡았는데, 그건 어느결엔가 죽은 친구의 한쪽 다리로 변하고 말았다. 이미 한쪽은 상어에게 뜯긴 반쪽의 다리.

그러나 담배를 피우면서 곰곰이 꿈을 되작거려보니 목걸이를 내민 사람이 청비였던 것 같았다. 눈물 그렁그렁한 눈으로 애써 웃으며 청비는 목걸이를 내밀었었다.

홍로는 망설이다가 강림의 작업실 문을 열었다. 불을 켜고 문 뒤에 놓았던 이젤 위의 그림을 다시 보았다. 분명했다. 그 동안 애써 부인하려 했지만, 그건 분명 청비였다. 유채꽃밭에서 첫날밤을 보냈던 앳된 모습보다는 조금 성숙해 있었지만, 어쩐지 슬프고 지쳐보였지만, 분명 청비였다. 홍로는 작업실 소파에 털썩 앉았다. 스프링이 망가진 소파는 아이쿠나 하며 푹 꺼졌다. 홍로는 다시 담배를 꺼냈다. 그리고 채운을 생각해 보았다. 닮은 구석이 있는 듯도 했다.

그러나 홍로는 도리질을 했다. 한 집에 있던 채운의 엄마를 보고도 무슨 망상이란 말인가.

등을 바닥에 대면 그대로 잠들 것같이 피곤했지만, 홍로는 잠을 자기가 두려웠다. 밤마다 홍로는 가위에 눌렸다. 자리에 누우면 온몸이 어딘가로 빨려들어가는 듯한 착각에 시달렸다. 분명 자리에 누웠는데, 머리맡에서 누군가 물살을 가르며 헤엄을 쳤으며, 호이 호이 숨비소리가 나기도 했다. 그런가 하면 불턱에 앉은 해녀들이 홍로의 가슴을 눌렀다. 아무리 살려 달라고 애원하고 소리치고 싶어도 몸은 꿈쩍할 수 없었으며, 목소리는 목에 잠겨 나오지도 않았다. 지독한 악몽이었다. 자리에서 일어날 때마다 홍로는 자신이 물에 팅팅 불어터진 시신같이 느껴졌다.

갈수록 홍로는 야위어갔다. 등은 더 많이 굽었고, 잠을 자지 못한 눈은 늘 충혈되어 반쯤 감겨 있었다.

제주에 갔다 온 뒤로 며칠 바짝 그 여자가 어떻더냐, 단단히 쐐기는 박아놨느냐며 홍로를 들볶아대던 사라에게서도 강림의 이야기는 쏙 들어가 버렸다.

「여보, 제주에서 무슨 일 있었어요?」

「무슨 일은…… 그냥 늙어가는 것뿐이야.」

「당신하고 한두 해 살아요? 혼자 끙끙 앓지 말고 고민 있으면 다 얘기해요. 강림이가 정말 그 여자하고 살림이라도 차렸습디까?」

홍로는 말도 안되는 소리라며 대꾸도 하지 않았다.

「당신 제주에 갔다 오고 나서 정말 이상해졌어요. 밤마다 헛소리를 해대질 않나, 놀라서 벌떡 일어나질 않나. 그러잖아도 요 며칠 새 어머니도 자꾸 식사를 제대로 못하시고 골골해서 걱정돼 죽겠는데, 당신마저 왜 그래요.」

홍로는 설씨를 생각했다. 버틸 수 있는 데까지 많이 버텨오셨다. 얼마 전부터, 니 아버지는 새가 됐다고, 새가 됐다고 스스로 위안을 삼았지만, 막상 제민의 소식을 들었을 땐 충격이 컸을 것이다.

그러나 홍로는 설씨를 위로할 아무것도 알지 못했다. 더구나 홍로는 스스로의 문제에 갇혀 있었다. 밤마다 가위눌림에 시달려서 지쳐 있었다. 문득문득 목걸이 생각이 떠오르면 두통이 몰려왔다. 등뒤에서 누군가 채찍질로 자기를 몰고 있다는 생각에 두려웠다. 갈 방향도 알 수 없는데, 그 알 수 없는 누군가는 자꾸 가라고 밀어대고 있었다.

그리고 끝내 홍로는 벼랑 끝에 서고 말았다. 끈질기게 붙잡고 살아왔던 짐덩이가 드디어 재로 변해버리자, 설씨는 눈에 띄게 그 당당한 풍모를 잃어가기 시작했다. 그러더니 미련없이 이승을 버리고 말았다.

「애비, 니가 풀어라. 지나고 보니 움켜쥐고 꼭꼭 숨겨놓아도 어쩔 수 없는 게 있나 보다. 니 눈 속에 아직 두려운 게 있는 모양이다만, 이제 놓아버려라. 너에게 큰 짐 하나 놓고 가는구나.」

떠나기 전날, 마치 자신의 운명을 알았다는 듯이 설씨는 홍로의 손을 꼭 잡고 놓질 않았다.

설씨의 유언대로 시신은 화장했다. 그러나 홍로는 설씨의 유골을 그대로 집으로 들고 들어왔다. 막상 화장을 하자고 했을 때도 돈이 없냐, 자식이 없냐, 찾아갈 무덤이라도 있어야 허전하지 않은 법이라며 극구 반대를 했던 사라는 또다시 기겁을 했다.

홍로는 설씨의 유골을 방에 모셔두고, 가족들을 불러모았다. 어머니 말대로 풀어야 할 때가 왔다고 생각했다.

삼십여 년 저쪽의 일들이 드디어 풀려나왔다. 아무도, 삼십 년 넘게 살아온 사라조차 모르는 일이었다. 처음 이야기를 꺼낼 땐 감정이 북받쳐 아무말도 할 수 없을 것 같았지만, 홍로는 담담하게 자신의 이야기를 털어놓았다.

차라리 홀가분했다. 사라도 자식들도 놀란 얼굴로 조금씩 동요됐지만, 홍로는 고요하게 가라앉는 느낌으로 평안했다. 밤이 깊었다.

홍로는 오랜만에 두려움 없이 자리에 누웠다. 한동안 놀랐다는 듯이 한숨을 들이쉬고 내쉬던 사라가 홍로를 가만 안아주었다.

「당신, 이제 편하게 살아요. 어머니 말대로 아버님은 정말 새가 되셨을 거예요. 그리고 이젠 텔레비전에서 목포가 나와도 당신 부르지 않을게요.」

아침이 되어서도 홍로는 사라의 손을 쥔 채로였다. 서로가 냉랭한 등만 보이지 않고 자도 좋겠다는 생각을 할 때가 많았는데, 참으로 오랜만에 둘은 나란히 손을 잡고 잤다.

홍로는 강림과 함께 비행기를 탔다. 유골이 담긴 상자를 꼭 안았다. 죽어서야 고향으로 돌아가는 설씨였지만, 설씨에겐 더이상 여한이 남지 않았다는 걸 알았다. 곧 착륙한다는 방송이 나오고 홍로는 창으로 아래를 내려다보았다. 색색의 지붕이 녹색 숲 속에 보석처럼 박혀 있는 게 보였다. 지난번 왔을 때는 차마 창 쪽으로 앉지도 못했지만, 이제 홍로는 평화로운 기운을 느낄 수 있었다. 오랫동안 몸 속에 고여 썩어 문드러진 것을 토해놓으니, 몸도 마음도 가뿐했다. 그러나 그건 완전한 건 아니었다. 아직 풀어야 할 숙제가 하나 남아 있었다. 홍로 혼자만이 감당해야 할 외롭고 두려운 문제였다. 홍로는 비행기 창으로 섬을 내려다보면서 계속 망설였다. 청비를 찾을 것인가. 이미 남의 아내가 되어 잘살고 있는데, 옛 상처를 들춰내서 좋을 것이 무엇인가. 때론 들키고 싶지 않은 일도 있지 않겠는가. 청비에겐 홍로가 바로 그런 일일 것이다. 하지만 홍로는 또다시 마음이 산란해지기 시작했다. 어째서 생전 보도 듣도 못한 남의 손에 그 목걸이가 넘어갔는지. 세상에 혈육이라곤 무자년(제주 4·3사건)에 산화된 죽은 영혼들밖에 없는 청비지 않은가. 혈혈단신인 그녀가 그 목걸이를 남에게 넘겨준 사연은 무엇이란 말인가. 그것도 삼십 년 곱게 간직했다가 헤어지는 어린 딸의 목에 걸어줄 정도로 애틋함이 담긴 물건으로 말이다.

홍로는 허리를 구부려 유골 상자에 턱을 고였다.

「어디에 뿌리시게요?」

강림이 골몰해진 홍로를 바라보며 물었다. 삼십 년 넘게 고여 썩은 걸 토해낸 자리에 새로운 가족의 사랑과 애틋함이 채워지는 걸 홍로는 어젯밤 확연히 깨달았다.

「글쎄다. 니 할머닌 바다와 그리 인연이 많지 않은 분이고, 할아버지 묻혔던 곳이 이미 귤밭이 되어버렸으니, 그 어름으로 보내드려야 되지 않겠나?」

「어젯밤에 자리에 누워서 오래 생각했어요. 참 인연이란 게 묘한 거구나. 아버지가 가난 때문에 도망쳤던 바로 그 땅으로 아들이 다시 들어왔으니 말예요.」

홍로는 말없이 웃었다. 처음 강림이 제주도로 간다고 했을 때의 그 당혹감. 그리고 그곳 여자와 결혼하겠다고 했을 때의 절망감. 설씨는 그게 그냥 이뤄진 게 아니라, 무엇엔가로 끌려가는 것이라고 했다. 조상들의 태를 사른 땅의 정기며, 제민의 영혼의 부름이라고.
홍로가 다시 서귀포에 도착한 건 그새 짧아진 가을 해가 설핏해졌을 무렵이었다. 강림은 공항에 내리자마자 전화기부터 붙잡더니, 서귀포에 도착하자, 마침 리무진 버스에서 내린 곳이 화방과 가까운 곳이라며 화방 먼저 들르고 싶은 눈치였다. 그러나 홍로가 손을 잡아끌었다. 홍로는 항구에서 막바로 택시를 잡아 지장샘까지 갔다. 그곳에서 동산으로 가파른 길을 훠이훠이 올랐다. 귤밭으로 변한 옛 포제단을 지나 한참을 더 올라가자 덤불숲이 나타났다. 홍로는 그곳에 서서 한숨을 내쉬고 상자 뚜껑을 열었다. 홍로는 설씨에게 오랜만에 돌아온 고향집을 구경이라도 시키듯 상자를 들어 서귀포 시내 쪽을 향해 들었다. 그리고 설씨의 한이 서렸을 뼛가루를 아래쪽을 향해 날렸다. 마침 한라산 능선을 타고 내려오는 바람을 타고 설씨는 하얗게 날아갔다. 머리 위에서 까마귀 몇 마리가 빙빙 큰 원을 그리며 날았다. 멀리 삼매봉 너머로 노을이 붉게 물들기 시작했다.

홍로는 돌멩이 위에 앉았다. 붉은 노을 기운이 얼굴 위로 따스하게 번졌다. 한라산 바람이 굽은 등짝을 부드럽게 애무하며 흘러가고, 까악까악 날던 까마귀는 어디선가 날개를 접었는지 보이지 않았다. 홍로는 무심결에 주머니에 손을 넣었다. 그러나 대낭피리는 없었다.

강림은 괜찮다고 했지만, 홍로는 한사코 밖에서 저녁을 먹고 가자고 했다. 예전에 먹었던 자리물회 맛을 다시 보고 싶었다.

한여름이면 바닷가 사람들이 지게에 자리를 지고 중산간 마을 골목마다 돌아다니면서 외치곤 했다.

「자리 삽서! 자리 삽서!」

큰맘 먹고 어머니가 자리 장수를 불러 집 안에 들이면 그때부터 입 안 가득 침이 고이곤 했다. 보릿대가 깔린 마당에 자리가 담긴 지게가 턱 하니 놓여지면, 골목에서 놀던 홍로는 재빨리 눈치를 채고 친구들과 놀던 놀이도 내팽개치고 집 안으로 달려가곤 했다. 된장 고추장에 버무려진 자리를 행여라도 먼저 맛보고 싶어서 손을 내밀면 어머니는 영락없이 눈을 흘기며 손등을 맵게 탁 쳐냈다. 그러고는 돌아서는 홍로의 뒷모습에 마음이 약해져서 홍로가 맛보고 싶었던 양보다 훨씬 많이 푹 떠서 입에 넣어주곤 했다.

자리물회 한 그릇 뚝딱 비우고 나서자 속에서 한기가 들었다. 가을은 아무도 못 속이는 모양이었다. 자리물회 한 사발에 닭살이 돋은 홍로는 부르르 몸을 떨었다. 그러고는 찐득하니 묻어 있는 생각 하나를 털어냈다.

「저 말이다, 우리집에 니가 갖다 논 그림 있잖니?」

「예.」

「그거 산 곳이 어디냐?」

「왜요? 더 보고 싶어서요?」

강림은 빙긋 웃으며 홍로 손을 잡아 끌었다. 이미 알아볼 수 없도록 변한 번잡한 거리를 지나서 강림은 좁은 계단을 익숙하게 올라갔다. 그러나 홍로는 강림의 등을 따라가면서도 간판 이름이 눈에 확 들어와서 멈칫했다. 참으로 카페 이름치고는 이상한 이름이었지만, 낯익었다. 홍로는 속으로 그 간판 이름을 중얼거렸다. '물질 나간 여자'라. 그러나 간판에서 받은 전율은 아주 미미한 것이었다. 홍로가 문을 연 카페 안으로 들어서자 온통 청비였다. 홍로는 선뜻 안으로 들어서지 못하고 멈칫 서고 말았다. 먼저 성큼성큼 걸어 소파에 앉은 강림은 벽에 걸린 그림들을 둘러보며 웃었다.

「이, 이게 다 그 채운이란 여자가 그린 거란 말이니?」

「예, 아마추어치곤 꽤 괜찮죠? 저도 아버지 덕분에 오랜만에 와 보네요.」

홍로는 탁자에 놓인 물을 한 모금 꿀꺽 마셨다. 분명 채운이는 청비와 예사롭지 않은 인연이 있는 사람이었다.

「온통 같은 사람이구나.」

「예……, 이건 아버지만 아세요. 그러잖아도 반대해서 이런 얘기 안하려고 했었는데, 이 사람이 바로 채운 씨 친엄마래요. 해년데, 물질 나가서 죽었대나 봐요.」

홍로는 하얗게 변해서 뒤로 넘어졌다.

10

울지 마라 울지 마라
함바개기 벌어져 부렀져
땅도 벌여져 부렀져
밥그릇 국그릇
몬 벌어져 부렀져
아이구 이거 울지 마라

누렇게 겨울 채비에 나선 잔디 위에 서늘한 바람이 한차례 지나고, 야자수 그림자가 흔들렸다. 주먹만큼씩 열린 귤들은 이제 조금씩 노란 빛을 띠기 시작했다. 지난번 급하게 서울로 올라가는 강림을 태우고 5·16 도로를 넘자니 군데군데 단풍이 화사했었다. 단풍터널을 지날 땐 옆에 상(喪) 당한 강림이 앉아 있는데도 저절로 탄성이 나왔었다. 그러나 좀더 있으면 산등성이 귤밭마다 노랗게 익은 귤들이 초록빛 숲 속에서 선연히 돋아날 것이다. 귤림추색(橘林秋

色).

채운은 소파에 거꾸로 앉아 턱을 소파 등받이에 대고 마당을 내려다보고 있었다. 어제는 우진이가 전화를 했었다.

「엄마, 엄마는 언제 우리집 놀러와?」

그 소리가 귀에 쟁쟁해서 밤새 잠을 설쳤다. 아침 늦게 일어나니 상국은 벌써 일을 나가고 적막한 거실엔 네모난 가을 햇살만 살짝 놓여 있었다. 그 햇볕을 보자, 그 네모난 빛살 속에서 저 혼자 폴짝거리며 놀던 우진의 얼굴이 떠올라 그만 맥이 빠지고 말았다.

요즘 들어 수영은 가끔 전화를 했다. 우진이를 앞세우기도 했고, 스스로 하기도 했다. 어쩌다가는 술기 묻은 목소리가 넘어오기도 했다.

그러나 채운은 알았다. 이제 수영이 마음으로도 정리 단계에 들어갔다는 걸. 그가 지나치게 차분해졌거나, 지나치게 열정적일 때 그의 또다른 마음에선 이별을 준비하고 있다는 걸. 괜찮다고 괜찮다고 할 때 정신을 바짝 차려야 했다. 사랑한다고 너무 열렬히 매달릴 때 같이 호흡해 주지 않으면 어느 순간 연줄처럼 딱 끊어져서는 돌아올 수 없는 길로 떠나버리는 사람이었다. 그는 그런 사람이었다.

채운은 마음 한편에서 조바심이 일었다. 이때가 지나면 이제 영영 우진의 얼굴조차 보지 못할 것이다. 수영은 냉정하고 분명한 사람이었다.

채운은 억지로 소파에서 몸을 일으켜 세웠다. 아침부터 몸이 아래로 처졌다. 세수만 겨우 하고 맨얼굴로 집을 나섰다.

채운은 화방 문을 열었다. 푸석한 공기와 함께 그림물감 냄새가 풍겨왔다. 욱, 욕지기가 나왔다. 욕지기를 하면서 행여 분식집 여자가 봤을까 얼른 접었던 허리를 폈다. 아이를 갖고 싶어 환장하겠다는 여자에게 공연히 미안해 요즘은 김밥도 사 먹지 못했다. 그나마 얼마 전부터 분식집은 열리지 않았다. 닫힌 문은 아이를 잉태치 못한 그녀의 자궁처럼 고적하고 쓸쓸했다. 귤 농사철이 되기 전에 서울의 유명한 불임 클리닉에 예약해 두었다고 했던 그녀였다. 그러더니 서울에 올라갔는지 보이지 않았다. 소문에는 딴 남자와 바람이 났다고도 했고, 서울에서도 신통한 일이 없어 급기야 이혼했다고도 했다. 채운은 가을 햇살을 들이지 못하는 닫힌 분식집 문을 바라보았다.

요즘 들어 채운은 본격적으로 그림 공부에 매달리기 시작했다. 기초를 튼튼히 다지기 위해 예전에 했던 데생 연습도 다시 하고, 병행해서 들로 나가 스케치해 온 그림들을 그리기도 했다. 채운은 문을 활짝 열어 새로운 공기를 채워넣으면서 청소를 했다. 이렇게 화방에 나와 있으면 우진이 생각에서 조금이나마 벗어날 수 있어서 좋았다. 그림에 몰두해서 자신을 잊어버리면 거기엔 우진이도 없었다.

강림은 열심히 그림 공부를 해서 이삼 년 후엔 부부 전시회를 갖자며 꿈에 부풀어 있었다.

걸레 빤 물을 거리에 버리면서 채운은 서서 바다를 내려다보았다. 가을볕에 익은 바다는 은빛으로 출렁거렸다. 채운은 고개를 들어 하늘을 올려다보았다. 눈이 시리도록 푸른 하늘이었다.

오래도록 푸른 하늘을 보던 채운은 화방으로 들어왔다. 햇살 좋은 곳에 있다가 들어오니 그늘진 화방은 갑자기 웃고 떠들던 친구들이 돌아가고 난 것처럼 고적했다. 채운은 소파에 앉아서 차를 마셨다. 좋아하던 커피를 생강차로 바꾼 뒤로도 채운은 여전히 언제쯤 병원에 갈까 망설이곤 했다. 확인하자는 게 아니라, 강림에게 짐이 될 거라는 걱정이 더 강했다. 누구에게도 짐이 되고 싶진 않았다. 우진을 가졌다는 걸 알았을 땐, 스스로에게 짐이 될까 봐, 이미 금이 가고 있던 수영과의 사이에서 자신에게 짐이 될까 봐 망설였다. 그러나 이제 이 아이가 강림에게 짐이 될 거라 생각하니 마음이 무거웠다. 이 아이가 강림을 부모에게로 돌아갈 수 없게 하는 바리케이드가 된다면, 비참할 일이었다.

채운은 화방 문을 닫았다. 셀로판지처럼 빠스락빠스락 소리가 날 것 같은 가을 햇살을 머리에 이고 포구 쪽으로 내려갔다. 아래 큰길을 건너서 곧장 포구로 내려가지 않고 샛길로 접어들었다. 천지연 가는 길이었다. 채운은 천지연을 좋아했다. 그리고 이 길도 좋아했다. 낡고 쇠락한 길, 갑자기 칠십 년대 어름으로 뚝 떨어진 것 같은 길이었다. 채운은 일부러 골목을 빙빙 돌아다녔다. 그러면 일제시대 목조 건물도 나오고, 새마을 운동 때 지었을 법한 슬레이트 집도 나오고, 마당 가득 꽃을 피운, 그럼에도 어쩐지 초라한 집들이 나왔다. 삼사십 년대 목조 건물에 시멘트만 살짝 발라놓은 성싶은 건물, 누가 뭐래도 그 시대의 점방이라고 불릴 만한 구멍가게에도 어엿이 슈퍼마켓 간판이 힘겹게 걸려 있는 그런 골목이었다.

한때는 분명 잘나가는 고급 여관이었을 건물이 행색 초라한 늙은이 몰골로 서 있으면서, 그래도 옛 영화가 부럽지 않다는 듯이 최신 비디오 테이프 포스터가 붙어 있는 건물도 나타났다. 채운은 그런 풍경이 좋았다.

천지연에 들어서면 펄펄 끓는 정수리 뚜껑이 환히 열리면서, 마음이 차분하게 가라앉았다. 성연은 신혼부부를 앞에 앉히고 그림을 그리고 있었다. 채운은 폭포 근처 의자에 앉아서 물소리를 들었다. 후회 없이 내리꽂히는 물줄기들이었다. 등줄기로 서늘한 물기운이 흘렀다. 그림을 그리던 성연이 채운을 발견하고는 눈으로 인사를 했다. 옆에 앉은 재천도 씽긋 웃었다. 재천의 앞으로 여학생 하나가 앉았다. 오늘 재천은 쌀을 사 들고 들어갈 수 있으려나 하는 생각이 들었다. 뒤란 귤이 익으면 귤이나 한 상자 줘야겠다고 생각했다. 귤을 딸 철이면 성연은 아버지에게 불려나가 귤을 따야 할 터였다. 그의 아버진 성연을 농사꾼으로 생각했다.

「화방은 닫았어요?」

신혼부부를 그려주고 성연은 일어나 채운에게 왔다.

「예, 가끔 이렇게 산책도 나와야죠. 오늘은 좀 그렸어요?」

채운은 턱으로 재천을 가리키며 물었다. 성연은 씩 웃었다.

「그래도 팔자 좋은 놈 아닙니까?」

「그러는 성연 씬요? 하고 싶어하는 일 하고, 귤농장 수입 있고. 팔자 그만하면 됐잖아요?」

「그나마 억순이 같은 마누라가 내 대신 일을 해주니까 아버지가 가만 있는 거예요. 아버진 이 일을 이해 못하거든요.」

성연은 앞에서 얼쩡거리는 학생을 보곤 제자리로 갔다. 채운은 손을 들어 인사를 하고 폭포 앞을 빠져나왔다. 벼랑 아래 심어놓은 귤나무에도 주먹만한 귤들이 시퍼렇게 매달려 있다. 채운은 언제나처럼 야외 공연장 나무의자에 좀 앉아 있다가 천천히 걸어서 다시 화방으로 들어왔다. 하루 종일 화방에 있을 때보다 가끔 한번씩 천지연에 갔다 오면 기분이 새로워서 살 만했다.

따르릉.

강림이었다. 공항에 도착했다고 했다. 아버지와 함께라면서. 채운은 고개를 갸웃했다. 아직 삼우제도 지내지 않았을 터인데, 상주가 다시 제주도에 왔다니? 그러나 어쨌든 편한 마음은 들지 않았다. 지난번 왔을 때도 썩 호의적이지 않다는 걸 알았다. 자신 때문에 강림이 집에서 곤욕을 치르고 있다는 걸 확연히 깨달을 수 있었다.

채운은 그리다 만 그림을 다시 펼쳤으나 그릴 마음이 생기지 않았다. 그래서 진열대에 엎드려 밖을 바라보았다. 길이 삐딱하게 기울어져 있었다. 기운 길을 따라 차들이 달렸다. 저쪽 언덕 아래에서 올라왔는지, 양 허벅지에 손을 대며 힘겹게 올라가는 아줌마가 지나갔다. 어찌나 무겁게 몸을 움직이는지 문 너머로 그녀가 몰아쉬는 가쁜 숨이 들릴 듯했다.

오후에 도착했다는 전화가 온 뒤로 강림과는 연락이 되지 않았다. 밤이 늦도록 전화도 없었고, 집에 들어오지도 않았다. 채운은 공연한 초조감에 마루에서 서성거렸다. 어느 집에선가 개가 맹렬히 짖어댔지만, 마당으로 들어서는 사람은 없었다. 해가 지면서 조금씩 불던 바람은 점점 그 기세를 더해가고, 그럴수록 뒤란 삼나무는 짐승처럼 우우 울어댔다.

「무슨 걱정 있니?」

다른 때 같으면 일찌감치 들어가 잤을 상국은 자꾸 서성거리는 채운이 불안했는지 소파에 앉아서 텔레비전에 눈을 박고 있었다.

「아뇨, 그냥 생각 좀 하느라고.」

「문 선생 올 때가 됐지? 언제 온다고 전화왔든?」

채운은, 아니라고, 들어가 주무시라고 말해놓고 방으로 들어왔다. 상국도 방으로 들어가는지 텔레비전 소리가 꺼졌다. 텔레비전 소리가 죽고 나자 바람소리가 더욱 드세게 들렸다. 바람소리야 곁에 누운 엄마 숨소리만큼이나 익숙하고 때론 다정하기조차 하지만, 가끔 바람소리가 진저리나게 싫어질 때가 있다. 지금 채운은 바람소리가 너무 싫었다. 저 소린, 속에 숨겨두었던 한을 끄집어내는 소리였다. 바람은 밤새 삼나무 가지를 훑으며 울부짖었다. 그리고 밤새 전화벨은 한 번도 울리지 않았으며, 강림도 그리고 그의 아버지도 집에 돌아오지 않았다.

채운은 부석한 얼굴로 식탁에 앉았다. 지난밤 그 거친 바람에도 밀려나지 않고 아침 해가 둥실 떠올랐는지, 마당 잔디에 살굿빛 햇살이 물들어 있었다.

「너도 잠을 설쳤구나. 밤새 바람소리가 어찌 그리 청승맞던지.」

상국도 시금치국에 밥 한술 말면서 한숨을 내쉬었다.

「나이가 드는 건지 요즘엔 가끔 바람소리에 잠을 설친다니까.」

채운도 상국을 따라 시금치국에 밥 한술 말았지만, 입이 껄끄러웠다. 그냥 일어설까 하다가 맞은편에 앉아 억지로 수저질을 하고 있는 상국을 보고는 마저 다 먹었다.

「설거지는 나중에 하고, 우리 커피부터 마시자. 아이고, 원. 몸도 머리도 무겁구나.」

「오늘 하루 쉬세요. 엄마 나이도 있고, 무리하지 말아요.」

「커피 한잔 마시면 개운해진다. 이날까지 건강한 게 유일한 내 복이다.」

채운은 커피 두 잔을 만들어 상국과 함께 소파에 앉았다. 아침엔 늘 바쁜 상국이었는데, 이렇게 함께 차를 마시니 모든 일 제치고 어딘론가 휭하니 떠나고 싶었다. 그러나 상국은 숭늉 마시듯 커피 한 잔을 뚝딱 비우고 바쁘게 일어섰다. 억수 같은 비가 오는 날이라야 공휴일인 상국이었다. 꼭 돈을 벌자는 것보다도 그게 사는 방식이었다.

'도착했다는 전화나 말지.'

채운은 강림과의 두절이 왠지 석연치 않았다. 그 석연치 않음은 강림의 도착 전화 이후로 계속 뒤통수에 따라다녔다. 누군가 자꾸 부르는 것 같아 뒤돌아보면 아무도 없었다. 채운은 병원과 파출소에 전화를 걸었다. 아무일도 없었다. 그럼에도 채운은 가끔 아무도 없는 뒤를 돌아보았다. 그러면서 거리를 걸어다니는 많은 사람들이 참으로 아무도 아님을 알았다. 그들은 아무도 아니었다. 채운에겐 철저하게 무의미했으므로.

강림이 다시 나타난 것은 도착 전화 이후 사흘 만이었다. 일찍 들어온 채운이 상국과 나란히 저녁을 먹고, 소파에 앉아 텔레비전을 보고 있을 때였다. 어차피 매일 보는 드라마도 아니었고, 심란한 마음이나 지워볼까 하고 들여다보던 중이었다. 갑자기 나타난 강림은 몰라보게 초췌해진 몰골이어서 채운은 옆에 홍로가 있음에도 벌떡 일어나 두 손을 맞잡고 얼굴을 한참 들여다보았다. 강림이 채운을 끌어안고 흐느꼈다. 상국과 홍로가 옆에 서 있는데도 그랬다.

채운은 직감적으로 심상찮은 무언가가 있음을 알았다. 지난 사흘 내내 뒤통수에 따라붙던 그 무엇이 드디어 이렇게 나타난 것일 터였다.

얼떨결에 심상찮은 상황에 부딪친 상국은 차나 끓여 오겠다며 부엌으로 서둘러 들어가는데, 홍로의 쉰 목소리가 넘어왔다.

「저, 괜찮으시다면 술 한잔 주시겠습니까?」

직감이 현실로 확정되는 순간이었다. 채운은 그런 홍로의 소리를 듣는 순간 모골이 송연해졌다. 여태 아등바등 매달렸던 무슨 문제에선가 손을 놓아야 한다는 것을 알았다. 그게 강림과 관련되었다는 것도. 채운은 강림을 쳐다보았다. 마룻바닥에 책상다리를 하고 앉은 강림은 채운에게 눈을 주지 않은 채 바닥만 쳐다보고 있었다. 그러기는 홍로도 마찬가지였다.

'할머니의 마지막 유언이 나와의 결혼 반대구나.'

유언이란 얼마나 힘이 강한가. 마지막이란 그 이유 하나만으로.

채운은 담담하게 그 뜻을 받아들이자고 다짐했다. 두 부자가 이 제주까지 와서도 선뜻 들어오지 못하고 사흘씩이나 딴 곳에 잠자리를 펴면서 서로를 설득했을 터였다. 그러다 이렇게 나타났고, 강림의 표정으로 보건대 그건 분명한 사실 같았다. 그래, 이 남자와는 맺어질 수 없는 인연인 게다. 채운은 지그시 아랫배에 손을 대보았다. 손바닥에 전해지는 온기에 맥이 빠졌다.

상국이 조촐한 주안상을 봐왔다.

「죄송합니다, 무례한 부탁을 해서.」

강림이 홍로의 잔에 술을 따랐다. 그리고 자기 잔에도 술을 따랐지만 여전히 채운을 외면한 채였다. 홍로는 두 잔을 연거푸 비울 때까지 아무말도 않더니, 어렵게 말을 꺼냈다.

「저, 한 가지 여쭙고 싶은 게 있어서요.」

「예.」

「지난번 그 목걸이 말입니다.」

「무슨 목걸이…….」

「지난번 우진이라는 아이에게 걸어주던 조개 목걸이요. 공항에서.」

「예, 제 목걸입니다. 근데 무슨?」

「실은 저에게 그 목걸이가 아주 낯익었습니다. 그래서…… 혹시 그걸 어떻게.」

「그거요. 사연이 좀 복잡합니다. 실은 그게…….」

「혹시 청비라고…….」

「예? 청비요?」

「…….」

순간 아주 짧은 침묵이 흘렀다. 홍로의 입에서 나올 '결혼 반대' 소리에 최대한 담담하게 보이고자 애써 노력하며 입을 다물고 있던 채운도 눈을 둥그렇게 뜬 채 홍로를 바라보았다. 홍로는 다시 잔을 비우고는 얼굴을 들어 상국과 채운의 반응을 보며 한숨을 내쉬었다. 또 한참의 침묵이 흘렀다. 갑자기 튀어나온 청비라는 이름에 놀랐던 상국이 급기야 입을 떼었다.

「청비라고 했습니까? 어떻게 청비를…….」

「저, 제가 문홍롭니다. 혹시 들어보셨습니까?」

상국은 입 속으로 문홍로를 뇌까렸다. 그러다 퍼뜩 떠오르는 생각에 절로 무릎을 치며 눈이 둥그레졌다. 상국은 놀라 어리둥절한 채운과 강림을 쳐다보며 맙소사, 맙소사를 연발했다.

「어쩐지 낯설지 않았어요. 하지만 지난번 뵈었을 때 목포 분이라길래……. 통증은 오는데 애가 나오지 않았죠. 이틀이나 방구석을 헤매며 난리를 쳤습니다. 방책이란 방책은 모두 썼습니다. 제 남편이 입던 옷도 덮어보았고, 열쇠도 삶아보았고요. 마지막에 아이 아버지 이름을 청비 발바닥에 써 붙이고서야 아이가 으앙 울며 나오더군요. 그래서 그 이름을 기억합니다……. 채운아, 이분이 니 아버지시다, 니 아버지야. 세상에 이런, 이런 일이. 청비가 시킨 일입니다. 청비가 한 일이에요.」

심상치 않게 돌아가는 가운데 상국과 홍로가 주고받는 말을 듣던 채운이 무슨 말이냐며 상국을 다그쳤다. 상국은 그런 채운의 손을 잡고 흐느꼈다. 채운은 강림을 보았다. 강림의 고개는 여전히 채운의 눈빛을 외면한 채였다. 먼산을 바라보는 홍로의 눈자위가 붉었다. 느닷없이 닥친 이 이상한 풍경에 채운은 숨이 막혔다. 갑자기 머릿속이 공황 상태가 되었다. 지금 닥친 상황을 정확히 이해할 수도 없었고, 아무것도 느껴지지 않았다. 모든 생체적 감각이 한순간 마비되었다.

「제가 이곳에 터를 잡은 것은 청비의 뜻이었습니다……. 청비의 뜻대로 이루어졌군요.」

밤이 깊어갔다. 오래 전 이야기들이 쏟아져나왔지만, 상국도 홍로도 하고 싶었던 말들이 줄지 않았다. 홍로는 자주 죄송하다고 했다. 죄송합니다, 죄송합니다. 그러나 채운의 머릿속은 여전히 어떤 판단도 할 수 없는 진공 상태였다. 술자리가 치워지고, 상국이 옆구리 찔러서 엉겹결에 홍로에게 큰절을 올렸지만, 아버지여서 올린 절은 아니었다. 그저 지켜본 사태를 보아하니 절을 하라는 것이 얼토당토아니한 일은 아닌 것 같고, 또 공황 상태인 머릿속에 무엇을 판단할 이성이 남아 있는 것도 아니었다.

강림이 여전히 눈을 내리깐 채 이층으로 올라가고, 홍로는 부엌방으로 상국은 안방으로, 그리고 채운은 채운의 방으로 왔다. 기계적으로 이불을 펴고 자리에 누우니 알 수 없는 눈물이 나왔다. 그렇게 소리 없는 눈물이 한참 흐르고 나서야 채운은 무언가를 깨달았다. 채운은 벌떡 일어났다. 보름이 가까운지 달빛이 잔디 위에 쏟아지고 있었다. 어젯밤 그리도 불길하게 울어대던 바람은 잠잠했다.

청비가 시킨 일이야, 청비가 시킨 일이야.

상국이 한숨지으며 내뱉던 말이 이제야 생생하게 다시 살아났다. 핏줄 하나 찾아주자고 오래 전부터 딸인 나에게 이 모진 고통을 주었단 말인가?

채운은 천천히 옛일을 되짚었다. 처음 무병에 들린 것처럼 한사코 그려대던 저 그림부터, 돌도 안된 어린것을 물감 범벅이던 바닥에 무방비로 기어다니게 만들고, 그리고 그 어린것과 헤어지고, 그 그림으로 카페를 차리고, 낚시밥에 걸리듯 강림이 찾아오고, 그리고 사랑하고…… 또다른 새 생명이 둥지를 틀어 들어앉고.

그러다 채운은 고개를 저었다. 실은 그림에 빠져들었던 때보다 먼저 수영에게서 멀어져 있었다. 그 전부터 채운은 수영에게 지쳐 있었다. 단정하고 반듯한 수영의 모범적인 질서에 채운은 숨막혀 했던 것이다. 어쩌면 그림에 빠져서 그 여자를 그리지 않았다면 우진일 뱃속에 두고 헤어졌거나, 태어나지도 못하게 했을 터였다. 그때 채운은 그렇게 수영의 반듯한 질서에 부대끼고 있었다. 뱃속에 든 생명조차 귀찮을 만큼. 그러나 이제 또다시 들어선 생명은, 그건 청비도 어쩔 수 없었나? 새 생명은. 강림은…….

채운은 달빛이 기댄 창에 같이 기댔다. 서늘한 달빛이 채운의 이마에서 부서졌다. 채운은 울었다. 달빛이 터무니없이 아름다워서 울었다.

강림이 살며시 들어왔다. 그의 손이 달빛에 젖은 채운의 어깨를 감쌌다. 채운은 강림의 어깨에 고개를 떨구었다. 그의 품은 언제나 편안했다.

「그래도 난 채운 씰 사랑해요, 여자로서.」

「가끔 이 어깰 나에게 빌려줘요.」

어디선가 개가 짖었다. 달빛에 부딪치는지 개 짖는 소리가 텅텅 부서지며 들렸다.

「학기 중이라 학교를 그만둘 수는 없고 당분간 오피스텔에 있으려구요. 사실은 아직 나도 뭐가 뭔지 모르겠어요.」

「…….」

「그래도 가끔 화방에 들를게요.」

마당으로 쏟아지던 달빛이 채운과 강림에게 쏟아져 내렸다. 둘은 달빛 그물에 감싸여 한참을 서 있었다.

서로의 숨소리만 지키며 한참을 있던 강림이 채운의 어깨 위에 얹은 손에 힘을 한 번 주고 이층으로 올라갔다. 그가 사라지고, 그의 체온도 사라지고, 다시 혼자가 된 뒤 채운은 살며시 밖으로 나왔다. 그녀는 차에 시동을 걸었다. 어디선가 개가 짖었다. 채운은 천천히 차를 몰았다.

저녁 이내 내릴 무렵 펑퍼짐한 산그림자가 아름다운 삼매봉은 늘 보아온 평범한 봉우리였다. 옅은 안개가 내리면 남성정 흰 지붕이 안개 속에 숨고, 처마와 네 기둥만이 거대한 고인돌처럼 선 모습이 장한 삼매봉이었다. 때때로 그 거대한 고인돌이 서 있는 삼매봉을 보면, 태고적 전설이 꾸물꾸물 일어서 가슴에 전율이 일곤 했었다. 그래도 그건 여전히 평범한 산봉우리였다. 그러나 밤늦도록 상국과 홍로가 풀어내던 옛 이야기를 들으면서 채운은 삼매봉이 가슴에 얹혔다. 전설을 담은 거대한 고인돌, 안개 속 남성정이 새롭게 살아났다.

혼자 몇만 년을 바다만 바라보고 서 있는 외돌개를 등뒤에서 넉넉하게 지켜주는 봉우리였다. 한때는 왜적의 침입을 알리기 위해 봉수대가 있었다고 했고, 옛적 서울 나리들이 납시어 한라산을 오르지 못하면 삼매봉에 올라 외돌개 눈빛을 따라 섶섬 쪽을 바라보며 남극노인성을 기다렸다는 남성정이 있는 곳.

청비는 그곳에 올라 남극 노인성을 보고 싶어했다고 했다. 채운은 왜 느닷없이 그곳에 오르고 싶은지 몰랐다. 옛말대로 무병장수를 빌 마음도 없었으며, 더구나 청비가 원했던 행운을 기다리고 싶은 마음도 없었다. 그럼에도 채운은 느닷없이 삼매봉에 오르고 싶었다.

새벽이 멀지 않은 시각이었지만, 시멘트로 어설프게 포장된 길은 가팔랐고, 어두웠다. 어쩌다 가로등 몇 개가 있었지만, 어둠을 물리치기엔 어림없는 것이었다.

채운은 송신소 앞에 차를 세웠다. 채운은 어둠을 밀치며 천천히 올라갔다.

마른 풀내가 났다. 새벽이 오기 전 가을 찬바람이 나무들을 휩쓸고 지나는 소리가 쏴아쏴아 들렸다. 남성정은 환하게 불이 밝혀져 있었다. 채운은 정자 위로 올랐다. 그리고 바다 쪽으로 향한 돌의자에 앉았다. 멀리 칠흑 같은 바다 위로 밤배가 딱 한 척 불 밝혀 떠 있었다.

「난 인정할 수 없어요. 난 문채운이 아니라, 고채운인 걸요. 난 고채운이에요. 난, 난 정말이지 인정하고 싶지 않아요. 내가 느닷없이 문채운이 되어야 한다는 사실을 난 몰라요. 알량한 문씨 핏줄을 찾자고 날 이렇게 아프게 해야 하나요? 난 문씨든 고씨든 상관없어요. 난 그를 진짜 사랑할 뿐이에요. 당신이 내 엄마라는 사실도 아직 낯선데요, 아버지는, 난 아버지를 원치 않았어요. 한 번도 난 아버지를 원한 적이 없었어요. 비록 다른 남자를 내 아버지로 알고 자랐지만, 그래도 그를 원한 적은 없었다구요. 그건 허상이었단 말이에요. 단지 미워할 수 있는 누군가일 뿐이었다구요. 내 사랑을 앗아가기 위해 그가 왔나요? 아니 그를 보냈나요? 아버지란 이름으로?」

낮게 시작한 채운의 목소리는 점점 높아졌다. 채운의 목소리를 따라 멀리 바다가 남청색으로 밝아지기 시작했다. 남청빛 바다 위에 문섬이 떠올랐다. 선뜻한 바람이 조용히 흐르는 채운의 눈물을 거두어 갔다. 채운은 누각 기둥에 기댄 채 밝아오는 바다를 바라보았다. 그러나 바다는 더이상 밝아지지 않았다. 안개에 휩싸이기 시작했다.

누각 아래 마른 풀 위로 빗방울이 하나둘 떨어지기 시작했다. 비를 머금은 새벽 바람은 찼다. 채운은 해가 뜨지 않는 동녘을 바라보며 다시 봉우리를 내려왔다. 빗방울이 얼굴을 때렸다. 아직 어둠이 채 가시지 않은 대기를 가르고 내려온 빗방울에 채운의 얼굴은 흠뻑 젖기 시작했다. 차가운 빗물로 세수한 것 같아 오히려 개운했다. 한기가 들어 자꾸 몸서리를 치면서도 채운은 발걸음을 재촉하지 않았다. 아침 해를 가리고, 새벽의 잰 걸음도 늦춰버린 가을비를 맞으며 좁은 길을 천천히, 아주 천천히 내려왔을 때, 채운의 몸은 흠씬 젖어 있었다.

젖은 몸으로 채운이 집 안에 들어섰을 때, 채운은 직감으로 한차례 소동이 있었음을 알았다. 상국이 젖은 눈으로 채운을 맞았다. 홍로도 선뜻 다가서지 못하고 쭈뼛거리며 마루 한쪽에서 어쩔 줄 모르고 있었다. 강림이 마른 수건을 가져다 주며 귀에 대고 어딜 갔었냐며 물었다. 채운은 눈앞에 벌어진 풍경을 애써 모른체하며 방으로 들어왔다. 상국이 따라 들어오는데 눈길도 주지 않고 마른 옷들을 챙겨 욕실로 들어가 버렸다. 뜨거운 물줄기에 몸을 맡기고 서니 움츠러들었던 몸의 세포들이 푸르르 풀어지며 또다시 눈물이 흘러나왔다.

채운이 샤워를 마치고 나오자 다들 마루에서 기다리고 있었다. 이미 현관 쪽에는 간단한 음식이 차려져 있었다.

「여기…….」

상국은 홍로와 채운을 보며, 홍로를 어떻게 불러야 할지 난감한 표정이었다.

「곧 서울로 올라가 봐야 하고, 또 늦게나마 알았으니, 니 생모 산소나 보고 가시게 하려구……. 비가 더 굵어지기 전에 서두르자.」

누굴 어떻게 쳐다봐야 할지 모르겠어서 채운은 고개를 들지 않았다. 대신 현관으로 가서 돗자리와 차려놓은 과일 접시를 들었다. 등 뒤로 서둘러 따라나서는 홍로와 북어와 술을 챙겨 들고 나서는 상국을 느꼈다. 그리고 느리게 일어서는 강림도.

채운과 강림과 상국을 뒤에 세운 채 빗속에서 홍로는 절을 했다. 그리고 두 번째 절을 하고 홍로는 오래도록 엎디어 있다가 일어났다. 숙인 머리 위로, 굽은 잔등 위로 비가 내렸다. 말라 비틀어진 북어 위로도 비가 내렸다. 그러나 북어는 다시는 바다로 가지 못할 것이다.

「함께 해라.」

홍로가 일어서자 상국이 채운과 강림을 밀었다.

「아뇨, 혼자 하겠어요.」

채운이 먼저 나가서 절을 했다. 비 맞은 돗자리에 닿았던 바지가 젖었다. 채운은 빠르게 절을 하고는 상을 거두어 일어섰다. 영영 바다로 가지 못할 비 맞은 북어가 툭 떨어졌다. 상국이 말렸지만, 채운은 강림에게 절을 시키고 싶지 않았다.

「미안하다. 너에게 면목이 없구나.」

뒤따라 집안으로 들어온 홍로가 채운의 등에 대고 말했다.

「미안해 하실 일은 아닙니다……. 제 생모의 남편이었지만, 아직 제 아버지는 아니니까요.」

상국이 마른 수건을 가지고 나오다가 채운의 소리를 듣고 놀라서 채운의 팔을 잡았다.

「무슨 소리냐. 일부러 일이 이렇게 된 것도 아니고……. 어쨌든 니 아버지야.」

홍로가 고개 숙인 채운과 강림을 번갈아 보았다.

「우리가 서로 사랑한 기억이 지워질 때까지 제 아버지가 아니에요. 느닷없이 아버지라니요. 세상엔 끈 떨어진 연처럼 자란 나 같은 여자와 남자가 얼마나 많겠어요? 우린 서로가 끌렸고, 그걸 사랑이라고 믿었어요. 지금도 그걸 의심하진 않아요.」

'그리고 내 뱃속엔 새 생명이 자라고 있다구요.' 그러나 채운은 꿀떡 마른침을 삼켰다.

「채운 씨.」

강림이 울먹이는 채운에게 다가와 손을 잡았다.

「채운 씨가 아니라, 네 누이다.」

낮지만 단호하게 홍로가 말했다.

채운은 강림의 따뜻한 손을 뿌리치며 방으로 돌아왔다. 구석에 앉아 세운 무릎에 고개를 박았다. 머리가 아프기 시작했다. 이마가 뜨거웠다. 이른 새벽부터 맞은 가을비 때문일 것이다.

홍로는 강림의 짐이 오피스텔로 옮겨지는 것을 보고 서울로 올라갔다. 서울로 가기 전 홍로는 채운의 화방으로 찾아왔다.

「얼굴이 많이 상했구나. 미안하다. 조만간 다시 오마. 맘 야무지게 먹고. 정말 내가 할말이 없구나. 미안하다는 말밖엔.」

채운은 다소곳했지만, 아무말도 할 수 없었다. 채운의 두 손을 꼭 잡고 자꾸 눈시울을 적시는 홍로에게 두 손을 맡기고 있는 일 외에는.

채운은 굽은 등으로 화방을 나서는 홍로를 침묵으로 배웅했다.

밤마다 채운은 삼매봉에 올랐다. 습관적으로 멀리 섶섬 쪽에 눈을 두고는 있었지만, 그렇다고 남극성을 기다린 건 아니었다. 채운은 남성정에 앉아서 때론 울었고, 때론 아무말 없이 새벽까지 앉아 있다가 오곤 했다.

깊은 밤 날씨는 하루가 다르게 추워지고 있었다. 밤을 남성정에서 보내면서, 채운은 극도로 야위어갔다. 얼굴은 까칠해져서 빈 들에 선 허수아비보다 더 추워보였다. 채운의 밤나들이를 알지 못한 상국은 그런 채운을 걱정스럽게 바라보았다. 상국은 그런 채운을 보면서 청비를 생각했다. 아이가 하루가 다르게 자라가도록 종적조차 알 수 없는 홍로를 기다리다 서서히 지쳐가던 청비의 모습 그대로였다.

어느날, 채운은 하루 종일 잠을 잤다. 동트기 전에 삼매봉에서 돌아온 채운은 죽은 듯이 자고는 다음날 아침에야 일어났다. 잠에 푹 빠졌다 일어난 채운은 오랜만에 상국과 아침상을 같이 했다. 지난 며칠보다 훨씬 밝아진 얼굴에 상국은 안심되었다. 질기게 잡고 있던 끈을 놓아버렸을 때의 편안함이라고 이해했다.

「아직 정리가 안되겠지만, 어쨌든 니 생모의 소원은 풀린 것 같구나. 내가 이 자리를 뜨지 못하고 산 것은 니 엄마 아버지가 젊었을 적 이 땅을 갖는 게 소원이었기 때문이었다. 그렇게 오래 살다보니 나도 이곳에 뼈를 묻게 되겠구나. 이제 저쪽 귤밭 한 모퉁이에 누워도 맘이 편하겠다.」

「여긴 엄마의 땅이에요.」

「글쎄다. 아무튼 이젠 너의 땅이 될 테니까. 한 가지 미리 부탁할 것은 내가 만일 죽거든, 내 장롱 밑에 있는 갈옷이랑 함께 묻어다오.」

「엄마. 그건 먼 일이에요.」

「아니다. 평생 마음에 품고 있던 숙제가 하나 풀리고 나니까 이제 내 문제를 생각할 때도 되었구나 싶다.」

「그분을 찾아보지 그러세요. 난 엄마가 그 갈옷을 말릴 때마다 속상했어요.」

「기다림의 무게가 얼마나 갈 것 같니? 그 갈중의엔 오십 년 기다림의 무게가 고스란히 얹혀 있을 거다. 그걸 이제 임자에게 돌려줄란다. 무쇠로 만든 옷보다 더 무거운 옷이지.」

상국은 웃었지만, 채운은 마주 웃을 수가 없었다.

「내가 만일 늙도록 혼자 여길 지켜야 된다면 난 어떨까요?」

「당치 않은 소리 마라. 우진이랑 김 서방이 있잖니. 내가 기다린 것이 그냥 수줍은 새색시 그리움 같니? 기다림이 길어지면 한이 되더라. 그 사람 갈중의에 쌓인 그 한을 이승에서 내가 졌으니 이제 그 남자 차례다. 넌 기다리지 마라. 네 자리로 돌아가.」

「처음 찾은 내 핏줄인데…… 그게 지긋지긋해요.」

「핏줄이 아니어도 질긴 게 있지.」

채운은 상국의 얼굴에서 여태껏 보지 못했던 냉기를 보았다. 한이 된 기다림의 기운인가, 문득 채운은 상국을 다시 보았다. 늘 여장부처럼 담담한 표정이었지만, 주름 골골이 세월의 흔적은 깊었다.

채운은 달력을 보면 불안했다. 겨울방학이 곧 닥칠 것이다. 채운은 예감했다. 그가 떠나갈 것이라는 걸. 그에게 여긴 감당하기 힘든 도시일 것이다. 그가 가면 이 도시는 적막해질 것이다. 그러나 채운은 이 적막한 도시를 버릴 수 없음을 알고 있다. 지장샘 흐르는 마을에서 삼나무가 바람에 우는 소릴 들으며 누군가를 기다릴 것이다. 그러면 누군가 삼나무 우는 소릴 듣고 찾아와 줄지 모르겠다. 지긋지긋한 기다림이 끝나갈 무렵에.

그러나 채운은 날개를 달고 싶은 마음이 간절했다. 간지러운 겨드랑이 밑에 날개를 달고 무작정 날아가고 싶었다. 채운은 하루에도 열두 번씩 적막한 이 도시를 떠나가야 한다고 되뇌이곤 했다. 그런데도 왜 앞에 놓인 삶이 '기다림'이라는 예감이 드는지.

가끔 채운은 얼마나 늙어야 강림이 올까 생각했다. 해가 바뀌고 얼마 있지 않아서 강림은 전화를 했다. 공항이라고. 지금 그는 파리에 있을 것이다. 때때로 어떤 일은 이룰 수 없는 꿈일 거라고 접어두었다가, 그게 운명이란 걸 깨닫기도 하는 모양이었다. 사실 강림은 오래 전부터 파리에 가고 싶어했다. 하지만 이룰 수 없는 일이거나, 교단 생활을 몇 년 더 한 뒤에야 겨우 이룰 둥 말 둥한 일일 거라고 생각했었다. 그런데 이렇게 느닷없이 훌훌 날아가 버린 것이다. 채운은 생각했다. 자신이 꿈이라고 밀어두었던 운명이 무엇이었을까.

요즘 들어 채운은 화방을 닫아야겠다고 생각했다. 하지만 딱히 무엇을 할 것인지 결정할 수 없었다. 때때로 며칠 화방 문을 닫고 지장샘가에 앉아서 백발 노인이나 기다려볼까 하는 농담을 스스로에게 던져보며 웃었다.

그러다 느닷없이 이 겨울에 지난 여름 쓰다 치워두었던 선풍기를 틀어볼까 하는 생각을 떨치느라 애를 먹기도 했다. 왜 갑자기 그 낡은 선풍기 돌아가는 소리가 듣고 싶은지. 타 타 타타타.

그러나 채운은 끝내 선풍기를 꺼내지 않았다. 대신 채운은 손님이 들지 않는 화방 문을 일찍 닫았다. 채운은 느릿느릿 걸어서 시장으로 들어섰다. 요즘 들어 상국이 자주 앓아누워서 채운은 마음이 아팠다. 채운은 상국을 생각하며 전복을 하나 샀다. 강림이 떠나고부터 둘 다 먹는 일에도 상을 차리는 데도 신경을 쓰지 않아 냉장고는 텅텅 비었고, 어쩌다 반찬이랍시고 만들어 놓으면 말라 비틀어질 때까지 냉장고에 있다가 쓰레기통으로 가기 일쑤였다. 채운은 전복 하나 달랑 들고 천천히 걸었다. 차를 버리고 다닌 지 벌써 한 달이 넘었다. 걸어서 삼사십 분 걸리는 거리였지만, 천천히 걷는 게 더 좋았다. 차를 타고 빠르게 스쳐가는 것이 무서워졌다. 시장 안을 천천히 걸어서 좌판에 널린 물건들을 구경하고 사람들도 구경하고, 놀이터를 지나고 약국을 지나 큰 길로 나오면 곧장 중앙 로터리였다. 로터리를 돌아 한라산을 가슴에 안고 부신 하늘을 머리에 이고 천천히 걸으면 온갖 생각들이 와서 고였다가 흩어지고, 고였다가 흩어졌다. 채운은 기대했다. 언젠가 그런 생각마저 떠오르지 않는 날이 오면 정수리에 하얗게 눈을 쓰고 앉은 한라산 같은 신령스런 모습을 조금이라도 닮을 수 있을까 하고.

만 팔천 신들이 하늘로 올라가 버린 어느날, 홍로가 트럭을 타고 나타났다. 상국과 채운의 당황함을 짐짓 모른체하며 홍로의 얼굴은 상기되어 있었다. 홍로는 마당에 나와 당황한 채 서 있는 상국과 채운에게 이것저것 물건들을 내려놓고는 운전기사와 함께 무언가를 더 내렸다.

비석이었다!

홍로는 혼자 삽질을 했다. 파는 삽 끝마다 챙강챙강 걸리는 돌을 손으로 다 치워가면서 정성스럽게 삽질을 하고, 채운을 불러 비석을 세웠다.

'문홍로의 처 청비의 묘'

그리고 비석 옆 모퉁이에 쓸쓸하게 달랑 하나 얹혀 있는 이름, '子女 채운'.

채운은 이렇게 상기되어 기쁜 얼굴을 하는 홍로를 이해하지 못했다. 그러나 어쩌면 생모 청비가 바란 것이 이게 아니었을까 하는 생각이 들었다. 홍로는 손수 준비해 온 북어와 과일과 청주를 앞에 놓고 절을 했다. 이른 봄바람이 그의 굽은 등줄기를 쓸고 지나갔다.

상국은 홍로가 세운 청비의 비석 앞에서 울었다. 흙때가 낀 거친 손으로 청비의 새 비석을 쓰다듬으며 자꾸 울었다. 채운은 그런 상국을 보듬어 세우려 했지만, 상국은 채운의 손을 뿌리쳤다. 상국은 청비의 비석에 얼굴을 대고 오래도록 일어서지 않았다. 들썩이는 상국의 어깨 위로 늦겨울 여윈 햇살이 떨어졌다.

예의상 저녁이라도 드시고 가시라고 할 마음이었다. 그러나 홍로도 당연한 듯 일어설 기미를 보이지 않았다. 강림도 없는 집에 턱 하니 버티고 앉아 있는 그가 불편해서 채운은 자꾸 마당으로 부엌으로 분주하게 돌아다녔다.

「저, 여기서 하룻밤 묵어 가도 됩니까?」

이 남자가 이제 아버지 노릇을 하려는가, 채운은 문득 불편한 심기가 되어 상국을 바라보았다.

「당연히 그러셔야죠. 딸 집인데요.」

「실은 지난번 애기하시는 중에 청비가 남극성을 보고 싶어했다고 하길래…… 이따가 같이 갈래?」

「그게 쉽게 볼 수 있는 별이 아니라서요.」

채운은 완곡하게 거절을 했다. 그러나 홍로는 알고 있다는 듯이 웃을 뿐이었다.

상국이 서둘러 차려준 저녁을 먹고, 두 사람은 두툼하게 옷을 입고 집을 나섰다. 홍로는 커다란 물건을 챙겨 들고 앞서 나가고, 채운이 쭈뼛거리며 홍로 뒤를 따랐다. 그런 채운을 상국이 붙잡았다.

「내가 보기엔 보기 좋구나. 꼭 별을 보고 와라.」

「그게 맘대로 돼요?」

홍로는 벌써 채운의 차 앞에 서서 불 밝힌 서귀포 시가지를 내려다보고 있었다. 채운은 아무말 없이 차 문을 열었다. 홍로도 시내를 바라보던 표정 그대로 차에 올라탔다. 상국이 오래도록 서서 차가 보이지 않을 때까지 배웅했다.

채운은 송신소 앞에 차를 세우고 걸어서 남성정에 올랐다. 오른쪽 어깨 너머로 불 밝힌 도시가 가라앉아 있는 게 보였다. 뒤에서 홍로가 그 도시를 보며 걷느라고 뒤처지는 게 느껴졌다. 서른일곱, 그리고 두 걸음 걸어서 다시 열둘. 계단을 다 오르자 마른 풀내 사이로 새 풀잎 돋는 냄새가 났다. 오랜만에 삼매봉 남성정에 올랐다. 처음 이 남자가 아버지란 사실을 알고, 아니 강림과 남자와 여자로 만나지 못한다는 상실감을 안고, 뱃속에 자라는 생명이 불온한 것임을 알고 밤마다 오르던 길이었다. 평평한 산마루에 오르자 찬바람이 먼저 마중 나왔다.

채운은 무심코 섶섬 쪽 하늘을 바라보았다. 홍로는 들고 있던 물건을 돌의자 한쪽에 내려놓으며 휴, 한숨을 쉬었다. 채운은 홍로 곁에 앉기가 거북스러워서, 서서 먼 어둔 바다를 바라보는데 뒤에서 부스럭거리는 소리가 났다. 채운은 뒤돌아보았다. 홍로가 들고 온 물건 포장지를 벗기는 소리였다. 그런데 그것은 청비였다. 언젠가 여름에 강림이 가져간 바로 그 청비 그림이었다.

「니 엄마가 날 부르려고 그 먼 서울까지 왔더라. 이제 내가 왔으니 편히 돌아와야지. 언젠가 나도 돌아올 수 있다면 좋으련만. 그래도 내가 여기 왔으니 오늘은 별구경이나 시켜주고 돌아갈란다. 니 엄마가 보고 싶어했다던 그 별을 우린 볼 수 있을는지. 넌 그 별을 보았니?」

채운은 대답하지 않았다. 대신 이 남자가 청비에게 주었다는 목걸이 생각이 났다. 이미 우진에게 주었던 그 목걸이.

'우진아, 엄만 별이 뜨길 기다리지 않을래.'

그러면서 채운은 강림이 날아간 파리에서는 이 별이 보일까 생각했다.

채운은 홍로 곁에 앉았다. 낯선, 그런데도 너무 익숙한 체온이 느껴지는 것 같아 고개를 돌렸다. 곁에서 홍로가 청비를 안은 채 먼 하늘을 보고 있었다. 채운은 아랫배에 다소곳이 두 손을 댔다. 차가운 별들이 범섬 위로 돋아나 있었다.

집으로 가는 길

초판 1쇄 인쇄일 • 2000년 3월 5일
초판 1쇄 발행일 • 2000년 3월 10일
지은이 • **이명인**
펴낸이 • **임성규**
펴낸곳 • **문이당**

등록 • 1988. 11. 5 제 1-832호
주소 • 서울시 성북구 동소문동 4가 111번지
전화 • 928-8741~3(영) 927-4991~2(편)
팩스 • 925-5406

홈페이지 http: //www.munidang.com
전자우편 munidang@kornet.net

ISBN 89-7456-125-5 03810

값은 표지 뒷면에 표시되어 있습니다.